D1235247

BESTSELLER

Mari Pau Domínguez (Sabadell, 1963) es periodista. Comenzó en Televisión Española, en los estudios de Sant Cugat. Ha desarrollado su carrera profesional en los telediarios y programas de entrevistas de TVE, Telemadrid (*Telenoticias* y *La hora de Mari Pau*), la cadena SER, RNE, Onda Cero, la radio y la televisión pública de Cataluña y en Castilla-La Mancha TV. Actualmente es colaboradora de 13 TV, La Sexta y TVE. En 1993 publicó su primer libro y desde entonces ha sacado a la luz las novelas *La tumba del irlandés*, *Dime que no eres tú*, *El diamante de la reina* (su primera novela histórica), *La casa de los siete pecados* (con la que obtuvo el I Premio CajaGranada de Novela Histórica), *Una diosa para el Rey*, *Las dos vidas del capitán* y *La corona maldita*, así como el ensayo sobre la maternidad *Ahora o nunca*. Su poemario *Universo en ciernes* se ha convertido en un disco-libro en el que han colaborado intérpretes como Miguel Ríos, Ana Belén, Víctor Manuel o Luis Eduardo Aute.

Biblioteca
MARI PAU DOMÍNGUEZ

La corona maldita

DEBOLSILLO

Primera edición en Debolsillo: mayo de 2017

© 2016, Mari Pau Domínguez Cutillas
Autora representada por Silvia Bastos, S. L. Agencia literaria
© 2016, 2017, Penguin Random House Grupo Editorial, S. A. U.
Travessera de Gràcia, 47-49. 08021 Barcelona

Printed in Spain – Impreso en España

ISBN: 978-84-663-4060-1 (vol. 819/4)
Depósito legal: B-6.402-2017

Compuesto en La Nueva Edimac, S. L.

Impreso en Novoprint
Sant Andreu de la Barca
(Barcelona)

P 340601

Penguin
Random House
Grupo Editorial

A mi hija Berenice,
gran Verdad y Vida.

Primera fachada: las estrellas

Era una pasión por la mirada, y en su mirada estaban los ojos antes del tiempo;
dice su padre que el tiempo es melancolía,
y cuando se para lo llamamos eternidad.

SAN JUAN DE LA CRUZ

1

... No sólo es gobernar los estados, sino gobernarlos bien y según Dios.

Carta del rey Felipe V a su hijo don Carlos al ser investido duque de Toscana

El Escorial, 27 de julio de 1720

Es posible que la melancolía tenga cabida en un reino y, más aún, que pueda llegar a inundarlo?

Inundado de melancolía también, el corazón de Felipe, el primer Borbón de España, se resistía a seguir latiendo aprisionado en un cuerpo de rey que quería dejar de serlo. Se ahogaba en el oro de la corona bajo la que se escondían las terribles zonas oscuras de su existencia.

Corazón melancólico y alma oscura se alían mal en un trono.

Aquella deshabitada tarde de verano, Felipe V, agotado de soportar el peso de su reinado, se hacía muchas preguntas cuyas respuestas vagaban revueltas por la estancia en busca de un incierto lugar donde asentarse.

¿El sentido de la vida supone respetar el destino escrito? ¿Y si ese destino no hiciera feliz al hombre para el que más bien sería una carga? ¿Debería, en ese caso, acatarlo sin pretender cambiar un solo renglón?

Acatarlo… ¿aunque supusiera morir sin estar muerto?

El juego de la verdad y la mentira, como todo en la vida, tiene sus consecuencias cuando las cartas están cambiadas y se inclinan más hacia el lado incorrecto: la mentira. ¿Puede un hombre engañarse a sí mismo y admitir una realidad que le mantiene encadenado el espíritu? ¿Era posible, para Felipe, hacer de la mentira virtud con tal de cumplir con el sentido del deber asignado desde Versalles nada menos que por el poderoso monarca conocido como Rey Sol, su abuelo? Ese rey que de una forma absolutista gobernaba a sus súbditos e imponía a su nieto que hiciera lo mismo en el país vecino.

Desde hacía mucho tiempo, a Felipe le asaltaba una duda de la que dependía poner o no en valor su cometido, el de reinar, aquello que tanto le pesaba pero que parecía tan necesario: hasta cuándo se perpetuaría su linaje en este país que gobernaba; al fin y al cabo él era un intruso, un extranjero cargado de privilegios. ¿La dinastía que él había traído a España obligado se prolongaría lo suficiente en el tiempo para que algún día hubiera un Borbón que reinara como Felipe VI?

Observaba las paredes de aquel palacio diseñado y decorado por los Habsburgo hasta que llegó él como avanzadilla de los Borbones, e intentaba vislumbrar un futuro en el que un Felipe VI gobernara los destinos de España respetando los principios de la dinastía borbónica a la que representaría —en caso de que algún día existiera ese tal Felipe VI—. Pero eso era el futuro, tal vez lejano, tal vez incierto… Ahora, veinte años después de acceder al trono español, lo que importaba era la decisión tan largamente meditada que estaba a punto de ejecutar. Una decisión que iba a sorprender a medio mundo.

Felipe V, hijo del Gran Delfín de Francia y nieto del Rey Sol, Luis XIV, que accedió al trono por decisión testamentaria del último Austria reinante en España, Carlos II, el Hechizado, se encontraba en una cámara privada de un palacio que nunca le había gustado, en El Escorial, con la única compañía de su segunda y amada esposa, Isabel de Farnesio, italiana originaria de Parma. Estaban a punto de firmar un voto secreto de abdicación.

Abdicar... Renunciar... Y no pensar en nada más.

La decisión la habían tomado a principios de año. Ambos se miraron largamente y respiraron hondo.

En los alrededores de palacio el calor era sofocante. Felipe contemplaba los impecables parterres desde la ventana, pero lo que en verdad veían sus ojos eran los recargados y fastuosos jardines versallescos que no había podido sacar de su memoria en los veinte años que llevaba reinando en un país para él extraño. Notaba en sus huesos el helor de aquel brumoso y frío 16 de noviembre de 1700 en el que, siendo duque de Anjou, su abuelo lo presentó, en su aposento real del palacio de Versalles, ante un nutrido grupo de cortesanos diciendo: «Señores, he aquí al rey de España». Le vinieron a la memoria de aquel día la lluvia y la neblina del exterior empañando, a la vez que los cristales, su alma adolescente. Aún creía estar viendo la cara de su abuelo cuando se dirigió a él para añadir: «Sed buen español. Éste es tu primer deber; pero acuérdate de que has nacido francés para mantener la unión entre ambas naciones, como medio de hacerlas felices y de conservar la paz de Europa».

Aquel barroco salón del palacio de Versalles en el que su abuelo le comunicó su destino le pareció desmoralizadoramente inmenso. Tenía dieciséis años. Poca vida y mucho miedo.

Él, entonces un joven retraído y serio, representaba un cambio de dinastía en uno de los mayores imperios del mundo. No fue fácil. Se esforzó por respetar las rígidas costumbres heredadas de los Austria, tan arraigadas en España. Ahora recordaba que la primera vez que se presentó ante la corte lo hizo vestido a la manera española: de negro riguroso y luciendo en el cuello la tradicional golilla blanca que tan incómoda le resultaba. Como incómodo le hacían sentir los enanos y bufones de la corte que habían divertido, ¡y de qué manera!, a los anteriores reyes y que no se atrevió a despedir. Sin duda se esforzó por respetar el escenario de su reino. Aunque con lo que no pudo tragar fue con los autos de fe de la Inquisición. Con motivo de su llegada a Madrid se había organizado uno por todo lo alto, en el que iban a quemar a tres herejes. Aquello fue demasiado. Se negó a asistir.

El cambio tan radical de vida iba haciendo mella en su carácter, agravado por la lejanía de su familia y por las lúgubres y vetustas estancias del Alcázar donde vivía parte del tiempo. Fue entonces cuando la tristeza empezó a apoderarse del alma de aquel muchacho criado entre hábitos más desenvueltos, menos estrictos y más entregados al placer que a la tortura.

Ahora, veinte años después, pluma en ristre, el rey tomó con la endeble firmeza de un enfermo la mano de la reina y la apretó antes de estampar su firma con la otra en el documento con el que pretendía cambiar el curso de la historia. Y también el de su propia vida.

Como en una danza equilibrista en la que ambos se asían mutuamente y con firmeza para evitar la caída en el vacío. Así se sentían de unidos y de solos ante los posibles peligros que pudieran acecharles en aquel trascendente momento tan deseado por Felipe y tan temido por Isabel.

Asidos, amarrados el uno al otro, para evitar la caída en el vacío.

El vacío de la melancolía.

Nosotros nos hemos prometido, el uno al otro, dejar la corona y retirarnos del mundo para pensar únicamente en nuestra salvación, infaliblemente antes de Todos los Santos del año 1723, a más tardar.

Después firmó también Isabel, tras lo cual se fundieron en un apasionado beso.

Al separarse, la voluminosa falda de la reina rozó accidentalmente el tintero rojo, que cayó al suelo esparciendo la tinta como se extiende una mancha de sangre, en la que la mirada del rey quedó extrañamente atrapada.

2

Seis años antes,
palacio del Buen Retiro,
Madrid, noche del 31 de diciembre de 1714

El año de 1714, tal vez el más decisivo hasta entonces en la vida de Felipe, terminaba siendo muy distinto a como había comenzado. El triste inicio, en el que la aflicción y el dolor por la muerte de su primera esposa lo consumieron durante los primeros meses, quedaban ahora lejanos en esa última noche de diciembre, en la que Felipe estaba dispuesto a despedirse del año de una manera fuera de lo común, y quizá desvergonzada, intuyendo que su nueva esposa podría avenirse a una excentricidad como la que estaba a punto de cometer.

Aunque tal vez fuera algo más que una simple excentricidad... Era difícil definirla porque difícil es definir los sombríos y temerarios rincones del alma que a veces nos mueven a realizar determinados actos que se ubican en la orilla contraria a la norma establecida. Hechos en los que el morbo y el pecado lo invaden todo hasta alcanzar el ámbito clandestino del placer humano. El universo más íntimo, donde no caben leyes ni límites, donde las fronteras que delimitan y contienen lo que es correcto se diluyen hasta desaparecer.

El flamante esposo invitó a Isabel a entrar en la cámara

regia atrayéndola con suavidad hacia el interior. A pesar de la amplitud del espacio, el aire se hacía irrespirable y la estancia resultaba sofocante en medio de una hostil penumbra. Llevaba sin ventilarse diez meses, exactamente los mismos que hacía que había fallecido la anterior esposa del rey, María Luisa Gabriela de Saboya. Pero esa circunstancia la desconocía Isabel, que entre las intensas sombras sólo podía distinguir con claridad que la cama estaba preparada con primor y detalles a la altura del lecho nupcial de unos reyes. Desde luego no era lo que ella esperaba en su primera noche en la que iba a ser su nueva residencia, como tampoco podía imaginar las macabras intenciones de su esposo. Aquella habitación resultaba angustiosa e inquietante.

La puerta se abrió para dejar paso a los respectivos ayudas de cámara que tenían que desvestir a Isabel y a Felipe. A ambos a la vez y sin ocultarse entre ellos. Así era costumbre en la corte real francesa, tan distinta de la rigidez de los anteriores gobernantes de España. Los Borbones mostraban entre sí su desnudez y dormían a diario en la misma cama si así lo deseaban.

Los sirvientes dejaron como única iluminación un par de palmatorias que apenas daban para que los amantes pudieran ver lo que hacían en el lecho.

La cama… «Aquí, sobre este mismo colchón, falleció María Luisa…», dijo el rey con voz de caverna provocando un gélido estupor en las ansias de Isabel, que se enfriaron de repente. El lecho mortuorio de la primera reina se convertía en el tálamo de la segunda… Para cuando quiso asimilar el siniestro capricho hizo un amago de negarse, pero las manos de Felipe pegado a su espalda ya acariciaban su vientre en descenso hacia el origen del placer mientras los labios y la boca conquistaban la nuca y el cuello de su mujer empujándola hacia el terrible lecho.

Isabel pudo comprobar lo que ya había vislumbrado durante la noche de bodas en Guadalajara: la afición desmedida de su esposo por el sexo y sus inusuales destrezas amatorias, de las que se hablaba en todos los rincones de la corte, era un secreto a voces.

En esa misma cama la anterior reina se había rendido a la costumbre del coito diario que regía el comportamiento de su marido así como a sus juegos sexuales, que ella jamás habría podido imaginar pero a los que se acabó acostumbrando. Y al recordarlo, Felipe se iba excitando cada vez más amando ahora a su nueva esposa, a la que hizo sentir que ese fin de año estaba siendo el preludio de algo, aunque no adivinaba de qué. Felipe estuvo especialmente intenso y procaz, dejándose llevar por un atrevimiento condenable a ojos de la Iglesia. Se apoderó del cuerpo de Isabel como si fuera la última noche de la humanidad, embistiéndola con tanta furia desatada que ella creyó no poder soportarlo. En más de una ocasión le pidió que se detuviera; ruegos que en absoluto fueron atendidos por su esposo, convertido en un amante enloquecido.

Fue un sexo turbio, asfixiante y abrumador; todo lo que era en sí mismo el escenario escogido. Sorprendió que en la rendición final de los cuerpos desnudos, aun pareciéndole que había sido una práctica más próxima al morbo y la lujuria que no al amor, Isabel de Farnesio experimentara un goce jamás imaginado.

Y le gustó…

En los círculos cortesanos no se hablaba de otra cosa que no fuera el desenfreno sexual del rey. Posiblemente se debiera a lo llamativo del contraste con su antecesor, Carlos II, último representante de la triste dinastía de los Austria. Tan llamativo como que hasta el mismísimo embajador francés informó a Versalles del agotamiento que padecía don Felipe «por el uso demasiado frecuente que hace la reina. Es por ello que

Su Majestad se halla al borde de la extenuación». Se refería a su primera esposa. Hubo quien se atrevió a advertir al rey de que los excesos sexuales a los que la sometía podían poner en peligro su frágil salud, y más aún en la pronunciada fase de la enfermedad en la que se encontraba poco antes de morir. Sin embargo, lejos de admitirlo, seguía adelante con sus empeños maritales sin importarle las consecuencias que pudieran tener. Curiosamente no lo hacía con maldad; amaba a María Luisa y no habría querido ponerla en peligro. Era tan sencillo —o tan complejo, según se mirase— como que se mostraba incapaz de comprender que el sexo, la fuente de la que brotaba la vida, pudiera provocar la muerte del ser amado.

Y desde luego, aunque jamás llegara a afirmarse que los requerimientos sexuales de su esposo habían sido los que la mataron, sí hubo algún galeno que sostuvo en privado que eso había acelerado el mortal desenlace.

María Luisa de Saboya había muerto en la mañana del 14 de febrero de 1714. La manera en la que el pueblo español se volcó en su duelo fue la demostración de lo mucho que esa joven reina, fallecida a los veinticinco años de edad, era querida y admirada. La tercera hija de Víctor Amadeo II de Saboya y de la princesa Ana de Borbón-Orléans, nacida en Turín, había sido elegida por el rey Luis XIV como consorte para su nieto Felipe con el fin de asegurarse la alianza con Saboya por ser éste un territorio que gozaba de una excelente posición estratégica en el norte de Italia. Tenía entonces tan sólo doce años, pero su madurez superaba con creces su edad. La princesa María Luisa había recibido una exquisita formación afrancesada y poseía unas cualidades que sirvieron a partes iguales para el buen gobierno de España y para hacer feliz a su esposo: mesura, simpatía, notabilísima inteligencia, sólidos principios morales, firmeza revestida de ternura, y mucho coraje y valor. Por todo ello, el rey se derrumbó ante su muerte. Una muerte, además, tan dolorosamente prematura. Sentado junto a la cama, le tomó la mano y la apretó con una intensidad que le rasgó el alma en el preciso instante en que exhaló el último suspiro. Después apoyó la cabeza en la almohada junto a la de la reina muerta rozándole levemente los cabellos e inspiró su olor por última vez.

Felipe la amaba profundamente y, sobre todo, se sentía comprendido por ella. La pena que sintió al verla agonizar y después morir le resultó inabarcable y caló hondo en quienes estaban a su alrededor. Ni media hora había transcurrido del desolador trance cuando la princesa de los Ursinos lo condujo al interior de una carroza preparada para abandonar de inmediato el Alcázar y trasladarlo, acompañado de sus tres hijos, Luis, Felipe Pedro y Fernando, y de un escasísimo séquito, a las casas del duque de Medinaceli, donde todo estaba dispuesto para acogerlo en un retiro íntimo, lejos del mundo y del dolor. Allí permaneció encerrado durante varios días sin apenas ver a nadie. Y allí, y más allá en el tiempo, su memoria seguía anclada en el lecho que vio morir a la joven María Luisa.

Era en esa misma cama del llanto y la aflicción de entonces donde quiso experimentar el goce carnal con su segunda esposa. Tal vez para recuperar el tiempo perdido, que, aunque no fue tanto, a él le supo a una eternidad. De hecho, las personas de la máxima confianza del rey, conocedoras de la importancia que para el monarca tenía el permanente desahogo sexual, entendieron la urgente necesidad de encontrar a la candidata a convertirse, con la mayor brevedad, en su nueva esposa.

Los ecos de tal circunstancia se propagaron por toda la villa como un reguero de pólvora y llegaron a oídos de uno de los mayores arribistas que por entonces vivían en Madrid, un clérigo italiano que sabía usar sus extraordinarios conocimientos para maquinaciones de toda índole encaminadas siempre a arrimarse al poder. Se trataba del influyente

Giulio Alberoni, natural de Piacenza, al servicio del duque de Parma, vio en la viudez del rey Felipe una ocasión única para hacer méritos ante su señor y, de paso, alcanzar la gloria de adentrarse en la corte española.

—No hallaréis mejor candidata que la que os propongo.

El intrigante Alberoni había conseguido una cita con la persona que más influía en Felipe V: Marie-Anne de la Trémoille, princesa de los Ursinos, quién había hecho y deshecho a su antojo en palacio por su cargo de camarera mayor de la reina María Luisa.

Madame de la Trémoille y el abate Alberoni encajaban en la misma horma: la de manipular sin escrúpulos a quien fuera con tal de conseguir lo que se proponían. Y lo que se proponía Alberoni era que el rey Borbón desposara a la sobrina del duque de Parma, una tal Isabel de Farnesio, joven de muy buena familia.

—Es indiscutible que la unión con Parma beneficiaría los intereses políticos de España —afirmó la princesa—. Pero os aseguro que en el caso de Su Majestad el rey don Felipe más importante aún es si la elegida será buena compañera en todos los órdenes de la vida, especialmente en los más íntimos… ya me entendéis.

—Por supuesto, princesa… Vuestra observación es cristalina como el agua de los manantiales. Y a ese respecto os diré que los atributos físicos, sin estar tocados por el don de la belleza excelsa, sí reúnen las condiciones que hacen pensar que Su Majestad podría satisfacerse con ella. Asimismo, la joven Isabel no será ningún obstáculo para que la corte española siga su senda como hasta ahora, sin intromisiones de nadie —lo de *la senda* significaba que para quien no iba a ser un obstáculo era, más que para el rey, para la propia princesa—. Habréis de saber que la sobrina del duque es una ignorante y que todo su interés en la vida se reduce al buen yantar. De ello dan cuenta sus prietas y voluminosas carnes —zanjó entre risotadas.

La princesa de los Ursinos, cómplice ya de la estratagema del abate, soltó por su parte otra sonora carcajada.

—Se trata, pues, de una muchacha insignificante, incapaz de inmiscuirse en los asuntos de Estado ni en el devenir ordinario de la corte, pero perfecta para desempeñar el papel que se espera de la reina consorte de don Felipe.

—No se me ocurre que nadie haya podido entender lo que el rey necesita tan bien como lo habéis hecho vos —concluyó la princesa—. Ansío conocer a esa joven lo antes posible.

El orondo abate le besó la mano depositando en ella una forma de agradecimiento que sólo es privilegio de los malvados.

El 25 de agosto del año 1714 se firmaba el contrato matrimonial con la elegida, Isabel de Farnesio, sobrina del duque de Parma. Habían transcurrido seis meses desde el fallecimiento de la primera esposa de Felipe de Borbón. Isabel estaba llamada a aliviar la tristeza del viudo soberano. Una italiana, que iba a gobernar un reino español como consorte de un esposo francés. Verdaderamente toda una incógnita...

Dada la urgencia por apaciguar el ánimo de don Felipe —ya se sabía cuál era el camino para hacerlo—, los acontecimientos relacionados con el enlace real se sucedieron con celeridad. Así, el 16 de septiembre se celebró la boda por poderes en Parma y de inmediato la joven emprendió viaje hacia España. Estaba previsto que lo realizara por mar, pero no pudo ser debido a las molestias y los mareos que le producía navegar. Así que se adentró en España a través de Francia. Aprovechó su paso por Bayona para visitar a su tía Mariana de Neoburgo, viuda del rey Carlos II, y quedarse con ella diez días. Fue doña Mariana quien la instruyó en los entresijos de la corte española, tan distinta de la francesa, como distinta era España de Italia. Pero también la previno de un personaje clave del que debía desconfiar: la princesa de los Ursinos. «Nunca confíes en quien se otorgue más poder que el propio soberano. No permitas que nadie lo haga allá donde reines, mi querida sobrina», fueron las sabias y clarividentes palabras que Isabel oyó de su tía.

Les costó despedirse, pero la joven debía proseguir camino. En Pamplona la esperaba el abate Alberoni para acompañarla hasta Guadalajara, donde iba a tener lugar la ceremonia nupcial. Allí, pues, conocería por fin a su esposo, el rey de España, don Felipe de Borbón.

Durante el trayecto, Isabel de Farnesio supo que su llegada coincidía con el fin de la guerra en Cataluña, territorio contrario a la coronación de don Felipe, que había durado los catorce años que se cumplían de su entronización. Le contó Alberoni que se estaban viviendo los últimos estertores de la resistencia catalana y que la situación se daba ya por controlada por parte de las tropas reales. Y ella no pudo por más que pensar que habían sido demasiados años de guerra, pero también que su esposo no era todo lo querido que cualquier rey desearía.

El viaje se le hizo largo… y pesado. Entre el séquito iban dos estrechos colaboradores de Isabel, la inseparable Laura Piscatori, su antigua nodriza, y Annibale Scotti di Castelboco, marqués de Scotti, ambos muy apreciados por ella, sobre todo Piscatori. En el caso de Scotti, había sido enviado como agente del duque de Parma e inmediatamente se puso también al servicio de la futura reina demostrándole devoción y fidelidad.

El único alivio que tuvo durante el prolongado trayecto fue la correspondencia del rey. Anhelaba tanto su llegada y poder conocerla que no cesaba de escribirle. Llevaba haciéndolo meses. En aquellos días las misivas rebosaban de los afanes de Felipe. «Cuento los momentos que me separan de vos», le decía en una de ellas.

En otra, fechada el 11 de diciembre, el tiempo de la espera se le atragantaba: «Los momentos son para mí como siglos…». Siglos que parecía llevar esperando a una mujer como Isabel. Ninguna otra había ya en el mundo para él que la Isabel que había entrado en su corazón mucho antes que en su vida.

Castillo de Jadraque, Guadalajara,
23 de diciembre de 1714

La princesa de los Ursinos se había desmarcado de la comitiva, cuyo destino final era Guadalajara, donde se ultimaban los preparativos para la boda real. El rey continuaba viaje hacia la ciudad en la que esperaría ansioso la llegada de la novia. La princesa, en cambio, convertida ya en camarera mayor de la nueva reina, cargo que se había otorgado a sí misma, prosiguió camino hacia Jadraque para recibirla.

A tenor de lo explicado por el valedor de la candidata finalmente escogida, el abate Alberoni, madame de la Trémoille iba preparada —y hay que decir que, por ello, feliz— para encontrarse con una muchacha de poco criterio, dócil e impresionable. Pensaba que había realizado la mejor elección, en la confianza de que no tardaría en hacerse con el control de la nueva reina, lo cual le posibilitaría el mantenimiento de su privilegiada posición de poder. Su intención era dejarle bien claro ya desde el primer momento en quién recaía la autoridad más allá del rey don Felipe: en ella.

En una de las gélidas estancias del castillo, la reina la esperaba acompañada de Alberoni. Madame de la Trémoille le presentó sus respetos y ella la acogió con una amabilidad más correcta que sincera. Después de un intercambio frívolo de un par de frases sin un fundamento que no fuera la cordialidad, ambas mujeres se quedaron a solas. Durante largos segundos imperó el silencio mientras se escudriñaban con la mirada. Una y otra sabían del respectivo recelo y ya habían fingido lo suficiente delante de Alberoni.

—Y bien, madame de la Trémoille… —Era la reina quien debía iniciar la conversación, y así lo hizo—. El abate Alberoni me ha puesto al tanto de que habríais de ser mi camarera mayor.

—Así es, majestad. Lo soy.

—Lo seréis si yo dispongo que así sea.

El primer envite estaba dado. Isabel de Farnesio había conseguido descolocar a la princesa con excesiva facilidad. O al menos lo creyó.

—Majestad, he de deciros que la decisión ya está tomada. De modo que tenéis ante vos a vuestra camarera mayor.

—No parece que hayáis entendido mis palabras, princesa.

En ese momento la de los Ursinos avanzó hacia la que claramente acababa de convertirse en su contrincante para hablarle en un inapropiado tono retador:

—Si me permitís, creo que es a vos a quien no os han quedado claros algunos asuntos que son de gran importancia. No tengo inconveniente en recordaros que es gracias a mi persona que vos ocuparéis a partir de mañana el tálamo del rey.

—El tálamo y mucho más… —replicó Isabel sin que se le moviera ni una pestaña al decirlo, mostrando así una templanza y una firmeza con las que la princesa no contaba.

—El tálamo… y poca cosa más, majestad. —La Trémoille estaba yendo demasiado lejos—. Porque nada hay que interese más a nuestro soberano de la que será su nueva esposa que los asuntos de cama. Vos ya deberíais saberlo.

La princesa había traspasado la línea de lo que la reina podía permitir. Aunque a ésta le había sorprendido tanto la temeridad de su súbdita que el tiempo que tardó en reaccionar fue aprovechado por la otra para volver a la carga, creyendo, erróneamente, que estaba ganando la partida:

—Pero no temáis, majestad, pues contáis con mis servicios para manejaros en la corte en vuestro papel de reina. Por cierto, papel del que os queda mucho por aprender. Por ejemplo, tendréis que ir adaptándoos a la indumentaria versallesca, ya sabéis, me refiero a vestir a la francesa —lo dijo observando el vestido de la reina con aires de superioridad y hasta de cierto desdén—. También es reprobable que cuando se os aguardaba en la corte hicierais esperar tanto al rey. Sobraban días de vuestra pernocta en Bayona. Hasta diez fueron. Innecesarios.

Se estaba refiriendo a la estancia de Isabel en Bayona junto a su tía Mariana, quien no era precisamente del agrado de los franceses ya que se había rodeado de una especie de corte paralela en la que disponía a su antojo saltándose las normas cortesanas de Madrid.

Para la reina fue suficiente. Primero se contuvo al decirle:

—Precisamente mi tía, doña Mariana de Neoburgo, me ha prevenido acerca de vos, princesa, y del peligro que representáis para mis aspiraciones y mi trono. Sois vos quien va a tener que adaptarse, sí, pero ¡al frío que hace fuera de la corte de España!

La princesa de los Ursinos quedó sin habla ante el duro golpe que acababa de recibir.

La reina estalló con furia desmedida, mostrando su temperamento:

—¡Sois una insolente, una impertinente! ¡Fuera de mi vista, loca mujer! ¡Fuera, loca!

A voz en grito y no pudiendo controlar ya los nervios, Isabel llamó a un oficial y al jefe de su guardia para que echaran a la atrevida princesa de los Ursinos.

—Pero, majestad... no... no podéis hacerme esto...

El orgullo de madame de la Trémoille le hacía tragarse las lágrimas de incredulidad y rabia que le brotaban de lo más hondo del odio que acababa de nacer en ella.

—¿Que no puedo...? ¡Claro que puedo! —bramó la reina.

Tomó papel y pluma y en sus propias rodillas escribió el decreto de expulsión del país de la princesa de los Ursinos, por el que quedaban revocados todos sus cargos. Dio las órdenes atropelladamente, pero estaban muy claras. Era tan feroz la ira de la reina que no permitió a la princesa ni siquiera recoger sus enseres personales, tampoco cambiarse de ropa; tan sólo elegir a una dama de compañía para subir a una carroza en ese instante y abandonar España, con la prohibición de comunicarse con nadie durante el trayecto hasta la frontera. Y por si fuera poca la humillación, mandó que la devolvieran a Francia a través de Navarra, con lo que tenía que pasar por Bayona.

La echó sin miramientos. Cincuenta guardias la escoltaron como una sombra silenciosa en aquella fría e intempestiva noche del 23 de diciembre azotada por una fuerte tormenta de viento y nieve. De esta manera tan indigna, conducida exageradamente por medio centenar de hombres para que no se escapara ni buscara apoyos en el camino, acabó, a los setenta y dos años, la carrera de la hasta entonces poderosa princesa de los Ursinos en la corte del primer Borbón de España.

—Dad recuerdos a mi tía doña Mariana…

La última frase que Isabel dedicó a la princesa fue pronunciada con la arrogancia de quien se sabía ganadora antes de comenzar la contienda.

Una vez que se hubo asegurado de que madame de la Trémoille había partido hacia su destierro, y todavía con los efectos del sofoco en su respiración agitada que hacía oscilar incansablemente los oprimidos pechos bajo un generoso escote, se retiró a descansar.

Al meterse en la cama cogió de una mesilla la última carta enviada por el rey. Había llegado hacía poco. Era de ese mismo día, tan sólo uno antes de verse. Estaba claro que la proximidad de la fecha de la boda —apenas quedaban horas—, no mermaba el ímpetu de su enamorado Felipe:

Mañana estaré sin falta en Guadalajara, hacia las tres o las cuatro de la tarde. Me es imposible expresar la alegría que siento.

Isabel se quedó dormida apretando la carta contra su pecho desnudo.

4

Palacio del Infantado, Guadalajara,
la misma noche del 23 de diciembre de 1714

El rey deambulaba como un león enjaulado por sus estancias privadas en el palacio de Guadalajara donde aguardaba la llegada de Isabel. Estaba inquieto. Ni siquiera el frío evitaba el sudor de sus manos, que no sabía dónde colocar de puro nerviosismo.

Cuando un sirviente le anunció la visita de Giulio Alberoni sus pies se detuvieron al fin en un punto y dejó de dar vueltas sin rumbo. Le extrañó. El abate debería estar acompañando a Isabel de Farnesio. Era muy tarde. El italiano informó enseguida al rey de que se había adelantado para darle detalles de lo ocurrido esa misma noche en Jadraque, un hecho para él gravísimo.

—Vaya...

El rey se mostró preocupado tras escuchar atentamente el relato.

—La reina llegó incluso a levantarle la voz y además...

—No voy a negaros la importancia de lo acontecido. —El monarca no quiso que siguiera—. Sin embargo, estaréis de acuerdo conmigo en lo desafortunado que sería contravenir la primera orden que da quien se estrena como reina de España.

—Pero, majestad, es que no...

Alberoni quería aportar más argumentos para desestimar la orden de la reina, pero don Felipe no le dejó.

—No existen *peros* a los deseos de mi esposa, a todos los efectos y a Su Majestad la reina... De modo que lo único que os queda es hacer cumplir la orden de expulsar de la corte a madame de la Trémoille, tal como ha dispuesto vuestra soberana. ¿Os queda claro, abate?

—Sí, majestad...

Alberoni agachó la cabeza visiblemente contrariado y se retiró. El rey no pudo evitar una sonrisa. Su nueva esposa demostraba tener un firme carácter, y eso le gustó. Pidió que lo asistieran para cambiarse de ropa y acostarse. Pero repentinamente sintió la necesidad de escribirle a su amada Isabel, una práctica que llevaba tiempo aliviándole de la inquietud que sentía por conocerla. Así lo mostraba en la carta que le había enviado a mediados de agosto:

> Ya no puedo esperar más, Señora, para expresaros mi alegría por la boda que nos va a unir, y mi impaciencia por expresarlo en persona. Haré todo lo que esté de mi parte para contribuir a vuestra dicha, y establecer con vos una unión firme que será el gozo de mi vida. Os escribo sin formalidades, porque no deseo que las haya entre nosotros.

En una posterior, fechada el 19 de noviembre, le explicaba lo que significaba para él escribirle:

> Aunque me siento muy infeliz por estar todavía separado de vos, es tan agradable escribiros que no quiero perderme la oportunidad de hacerlo. Ya podéis contar con recibir cartas mías tan a menudo como sea posible, hasta que pueda deciros personalmente todo lo que siento por vos.

Ordenó que le llevaran papel y tinta. El corazón le desbordaba al guiarle la mano en la escritura.

Es mi voluntad aseguraros que la marcha de la princesa de los Ursinos no restará intensidad a mi ternura como tampoco afectará al deseo de vivir con vos. La falta de respeto de la princesa merecía el castigo que le habéis impuesto. Habéis hecho bien. Y yo me siento orgulloso de Vos, Señora.

El escaso tiempo que acorta la distancia entre nosotros no hace sino aumentar en mí las ganas de contemplaros en persona.

Felipe cerró los ojos e intentó imaginar cuál sería el olor de la piel de su nueva esposa. Y ese pensamiento comenzó a llenarle de excitación.

Entregó la carta para que fuera enviada con urgencia deseando meterse en el lecho cuanto antes para sentir el tacto de las sábanas, de cuyo roce comenzaron a brotar los recuerdos de su torturada adolescencia… aquella época infernal en la que, no pudiendo refrenar sus impulsos sexuales, se entregaba con ahínco y excesiva frecuencia a proporcionarse a sí mismo un placer del que se arrepentía antes incluso de culminar. Sentía placer y culpa a partes iguales. Una culpa insoportable, que le hacía recurrir a su confesor para evitar el martirio.

El confesor le hablaba del Génesis y del miedo a la maldición bíblica que castigaba a Onán por no derramar su semilla en el «vaso natural» de la mujer en el que podía dar su fruto, ante lo que él se rebelaba. El entonces joven Felipe replicaba que cuando el historiador griego Diógenes Laercio sentía un deseo sexual irrefrenable se masturbaba en la plaza pública sin importarle el escándalo que provocaba. Posiblemente sus conciudadanos no estuvieran de acuerdo con su manera tan natural de considerar el sexo. Lo curioso era oír de qué manera el nieto del gran Luis XIV intentaba justificarse poniendo en su boca las palabras de Laercio que, siglos después, a quien escandalizaban, y mucho, era a su confesor.

—Él creía que si la comida y el sexo no eran malos en sí mismos, y lo primero podía hacerse en público, ¿por qué no también lo segundo? A mí al menos no me ve nadie.

El día que soltó tal explicación, al confesor sólo se le ocurrió decirle que Diógenes Laercio era un frívolo:

—¿Qué se puede esperar de un mediocre como él, para quien la filosofía no era más que un pasatiempo ocioso?

El ímpetu juvenil de Felipe de Borbón entraba en colisión con la condena que la ciencia hacía a su práctica sexual favorita y onanista. La medicina —debe reconocerse que sin demasiado sustento— vino a reforzar la moral de la Iglesia, que hasta entonces había detentado el monopolio de la cruzada contra las acciones más íntimas de los fieles consideradas inaceptables cuando no estaban encaminadas al fin último de la procreación. Pero todo eso al nieto del Rey Sol le daba igual, para desesperación de quien tenía el encargo de velar por la rectitud moral del joven.

Y en medio de los recuerdos de juventud había vuelto a hacerlo, ahora en su solitaria cama, preso del morbo que le producía pensar en lo que ya se vislumbraba de su nueva esposa, Isabel: un férreo temperamento que seguramente sería el reflejo de cómo se desenvolvía en la intimidad.

Se acarició a sí mismo hasta los límites más extremos de la complacencia, disfrutando al sentir que su desnudez ya no era sólo suya. Acabó vertiéndose sobre las sábanas y dejó salir, con ello, las negruras de su viudez que estaban a punto de quedar atrás.

Lo que había hecho no estaba bien. Pero esa vez no pensaba llamar a su confesor. Poco le importaron en ese momento las consecuencias morales de haberse dejado llevar por sus instintos más bajos y primarios pensando en ella, en la mujer cuyo nombre asomaba a los labios de Felipe y se hacía dueña de su cuerpo sin haberla conocido aún: Isabel.

5

A la mañana siguiente el ministro Jean Orry y el confesor del rey, el padre Pierre Robinet, solicitaron audiencia para intentar convencerle de que revocara la orden de expulsión de la princesa de los Ursinos.

—Sería un grave error, majestad, prescindir de una persona con tanta experiencia como tiene ella.

Orry, venido de Francia como ministro y consejero de toda confianza del rey, tenía en madame de la Trémoille un gran apoyo para sus tejemanejes en la corte española. Algo similar ocurría en la relación de la princesa con el confesor real.

—Es indudable que sus servicios serían de gran utilidad para la nueva reina. No olvidemos la inexperiencia de doña Isabel y su lógico desconocimiento de la corte de un país extranjero y ajeno a su persona hasta ahora.

Robinet era listo; sabía que si existía alguna posibilidad de que el rey reconsiderara su decisión era apelando a lo que podría tener de beneficio, no ya para él, sino para su amada esposa.

—¿Y no creéis que sería posible que ocupara su puesto, desempeñando la misma utilidad, otra persona de vuestra confianza? —preguntó displicente el monarca.

—Oh, no, no, eso no sería posible. Creednos, majestad, no existe otra persona de más experiencia y demostrada lealtad que la princesa de los Ursinos —se apresuró a responder Orry.

—Y vos lo sabéis, majestad… —remató el padre Robinet, buen conocedor del alma de Felipe, mirándole fijamente y con una extraña benevolencia.

Tras unos instantes en los que el rey pareció estar ausente se decidió a escribir la orden de detener la salida de España de madame de la Trémoille.

Robinet y Orry respiraron tranquilos.

Apenas unas horas después de que el rey firmara la revocación de la orden dada por Isabel, la italiana hacía su entrada en Guadalajara aclamada por el gentío en las calles.

Al llegar el rumor de la comitiva aproximándose a la puerta del palacio del Infantado los latidos del corazón de Felipe ascendieron hasta sus sienes, golpeándole con fuerza. Todo se sucedió muy rápido, por expreso deseo del rey. Isabel fue ayudada a descender de su carroza y conducida al salón donde él aguardaba. Siendo como era, a sus espléndidos veintidós años, una mujer de admirable templanza, los nervios la asaltaron en el último momento. Sus pasos acortaban la distancia y el tiempo que la separaban de Felipe, el hombre que le había declarado su exaltado amor en multitud de cartas.

El salón estaba engalanado al más puramente ostentoso estilo francés para recibirla. Lujo cortesano. Detalles. Alegría y derroche que hacían que no pareciera el mismo en el que los Austria habían vivido escenas similares.

Cuando Isabel de Farnesio puso un pie en aquel espectacular salón se hizo un imponente silencio. Todos los presentes la reverenciaron y retrocedieron unos pasos para abrir un pasillo por el que pudiera avanzar hacia su esposo.

Ambos se prodigaron los pertinentes saludos ceremoniosos, pero a Felipe le daba igual el mundo en ese momento en el que sólo existía Isabel. Le ofreció su brazo y sin dilaciones se desplazaron al salón contiguo, donde les dejaron a solas.

Por fin...

Lentamente, Felipe se acercó a ella y la fue rodeando, describiendo un círculo invisible alrededor de su prominente figura, ante cuya primera visión ya había caído rendido. Subyugado. No es que fuera una gran belleza, pues además su rostro evidenciaba marcas de una pertinaz viruela; sin embargo, resultaba elegante y majestuosa en el porte.

Al completar el rodeo se detuvo frente a ella; sin apartar la vista de sus enormes ojos oscuros y su penetrante mirada, le tomó una mano y se la llevó a los labios, donde la dejó alojada como si fuera una piedra preciosa entre borlas de seda. Entonces se acercó a su cuello para olerla, un gesto que a Isabel la perturbó sobremanera; su cuerpo se estremeció, y Felipe lo anotó como un inequívoco primer triunfo.

Se había aproximado tanto a ella que podía percibir con nitidez la agitación de su respiración y el voluminoso pecho a punto de estallarle en el escote... No podía más de excitación. «Isabel, oh... Isabel», le susurró antes de atraparle la boca con la suya, fundiendo entre ambas el deseo que por fin tenía la realidad como escenario.

El beso duró lo que un arrebato que durante mucho tiempo se ansía. Apenas se dijeron nada más.

Cuando el beso terminó a Isabel le temblaban las piernas; y a Felipe, la parte de su cuerpo que ardía en deseos de poseerla...

—Tenéis que descansar, es mejor que os retiréis ya —le dijo el rey a su reina.

Y se quedó con las ganas de decirle mucho más. Pero no pudo; la emoción contenida y la excitación desatada se lo impidieron. Tiempo habría. Aunque oficialmente ya se habían casado, estaba a punto de tener lugar la ceremonia que iba a unirlos definitivamente como esposos para siempre ante los ojos de Dios y del mundo.

Ahora Felipe ya sabía que la elección que había hecho la princesa de los Ursinos era más que acertada. Merecía, pues, que revocara la orden de expulsión. Isabel era la mejor esposa que podía tener.

Por la tarde el matrimonio fue ratificado, extendiéndose la alegría por todos los rincones de palacio. Doña Isabel de Farnesio y Wittelsbach-Palatinado-Neoburgo, de veintidós años, era ya de pleno derecho la esposa de don Felipe de Borbón y duque de Anjou, de treinta y uno.

Durante el banquete, el rey, para mitigar la impaciencia de querer estar en la intimidad con Isabel, se entregó a la comida y a la bebida de forma llamativamente desmesurada, haciendo uso de una exageración que, aunque ella aún lo desconocía, formaba parte de su carácter. Era un ímpetu devorador fuera de lo común. Las miradas ávidas y ardorosas se cruzaban de un lado a otro de la mesa entre Isabel y Felipe. No veían la hora de retirarse.

Hacia las once de la noche Felipe no podía más, se acercó a ella y le manifestó su impaciente deseo de que se fueran a la cámara nupcial. Solos. Nadie más que los dos esposos, deseando ser amantes lo antes posible. Los más de diez meses que hacía que el rey había enviudado era demasiado tiempo sin sexo para un temperamento como el suyo.

Dejaron que la fiesta continuara, pero sin ellos. Anunciaron su retirada y desaparecieron, prácticamente en el mismo acto, como si de magia se tratara. Y cuando por fin se hallaron en la cámara privada ambos tuvieron sensaciones parecidas que compartieron en el mismo aire que respiraban.

Vestidos ya con sus camisones, la servidumbre se retiró en silencio. La alcoba tenuemente iluminada por el ambarino aire de las velas cobijó el silencio y las ganas que se tenían el uno del otro.

Felipe comenzó a despojarla del suyo, poco a poco, despacio. A ella le sorprendió; pensaba que iban a acostarse cubiertos sus cuerpos por las camisolas blancas, pero eso a él no le gustaba. Isabel todavía no se hacía a la idea de cuánto iba a cambiar su modo de entender y de vivir determinadas circunstancias de la vida, entre ellas las más íntimas. Pero los descubrimientos estaban ya empezando.

Al quedar desnuda por completo tuvo el gesto involuntario e instintivo de cubrirse los pechos con los brazos, ante lo que Felipe reaccionó con rapidez evitándolo con los suyos. ¡Cuánto le gustaron! Sus pechos... y aquellos hombros amplios y poderosos.

La atrajo hacia sí y la besó con furia. Después se quitó el camisón en un solo movimiento. A ella también le causó buena impresión el físico de su esposo. Lo encontró apuesto y gallardo, y le llamó la atención su rubia y densa melena, hasta el punto de que sintió deseos de hundir los dedos en ella y acariciar la cabeza de Felipe mientras él se descubría como un animal ansioso de las carnes y de todas las esquinas del cuerpo de su mujer.

Isabel no había imaginado nada igual. Fue besada y acariciada allí donde siempre creyó que sólo las prostitutas se ofrecían.

Media hora más tarde cayó exhausta, desmadejada como una muñeca de trapo que hubiera sobrevivido a una batalla.

—Me habéis hecho feliz... —expresó Isabel a Felipe—. No podía imaginar que seríais... —Buscaba el adjetivo adecuado, pero eran demasiados los que se agolpaban en su cabeza y no lo encontró—. Que seríais... así.

—¿Así, cómo...?

—Pues... fogoso, con ese ardor.

—¿Os he parecido fogoso? —dijo Felipe disfrutando con los apuros por los que estaba pasando su esposa para explicar lo que había sentido—. ¿Y qué más os he parecido, mi amada Isabel?

El rey dejó que sintiera el calor de sus labios por todo el rostro.

—Me habéis parecido... ¡muy buen amante! —Y nada más decirlo se volvió boca abajo de la vergüenza que sintió al reconocerlo.

—¡Ja, ja!

A Felipe le resultaba divertido todo aquello y aprovechó la nueva posición adoptada por Isabel para acariciarle la espalda y besarle las nalgas.

—Oh, Dios, ¿cómo os atrevéis a hacer semejante cosa? —se quejó ella falsamente, pues deseaba que no dejara de hacerlo.

Estuvieron así durante un rato, hablando entre susurros y caricias sobre los anhelos de cada uno y sobre la vida en común que estaban estrenando.

—Haremos grandes cosas juntos —sentenció Isabel al tiempo que se volvía de nuevo para verle la cara.

—Nuestra principal tarea será la de amarnos, y eso ya lo estamos haciendo.

Pero para Isabel de Farnesio amar al rey no era su única misión. Pretendía mucho más, en el convencimiento de que el amor no resultaba para ella suficiente. Buscaba la alianza firme entre amor y poder, que sólo podría fraguarse en el lecho. Y como era una mujer fuerte, tozuda, y con ideas muy claras, a lo que se sumaba la reciente espina clavada de su discusión con la princesa de los Ursinos, se recuperó pronto del desvarío amoroso y descendió a la cordura. Le interesaba hacerlo.

—¿Vos creéis, amado esposo mío, que una reina puede permitir que se le falte al respeto? —preguntó entre susurros mientras acariciaba el cuerpo bien formado de Felipe.

—Es evidente que no… —Felipe volvía a besarle los pechos—. No sé… por qué… lo decís…

—Oooh, amado mío, no paréis… —Se deleitaba con los perturbadores besos que le prodigaba su esposo—. Me refiero al desaire e improcedencia con la que me habló la princesa de los Ursinos… Oooh…

Felipe volvía a la carga en su intento por excitarla de nuevo. Los labios, la lengua, avanzaban hacia el abdomen.

—Es una insolente… —La soberana estaba teniendo dificultades para seguir hablando—. Ninguna reina permitiría que un súbdito… se dirigiera a ella como hizo conmigo esa loca… Y he oído que habéis detenido su expulsión… No deberíais… Merece estar lejos de aquí… lejos de vos…

En ese momento su amante esposo hizo un amago de besarla mar adentro de las ingles. Después le pasó la lengua por la cara interna de los muslos cogiendo impulso para ascender de nuevo. Felipe avanzó en esa práctica con cautela, temiendo que ella fuera a negarse. Cuál no sería su sorpresa al comprobar que abría las piernas lentamente para permitir que la boca se le aproximara sin condiciones al sexo ya impaciente… Y en él se perdió hasta el éxtasis.

Amanecía cuando Felipe se despertó. Observó a su esposa, desnuda y dormida. Le besó la frente con ternura y se levantó sin hacer ruido. Se echó encima una ligera bata y salió hacia su despacho ante la estupefacción de los criados al verle tan temprano después de su noche de bodas. Empezaron las carreras para darle asistencia y obedecer sus pretensiones, impensables en las primeras horas de matrimonio. Pero pronto lo supieron. Apenas tardó cinco minutos en disponer lo necesario para redactar la orden definitiva de que la princesa de los Ursinos prosiguiera su camino hacia la frontera francesa. La expulsó, de España y de su corte, sin posibilidad de vuelta atrás. Al estampar su firma sintió una extraña satisfacción, no por dejar de ver a la princesa, que eso para entonces ya era lo de menos, o por creer que hubiera hecho justicia, sino por ceder a los deseos de la extraordinaria y complaciente mujer que había descubierto en su lecho. La mujer que iba a acompañarlo en el mismo hasta el fin de sus días. Pensó en la cantidad de placer, inabarcable con la imaginación, que le quedaba por vivir junto a ella, y un estremecimiento seco y rudo recorrió su cuerpo.

Por su parte, Isabel conseguía, así, su primer triunfo, y lo había obtenido en la cama… ¿Tal vez una premonición de lo que le aguardaba junto a ese hombre que acababa de convertirse en su esposo?

6

San Juan de Luz, 14 de enero de 1715

Caía la noche y arreciaba el frío. El viaje no había podido ser más terrible, más lleno de penalidades y de incomodidad. En definitiva, no podía haber sido más humillante. Había sido echada de la corte como un perro.

La permanente falta de provisiones, los pésimos alojamientos, la nieve y las tormentas, el llevar la misma ropa desde que abandonó obligada Jadraque, aunque duros, no resultaron a la princesa de los Ursinos tan malos como la humillación que le supuso el modo grotesco con que la reina la expulsó de la corte después de casi quince años de servicio. Acostumbrada al lujo y a los placeres de la buena vida, el mundo se le vino encima por aquellos caminos tortuosos plagados de inclemencias, en un viaje poco menos que inhumano. Las lágrimas se le helaban en las mejillas.

Con setenta y dos años y el corazón roto. Los huesos entumecidos, llenos de dolor y frío. El alma despedazada. La rabia contraída en el pecho… Con ese desgraciado equipaje llegó Marie Anne de la Trémoille a San Juan de Luz, dejando atrás la corte en la que lo había sido todo. No se podía haber llegado más alto sin ser reina. Como tampoco era posible caer más bajo de lo que se sintió aquella noche en la que por fin podría encontrar un miserable lecho caliente en mitad de la infernal oscuridad. Un lecho que le mitigara la pena tan inmensa e inabarcable a sus años.

Un cálido refugio donde su corazón se hizo un ovillo y olvidó por unas horas la desgracia que borraría el buen recuerdo de una vida que ya había dejado de pertenecerle.

Madrid, palacio del Buen Retiro,
esa misma noche

La algarabía de los luminosos salones atrajo la curiosidad de Felipe. La reina se desplazaba de uno a otro disponiendo, haciendo y deshaciendo a su antojo, desplegando las mejores alas de su frivolidad al ordenar a sus damas y sirvientas que fueran colocando el arsenal de ropa, vestidos suntuosos y valiosas joyas que su esposo le había regalado. Cierto que ella también traía consigo una larga cola de baúles que fueron transportados con dificultad desde Italia y que ahora necesitaban acomodo.

Isabel estaba exultante y eso hacía feliz a Felipe. Se acercó a ella y le besó la mano primero, para buscar sus labios después sin importarle la presencia de damas y criados. Era el rey. Y estaba enamorado.

Enamorado de una mujer emocionada ante la vida de lujo y poder que se le ponía por delante.

Una vida sin la incómoda molestia que podría haber supuesto para ella la presencia de madame de la Trémoille, princesa de los Ursinos.

En un pequeño despacho el ministro Jean Orry escribía al rey de Francia contándole la caída en desgracia de la princesa, lo que para él era un hecho nefasto que no beneficiaba a la corte española.

No se ahorró ni un detalle de cuantos le había relatado el abate Alberoni referidos a la aciaga noche de la discusión entre la nueva reina y madame de la Trémoille.

La era que se inauguraba con el segundo matrimonio de don Felipe no podía poner en peligro el esfuerzo que se había hecho para asentar la presencia de los Borbones en España y eso tenían que saberlo en Versalles.

Ángela de Aragón y Benavides se atusaba el pelo y se estiraba la falda para mostrarse impecable. Cuando la puerta del salón se abrió y oyó que anunciaban su nombre respiró hondo y entró.

Doña Ángela, octava condesa de Altamira, sustituía a la princesa de los Ursinos en el cargo de camarera mayor de la reina sin que su predecesora hubiera podido ni tan siquiera estrenar su cometido. Isabel de Farnesio la recibió con correcta cortesía y le permitió que le presentase sus respetos.

Tras hacerlo, la camarera puso la mirada en una mujer de avanzada edad que se hallaba a la diestra de la reina, como queriendo preguntar por su identidad. Isabel lo entendió y, mientras la dama a la que observaban exhibía una sonrisa mellada, le despejó su duda: «Es Laura Piscatori. Ha venido conmigo desde Italia», explicó siendo deliberadamente escueta. La condesa se quedó mirándola antes de atreverse a preguntar:

—Y, si no os inoportuna, ¿cuál es el cargo que desempeñará en la corte? Es por la organización de nuestras tareas, majestad…

—¿Cargo, decís…?

Lo cierto era que a la reina ni se le había ocurrido pensar en un cargo para su estimada Laura.

En ese momento anunciaron la llegada de don Álvaro Antonio de Bazán Benavides y Pimentel, séptimo marqués de Santa Cruz y mayordomo mayor. Se repitió el ceremonial de la presentación y la reina prosiguió la conversación que mantenía con su camarera en el punto en el que habían sido interrumpidas.

—Como os estaba diciendo, condesa, tengo el honor de haber sido acompañada desde mi ya añorada Italia por la que fue mi nodriza...

Piscatori volvió a mostrar su estropeada dentadura en una sonrisa desafiante. Era una lombarda de armas tomar, muy alejada de la clase y los modales de la condesa de Altamira y del marqués de Santa Cruz. A ambos les bastó apenas un breve instante para recelar de ella. Pero no tenían mucho que hacer porque la reina sentía por su antigua nodriza verdadera debilidad y no lo disimulaba.

Los dos nobles españoles se retiraron sin haber reparado en una discreta figura masculina que permanecía inmóvil observando la escena desde un rincón estratégico del salón. Sólo abandonó su lugar de vigilancia cuando la camarera y el mayordomo se hubieron marchado. Era el marqués de Scotti, Annibale Scotti di Castelboco.

La reina les pidió, a Laura y al marqués, que no perdieran de vista a los dos nobles españoles y que siguieran atentamente cada uno de los pasos que daban.

Piscatori abandonó la estancia, y entonces Isabel y el marqués hablaron de la misión que le había sido asignada. Lo hicieron en voz muy baja.

—En este palacio no puede una fiarse de que las paredes no tengan oídos —dijo la reina—. Por cierto, marqués, hay otras dos personas de las que deberíais averiguar cuanto se pueda.

—No tenéis más que decirme sus nombres, majestad, y me pondré a ello.

—El ministro Orry y el padre Robinet.

—¿El confesor del rey...? —se sorprendió el marqués.

—Habéis oído bien.

Por lo que parecía, la reina no estaba dispuesta a perder el tiempo ni se andaba con tonterías.

El rey extrajo una pequeña pieza del reloj de sobremesa con el que llevaba jugando desde hacía rato, para provocar la puesta en marcha del sofisticado mecanismo. La figura de un cazador en el lateral derecho era el motivo principal del reloj elaborado en oro, bronce, nácar y porcelana, que formaba parte de la colección privada del monarca.

Los relojes constituían su mayor distracción. Podía pasar horas manipulándolos mientras el mundo se borraba más allá de aquellos artilugios de alta precisión que determinaban el tiempo. Le causaban tal fascinación que acabaron por convertise para él en una pasión obsesiva. El problema era que ensombrecían su ánimo, ya que lo incitaban a la reflexión permanente y a la nostalgia.

Ese día ordenó llamar a su relojero de cámara, Thomas Hatton, para pedirle información sobre un artesano al que calificaban de maestro excepcional en la fabricación de sofisticados relojes cuyos mecanismos eran tan avanzados que los convertían en piezas únicas y difíciles de copiar.

El británico Thomas Hatton había sido traído desde Londres para entrar al servicio del rey. Se le ofreció alojamiento en el mismo palacio del Buen Retiro y un sueldo elevado, veintidós mil quinientos reales de vellón al año. Hatton se desvivía siempre por agradar a don Felipe consiguiéndole las mejores piezas repartidas por Europa, igual que si se tratara de trofeos de caza. El colega sobre el que el rey le demandaba información era el también inglés Thomas Hildeyard, otro londinese, cuyo taller radicaba en Lieja, Países Bajos. El monarca quería saber más datos sobre él. La escuela inglesa se consideraba inigualable en avances técnicos de relojería. De hecho, Felipe V, a pesar de haber nacido y educarse en Francia, optó por la perfección técnica de Inglaterra y eligió, tanto para decorar sus palacios como también para distraer sus días, relojes de fabricación inglesa, pues no en vano se había convertido en la principal escuela relojera del momento.

Hatton sabía perfectamente quién era Thomas Hildeyard. Le contó al rey que se trataba de un jesuita, profesor de matemáticas, filosofía y teología del colegio inglés de Lieja, formado en Gante.

—¿Es muy mayor el tal Hildeyard?

Felipe había formulado la pregunta tocando con mimo la diminuta escopeta de la figurita del cazador del reloj que tenía entre las manos.

—Le calculo unos siete u ocho años menos que Su Majestad.

—¿Y es buen católico?

—Me consta que pasó por el seminario de Watten.

—Interesante...

Los dedos de Felipe hacían equilibrismo para recolocar la escopeta, que se había desplazado ligeramente de su lugar.

—Majestad, a Thomas Hildeyard se le considera uno de los mejores relojeros de toda Europa. He oído decir que está trabajando en una máquina fascinante y única, un reloj de cuatro caras que posee el mecanismo más complejo que haya existido jamás.

—¿Un reloj de cuatro caras? ¿Eso es posible?

—No es lo habitual, como bien sabéis.

—Eso es multiplicar la conciencia del tiempo.

El rey se quedó pensativo, no parecía agradarle demasiado la idea.

—No creo que sea eso.

—Si lo fuera sería terrible.

—Al parecer cada una de las caras muestra cosas distintas. Algo poco visto, y menos en un reloj de sobremesa —explicó Hatton—. Reproduce el universo, meridianos, signos del zodíaco, planos terrestres, fases lunares...

El rey no le dejó seguir:

—¡Lo quiero! —La excitación producida por lo que acababa de oír hizo que, sin querer, la diminuta y frágil escopeta acabara descolocada del todo—. ¡Lo quiero, Hatton! Quiero esa joya. ¿Lo habéis entendido?

—Por supuesto, majestad.

Al relojero le desconcertó la repentina euforia del rey.

—¿Sabéis algo más sobre ese reloj?

—Nada más. Pero lo averiguaré.

—Ese reloj ha de ser mío... Ha de ser del rey de España.

—¿No me diréis que ya habéis tenido ocasión de pecar en el poco tiempo que lleváis casado?

El padre Robinet hablaba en un tono cómplice y condescendiente. El rey le había pedido que le asistiera en confesión aunque no estuviera previsto que lo hiciera esa mañana. Se le notaba inquieto.

—No, padre, claro que no. En mi matrimonio todo está en orden. —Hizo una pausa que, a pesar de que pareciera quizá extraño, encerraba una carga dramática—. Pero no así en mi cabeza.

Robinet se puso en guardia. La manera de hablar del rey no le gustaba; lo conocía a fondo y por eso entendió que lo que quería contarle no iba a ser una nadería.

Felipe prosiguió su confesión:

—Hay algo que no marcha bien y creo que es grave.

—¿Tan grave es eso que os turba?

—Sí, padre. Y no me turba sino que me tortura. Es un hecho que tengo que aceptar porque no haciéndolo la vida se me torna difícil. —Su cara de angustia no vaticinaba nada bueno—. Muy difícil...

El confesor, temeroso de la respuesta que no imaginaba, o mejor que no quería imaginar, preguntó:

—¿De qué asunto se trata?

Un silencio, y el abismo…

—No puedo seguir siendo rey. Ahora ya sé que mi alma no está preparada para reinar.

No se había equivocado el confesor al temer lo que el rey tenía que contarle.

—No sabéis lo que decís, majestad.

—Para mi desgracia, lo sé.

—Vuestro lugar en el mundo es el trono de España —le reconvino Robinet.

—¿Quién nos reserva nuestro lugar en el mundo? ¿Quién lo decide?

—¡En vuestro caso está claro! Nada menos que vuestro abuelo don Luis, rey de Francia. ¿Os parece poco?

El rey lo miró con desconcierto y un poso triste en sus ojos.

—Pensé que ibais a decirme que es Dios quien lo decide.

—Bueno… Dios también.

—Pues entonces ha hecho un mal trabajo Dios, porque mi alma de hombre y mi cuerpo de rey no están llamados a encontrarse, por más que lo he intentado.

Las palabras de Felipe V «mi alma no está preparada para reinar» eran una daga lacerante que se clavaba en la recta línea escrita de la historia del reino de España.

7

Ajena a lo que pasaba por la cabeza de su esposo, la reina, en los principios de su matrimonio, tenía la dedicación principal de satisfacer complacientemente los permanentes requerimientos sexuales de Felipe, al haber entendido que eso le otorgaba un poder mayor que ningún otro. Todo en su vida —horario, comportamiento, costumbres— lo adaptó al furibundo deseo libidinoso que regía el universo íntimo del rey, y se diría que no sólo el íntimo sino también el de gobierno, como no tardaría en comprobar. Isabel se mostró dispuesta a lo que fuera con tal de complacerlo, aunque a veces él quisiera someterla a actos poco recomendables, como ocurrió aquella noche…

No iban a yacer en la postura aconsejada por la Iglesia, la conocida como «cara a cara», el hombre sobre la mujer tumbada boca arriba. Aunque a esas alturas a Isabel no debería sorprenderle nada de lo que le propusiera su esposo en el lecho.

El rey la hizo volverse para que quedara boca abajo, tras lo cual le pidió que se incorporara apoyada sobre las rodillas y se colocara a gatas, quedando a su merced y a su hombría el «vaso natural» en el que Felipe apenas tardó segundos en derramarse, alcanzando un clímax como hacía tiempo que no experimentaba.

A esas alturas no debería sorprenderse… pero ¡lo hizo!

Al principio no supo cómo reaccionar; sin embargo, cuando sintió a su esposo entrando en su cuerpo por el sitio de siempre si bien haciéndolo desde atrás, el estremecimiento casi la llevó a desvanecerse ante el inmenso placer desconocido.

Estaba aceptado por canonistas, y también por muchos confesores, que se invirtiera el «cara a cara», como acababan de hacer los reyes, a pesar de que lo consideraban pecado venial, con la única condición de que se polucionara en el interior de lo que ellos denominaban el «vaso natural» de la mujer.

Pero Isabel esa noche no quiso saber nada de médicos ni de obispos, como tampoco de vasos de ningún tipo. Lo que su cuerpo había gozado le pareció superior a todo. El escándalo que le supuso en un primer momento la postura en la que Felipe la amó quedó disipado por la fuerza del placer que le produjo la novedad.

En ocasiones miraba a su esposo queriendo entender el sentido de su pulsión. Pero no lo conseguía. De manera que optaba por dejarse llevar por la misma, eso sí empleándose tan a fondo que se diría que le iba la vida en ello, razón por la que Felipe andaba siempre más que colmado de íntima felicidad. Se sentía satisfecho y daba gracias a Dios por haber encontrado una segunda esposa que entendiera su compleja sexualidad, que, por cierto, estimulaba a diario de diferentes maneras, sobre todo a base de raros brebajes y pócimas. Todas las mañanas sin excepción ingería nada más despertar un preparado de leche, vino, yemas de huevo, cinamomo, azúcar y clavo, que acompañaba de cuajada y de gallina hervida, su manjar favorito. Los médicos aseguraban que se trataba de un reconstituyente especialmente indicado para recuperarse de la noche anterior y afrontar la siguiente. Aunque se sospechaba que lo afirmaban más bien por obligación, dado que era lo que el rey deseaba que dijeran. Quienes se habían atrevido a probarlo, como era el caso del duque de Saint-Simon, futuro embajador especial de Francia, explicaban que el sabor no resultaba demasiado agradable y que adolecía de exceso de grasa en el paladar. Y bien sabía el duque que la afición desmedida al sexo no era cosa de don Felipe, sino una característica de la manera de ser de los Borbones, independientemente del territorio que gobernaran.

Borbón y sexo eran una alianza tan placentera como indisoluble. También eso lo habían importado a España.

A media mañana Felipe hizo llamar a Isabel a la alcoba matrimonial.

—Esposo mío, ¿a esta hora no tenéis que despachar con el Consejo?

—El Consejo puede esperar. Hay otras cosas más urgentes... y más satisfactorias que reunirse con... —Le dio un beso suave en el cuello que la hizo estremecer—. Con esos hombres tan aburridos.

Sin importarles lo inapropiado del momento, acabaron en la cama desnudos. Isabel ya se iba acostumbrando a las excentricidades amatorias de su esposo, entre las que se incluían los horarios más extravagantes.

Quiso Felipe en esa ocasión repetir la novedosa postura de la última vez, a la que su reina no se negó. Pero deseó dar un paso más: sumar otro atrevimiento que les proporcionaría mayor disfrute todavía. Cuando ya la tenía agarrada por detrás, al mismo tiempo que la embestía le acariciaba los labios íntimos de su sexo con la punta de los dedos. Hasta que cayeron sobre el colchón gritando y agitados entre los respectivos espasmos. Fue algo así como alcanzar el cielo pero ardiendo en el fuego del infierno.

Sudorosos, al acabar, Felipe le preguntó:

—¿Os habéis adaptado bien a la corte? Sé que no es fácil.

Isabel tardó en responder. Seguían quemándole en la piel las hábiles manos de Felipe.

—No os preocupéis por mí —dijo al fin—. Claro que me he adaptado.

—España no es un país sencillo de gobernar, como tampoco lo es su corte para alguien que viene de fuera. Os lo digo por experiencia.

—Vos habéis sabido ganaros a este pueblo, es digno de admiración. Y lleváis con soltura el gobierno de este importante reino.

Ella no imaginaba lo mucho que le costaba a Felipe soportar sobre sus espaldas el terrible peso de la corona española.

Para él lo era. Terrible, sí.

—¿Y estáis satisfecha con los asesores reales?

Isabel vio el cielo abierto para arremeter contra dos hombres que habían sido fundamentales en el clan de los Ursinos y a quienes vigilaba de cerca.

—Por supuesto, los habéis escogido vos. Aunque... hay alguien del que no me fío.

—Pues debéis decírmelo de inmediato. —El rey se colocó encima de ella, notando al completo su desnudez.

—Se trata de Orry, vuestro consejero.

Felipe inició un lento y cadencioso movimiento de caderas sobre el cuerpo de su mujer mientras ella seguía contándole:

—Y tampoco tengo muy claro si el padre Robinet es el más indicado para cuidar de vuestra alma, amado esposo...

A pesar de que el rey estaba afanado en menesteres que le resultaban mucho más reconfortantes, no perdía detalle de lo que Isabel decía. Reparó en que casualmente Orry y Robinet eran los hombres que habían intentado impedir que echara de la corte a la princesa de los Ursinos nada más llegar la reina a Jadraque.

—Os aseguro que ambos son personas leales —respondió Felipe—. Y pocas cosas hay más limpias y de valor que la lealtad.

Detuvo el movimiento y se echó a un lado.

—Como siempre, tenéis razón. Pero no deberíais confiar

tan ciegamente en aquellos que a vuestro servicio están pues os quedaréis vendidos a su suerte en caso de que os traicionen. Doy fe de que Jean Orry preferiría haber visto en el trono a cualquier otro miembro de vuestra familia antes que a vos...

Esas palabras resultaron duras a oídos de Felipe. En lugar de seguir discutiendo comenzó a acariciar de nuevo los muslos de Isabel, le besó un seno, después el otro, y su boca se quedó anclada en uno de los pezones, trazando su ávida lengua círculos concéntricos que acabaron meciendo el deseo con una cadencia pausada que la volvió loca.

En su despacho, esa misma noche, la del 7 de febrero de 1715, Felipe firmó las órdenes de los ceses de Orry y de Robinet, a quien decidió sustituir por el padre Guillermo Daubenton, que volvería así a ser de nuevo un confesor. Ni siquiera le importó que fuera conocedor de su secreto. Se lo había dicho en confesión. Jamás podría hacer uso de lo que sabía.

Mientras tanto la reina era lavada por sus criadas tras las pericias amatorias que la habían dejado felizmente agotada y que, por lo que parecía, estaban dado su fruto...

Os encomiendo, y ruego de corazón, el cuidado de mi hijo. En estos días se encuentra en Portugal enviado por mí con la misión de recabar informaciones que le son de utilidad a Su Majestad el rey. Pero cuidad de él. Es un buen chico, de corazón noble. Mirad la manera de que note lo menos posible la ausencia de su padre.

Durante aquellos amargos días hasta su partida Jean Orry escribió varias notas a José de Grimaldo, quien lo había sustituido como secretario de Estado. Durante años había sido su principal apoyo en la corte española. Y ahora, en las horas finales, el único.

Necesito que me digáis qué hago con las llaves de palacio que obran en mi poder, así como con los documentos y papeles de distinta índole que, al ser de mi puño y letra y del de mis oficiales, me he llevado conmigo. Pero entiendo que es ahí donde deben estar.

Y, sobre todo, os suplico que consigáis pasaporte y escolta para mi persona a fin de poder alcanzar Francia en las mejores y más seguras condiciones. Estoy convencido de que lo entendéis, buen amigo Grimaldo. Ya ha supuesto suficiente deshonra y degradación la manera inmisericorde en que he sido expulsado de la corte española. Vuelvo a casa, sí. Pero no era ésta la manera soñada en que algún día tendría que hacerlo.

El leal José de Grimaldo, que con catorce años ya trabajaba en la Secretaría del Consejo de Indias, en la que su padre y su abuelo habían sido oficiales, ascendió considerablemente con la llegada de los Borbones a España, sobre todo al ser nombrado secretario precisamente de Jean Orry. Con posterioridad desempeñó la Secretaría del Despacho de Guerra y Hacienda hasta que ascendió a la de Estado, su reciente nombramiento.

Era un hombre austero y responsable, devoto de Felipe V hasta límites insospechados. Entre sus muchos logros destacaba el haber sido el encargado de organizar un ejército permanente que España no tenía hasta entonces. Y ahora que el rey quedaba privado de la práctica totalidad de su equipo anterior, que le había acompañado desde Francia, Grimaldo no sólo siguió como secretario del Despacho de Estado (era el puesto más importante, ya que se encargaba de los negocios y las relaciones con el extranjero), sino que pasó a ser la persona de confianza del rey. Es más, en una maniobra acertada por parte del mismo, lo nombró secretario de la reina para que así se ganara también su confianza.

Estaba claro que, de una manera o de otra, Isabel de Farnesio acababa siempre ganando cualquier partida, sin importar quienes fueran los peones.

El rey, que no aparentaba sentirse muy afectado por la marcha de Orry y de Robinet, revisaba sus relojes junto a Hatton. Su relojero de cámara daba cuerda a varias de las piezas mientras mantenían la conversación.

—Qué insignificantes somos ante el paso inexorable del tiempo, apreciado Thomas. Parecemos estrellas, lejanas y diminutas, que se pierden en un universo infinito. Sobrecoge.

—Las estrellas brillan, como los reyes, majestad.

—No todas. Algunas estrellas se apagan.

La expresión de Felipe se ensombreció.

El reloj que tenía delante poseía una esfera tan grande que era imposible no ser consciente del discurrir de las horas aunque no se quisiera.

—¿Habéis averiguado algo más del reloj que esperamos de Hildeyard?

—He sabido que es astronómico…

—¡Astronómico! —exclamó el rey como si hubiese recibido una de las mejores nuevas.

—Y también que lo ha bautizado como el reloj de *Las cuatro fachadas* y que lo está diseñando para que la cuerda le duré al menos ocho días.

—Aaah… ¡Fascinante! —Su rostro no podría expresar mayor satisfacción que aquélla; bueno, sí, únicamente si hacía el amor con la reina—. Es una obra maestra, ¡un tesoro!, ¡una joya, que he de tener ya! ¿Cuánto tardará en llegar, Thomas, cuánto? Estoy ansioso por tenerlo entre mis manos.

—Ya queda poco, majestad, muy poco…

8

El año de 1714, que parecía tan lejano a pesar de que sólo hiciera meses que quedara atrás, había sido decisivo para el rey Felipe V. No era un mal balance. A la triste muerte de su primera y joven esposa le había seguido un segundo matrimonio con una mujer de la que no tardó en enamorarse.

También fue el año en el que se puso fin a la guerra de Sucesión, la dura contienda por los derechos dinásticos en España. El joven retraído al que le pesaba venir a reinar tuvo que enfrentarse a una contienda que duró catorce años para poder gobernar. Qué contradicciones tiene a veces la vida. Aquí no le querían. Y él tampoco quería estar, pero tenía que hacerlo por obligación.

Cataluña era partidaria de que la sucesión de Carlos II, fallecido sin descendencia, la detentara el archiduque Carlos, otro Austria, y no un Borbón. En respuesta a la dura resistencia catalana, Felipe fue intransigente y abolió todos los fueros del Principado. El espinoso asunto que acabó siendo conocido como «el caso de los catalanes» pasó de una cancillería a otra de Europa mientras en el campo de batalla el primer rey Borbón peleaba a muerte. Él, que consideraba a los catalanes un pueblo de pillastres y forajidos, se juró doblegarlos porque no le fueron leales y se convirtieron en la peor amenaza para su trono. El último bastión de la resistencia fue Barcelona. Y cuando la Ciudad Condal se rindió sintió una mezcla de alegría y amargura. Por fin su corona estaba a salvo. Pero el problema, el gravísimo problema, era que él no deseaba esa corona por la que tanto había luchado y por la que tantas vidas se perdieron.

Hizo todo lo posible por cumplir con su deber, estando como estaba en desacuerdo. Pero no era una falta de acuerdo racional. Era su espíritu el que cargaba con gran dificultad la cruz de tener que gobernar un reino muy a su pesar.

No se recordaba en años, puede que incluso en siglos, una transformación tan radical en la corte de España como la que trajeron consigo los Borbones. Con el fin de la guerra se impuso un nuevo modelo de Estado, y con el segundo matrimonio del rey los cambios se extendieron por palacio alcanzando hasta los fogones. La cocina italiana había sustituido a la francesa. La reina era de buen comer y mostraba ciertas debilidades por productos de su tierra, tan contundentes como la mortadela y el queso de Parma, a los que era adicta. «¡Cómo es posible que se haya acabado el queso! ¡En la mesa de una reina nacida en Parma no puede faltar el mejor queso del mundo!», bramó en una ocasión a los criados porque no habían servido dicho manjar. Así que no era de extrañar que conseguir tales alimentos se hubiera convertido para su compatriota el abate Alberoni en una cuestión casi de Estado, uno de los mayores deberes políticos con los que debía cumplir.

Pero la sustitución de franceses por italianos fue mucho más allá, llegando también a quienes se encargaban de la salud de los reyes.

Aunque el gran cambio era el que estaba a punto de producirse...

Alcoba de la reina. Tres sirvientas la asistían para vestirse, pero ella las echó para quedarse a solas con su fiel Laura Piscatori. También estaba presente su camarera mayor, la condesa de Altamira, a la que igualmente ordenó salir, causándole el consiguiente malestar.

—Pero, majestad, yo debo…

—Vos, condesa, lo que debéis es salir de mi alcoba porque yo os lo ordeno.

No debería ser así. Ante el acontecimiento que iba a producirse y que la camarera mayor de la reina intuía, ésta tenía la obligación de asistirla personalmente. Pero estaba claro que a Isabel le daba igual lo que tuviera que ser.

La condesa salió aunque con la cabeza bien alta. Entonces la reina y su antigua nodriza se acercaron a un gran espejo en el que Isabel podía verse de cuerpo entero. Aflojó la prenda que la cubría de cintura para arriba, que cayó al suelo dejando al descubierto unos pechos prominentes. Se los ocultaba con sus manos, apretándolos, y soltó una sonrisa que abrazó el futuro. Estaban más voluminosos de lo habitual.

Piscatori le rodeó la cintura con el corsé y al ir a ponérselo:

—No lo ciñáis demasiado —pidió la reina.

—Lo sé, majestad… —Piscatori respondió con socarronería—. A partir de ahora habrá que tener cuidado…

Isabel se acarició el vientre triunfante.

En efecto, al poco se anunció por todo lo alto el primer embarazo de la reina.

Una tarde en la que el rey insistió en requerir a la reina a deshoras para satisfacer sus irrefrenables impulsos sexuales le habló antes de su miedo a la muerte.

Estaban ya desnudos en la cama.

—¿Por qué ese empeño vuestro en pensar sin descanso en la muerte, cuando tenéis tanta vida por delante?

Isabel se esforzaba por comprenderlo.

—Es que, aunque no pensemos en ella, la muerte está en nosotros desde que nacemos.

—Pero si nos obsesionáramos con esa idea apenas seríamos capaces de vivir.

—Al contrario, amada Isabel. No podemos ser tan frívolos de pasar por este mundo como si fuera un regalo sin fin y no nos aguardara la muerte. ¡Ojalá el tiempo no corriera!

—Ja, ja… —Isabel intentaba no tomarlo demasiado en serio—. El tiempo corre sin que nos demos cuenta.

—¡Ése es el gran drama!

Y de pronto se tornó conmovedoramente circunspecto.

En ese momento la reina se dio cuenta por primera vez de que las preocupaciones de su marido iban en serio. Vio en su cara una mezcla de pánico y de tristeza que la inquietaron.

—Amado Felipe… —Comenzó a acariciarle el rostro con ternura—. No debéis sufrir porque el tiempo pase. Es ley de vida.

No se le había ocurrido mejor frase.

—Eso es lo que dicen quienes no quieren asumir la gravedad de lo que supone el tiempo.

—El tiempo no es nada grave porque…

—¡Claro que lo es! —Felipe no la dejó terminar—. ¿Es que no os dais cuenta? El tiempo nos acerca a la muerte, ¡es horrible!

—¿Cómo es posible que vos, que estáis desempeñando con maestría y mucho valor la gran tarea que se os ha asignado, podáis temer el paso del tiempo? No nos acerca a la muerte sino que nos demuestra que estamos vivos.

—Pero es que yo no… —Cerró los ojos con pena y estuvo a punto de confesarle la pesadumbre que le generaba gobernar. Pero no fue capaz—. El transcurrir del tiempo supone una única certeza: caminamos hacia la muerte. ¿Sabéis por qué me gusta tanto el sexo? Posiblemente muchos lo consideren una conducta indecorosa o inapropiada, pero para mí no lo es.

Isabel se sorprendió de que reconociera su exagerada afición. No respondió porque sabía que la pregunta en realidad no iba dirigida a ella sino a sí mismo.

—Me gusta tanto porque creo que quizá sea una manera de luchar contra la muerte. La vida, rotunda y placentera, que supone el sexo se mantiene en permanente lucha contra la muerte. Así es como yo lo vivo.

Pronunció la última palabra, «muerte», besando los labios de Isabel, y esa vez la amó con una delicadeza que resultaba sorprendente puesto que la había acostumbrado a una mayor intensidad y fuerza, a una virulencia que multiplicaba los efectos del sexo.

Sin embargo, aquella tarde fue distinto. Y por primera vez Isabel consideró la posibilidad de que su esposo fuera más débil de lo que ella había creído.

Al terminar Felipe se mostraba animoso y de buen humor. Le pidió que se cubriera un poco y, antes de que tuvieran tiempo para salir de la cama, la reina contempló con estupefacción que la puerta de la alcoba se abría iban entrando los consejeros, ¡dispuestos a despachar con el rey! Sus ojos no daban crédito. No fue capaz de mover un músculo del cuerpo; recostada sobre los almohadones de la cama, se cubrió hasta arriba con la sábana.

—Querida, comprendo vuestra perplejidad —dijo el rey al ver su lógica expresión de sorpresa.

—A... a... —No era capaz tampoco de articular palabra—. ¿A qué... a qué se debe todo esto? Imagino que es una broma, ¿verdad...?

—¿Broma? Oh, no, no, no, ni mucho menos. Tiene su explicación. Amada esposa, ¿dónde paso la mayor parte de mi tiempo? Es evidente que aquí, con vos, en la intimidad. He pensado, pues, celebrar en este mismo lugar, nuestra alcoba, los consejos para de esta manera no descuidar los asuntos de gobierno.

—Pero ¿qué pasa con nuestra intimidad?

—No es una cuestión de intimidad. —Felipe mantenía la discusión a la vista de todos los presentes—. Veréis como saldremos ganando; ahorraremos tiempo y podremos disfrutar de nuestra «intimidad», como vos decís, sin la cortapisa de la premura que imponen las tareas de gobierno.

—¡Ni siquiera respetáis mi embarazo! —se quejó Isabel, tirando un poco más de la sabana hacia arriba, hasta casi taparse las boca, muerta de la vergüenza.

—No os preocupéis. No es necesario que salgamos de la cama.

Comparado con todo lo demás, lo de menos ya era si tenían que salir de la cama o quedarse en ella. Y aunque Isabel no les creyera capaces de hacerlo, aquellos hombres permanecieron en la alcoba discutiendo sobre asuntos de Estado como si tal cosa, como si fuera lo más normal del mundo. Tanto, que la reina acabó participando de las decisiones que allí se tomaron.

Sin duda que corrían nuevos tiempos en la corte española.

Segunda fachada: el tiempo

Tristeza y melancolía no las quiero en casa mía.

SANTA TERESA DE JESÚS

9

1 de septiembre de 1715

Un gran sol se extinguió para siempre. Un faro que había iluminado el destino de Felipe sin saber que, contrariamente, estaba ensombreciendo su vida.

Don Luis XIV, el Grande, el todopoderoso monarca francés conocido como el Rey Sol, el hombre de amantes y excesos, acababa de morir en Versalles.

Tan lejos...

Felipe añoró al abuelo de su niñez y derramó lágrimas por su pérdida. Pero al rey que con derechos absolutos le impuso la tarea de reinar en España no le lloró. A ése no. A ése sólo le ataba la sangre de su estirpe.

Salió a pasear por los jardines de palacio aprovechando el silencio y la quietud. Era noche cerrada. A esas horas, en las que la ciudad parecía un escenario pleno de irrealidad, todos dormían.

Disfrutaba contemplando extasiado la esplendorosa luna llena que exhibía un color blanco azulado verdaderamente hermoso. El aire olía dulce. El rey se dejó abrazar por la nocturna soledad que apaciguaba las convulsas tempestades del alma.

Pero de la calma pasó a la agitación. De repente comenzó a correr, para después trotar como si fuera un niño mientras profería alaridos, evidenciando un extraño comportamiento ante el que los criados no sabían qué hacer.

Hasta que calló y se detuvo súbitamente al engancharse la mano de una manera violenta con la rama rota de un rosal gigantesco. Entonces los sirvientes acudieron veloces para atenderlo. Era impresionante ver cómo sangraba la mano. Pero cuál fue la sorpresa de los mozos y los lacayos al impedirles el rey que intentaran cortar la sangre de la herida.

Felipe se miró el corte y, sin importarle que le estuvieran observando, se llevó lentamente la mano a la boca para succionar la sangre con parsimonia. Cerró los ojos, dando a entender con ese gesto que estaba disfrutando. Así se mantuvo durante varios minutos en los que el aire podía partirse, hasta que la sangre dejó de salir.

Entonces volvió a abrir los ojos. Y aunque donde primero puso la mirada fue en los hombres allí presentes, que participaban en la escena atónitos, parecía que no les veía.

Sus labios mostraban impúdicos restos corridos de sangre. Alzó la vista, miró la luna llena y comenzó a reír a carcajadas como si su mente se hubiera enajenado.

Afianzada ya en el trono español, la de Farnesio tenía claros sus intereses, los propios y los de su familia. Verdaderamente, cuán equivocada había estado la princesa de los Ursinos respecto al carácter de la reina Isabel.

La esposa de Felipe V quería recuperar Nápoles, Cerdeña, Sicilia, Toscana y Parma —nada menos—, con la intención de colocar como soberanos de dichos territorios a los hijos que fuera teniendo con Felipe. Al primero ya le quedaba poco para venir al mundo. Sentía la emoción de llevarlo en su vientre, de notar por primera vez una vida que, aunque compartida con su esposo, era una extensión sólo de ella. Lucharía con uñas y dientes por ese niño; tenía que ser el privilegiado como primogénito. Porque estaba segura de que iba a ser un varón.

Era tal su ambición que estaba dispuesta a conseguirlo por encima, incluso, de los intereses de España, circunstancia que ocultaba a su esposo.

Uno de los hombres de los que se había propuesto valerse para conseguir sus fines era el maestro por excelencia en el arte de la intriga: Giulio Alberoni.

El abate, para ganarse su confianza, prometió conseguir el gobierno de Parma y Piacenza, entonces en manos del tío y padrastro de Isabel de Farnesio, así como el ducado de Toscana, en cuyo derecho ella se sentía como sucesora de los Médici. Si Alberoni y la reina hubieran competido en ambición habría sido difícil apostar por uno de ellos.

El italiano iba muchísimo más allá de las aspiraciones de su mentora. Lo que pretendía para hacerlas posible era anular los tratados de Utrecht y Rastatt, con los que se puso fin a la guerra de Sucesión española, si bien —y ahí radicaba el problema— favorecían la primacía alemana sobre gran parte del territorio italiano. Alberoni llamaba a los alemanes los «verdugos de Italia». No se le ocurrió nada mejor que una arriesgada operación que, de fracasar, podría tener unas nefastas e incalculables consecuencias. Pero no era el abate un hombre que midiera de antemano las consecuencias del fracaso, sencillamente porque no contemplaba el fracaso como posibilidad.

La decisión consistía en separar entre sí a las potencias firmantes de ambos tratados de paz, el de la ciudad holandesa Utrecht y el de la alemana Rastatt, y exhortar a sus compatriotas italianos a que lucharan para expulsarlos a todos de Italia.

Intentó un pacto con Inglaterra para conseguir su neutralidad a cambio de otorgarle beneficios económicos y comerciales en su relación con las colonias del Imperio español. Actuaba en concordancia con la línea de pensamiento de la reina, y su misma falta de escrúpulos, ya que dicho acuerdo era perjudicial para los intereses de España al suponerle una importante merma de ingresos. Y encima, Francia lo tomó como una burla al considerarlo un trato privilegiado y, por tanto, desfavorable para el resto de las potencias. Sin embargo, nada de eso parecía ser relevante frente a lo que suponía conseguir esa parte de la amada Italia por la que tanto pugnaba la reina.

—Os doy las gracias, don Giulio, por todo lo que hacéis por el reino de España…

Más bien «por el reino de Farnesio», debía haber dicho.

—Sobre todo por vos, majestad, lo cual me honra. Sabed que nada me preocupa tanto como trabajar en vuestro beneficio.

—Seréis bien recompensado por ello.

Laura Piscatori, presente durante la conversación, se limitaba a escuchar. Cuando el abate se hubo despedido entonces la atención de la reina fue para ella. La atención y la nueva misión:

—Seguidle de cerca, muy de cerca, Laura. No me fío de él.

—¿Hay algo que os provoque ese recelo?

—No lo sé, Laura, no lo sé. —La confusión que mostraba la reina era sincera—. Os diría que nada… y todo. Sencillamente quiero estar segura de que puedo confiar en él.

—No os preocupéis. Yo me encargo de seguirle de cerca.

—Eso es, le seguiréis tan de cerca como que por orden mía os trasladaréis a vivir a su casa. Le haremos creer justo lo contrario, que confío tanto en él que mi intención es que tenga un apoyo permanente en la persona más leal a mi persona, que sois vos.

Piscatori exhibió una sonrisa tan amplia que su boca pareció un enorme y lóbrego túnel.

La reina y Alberoni parecían estar hechos el uno para el otro. Nadie podía ganarles en el arte de la conspiración. «¿Quién iba a imaginar cuando vivíamos en Parma que se le planteaba un futuro tan prometedor a Isabel?», reflexionó

Piscatori en voz alta creyendo que ya no la oiría. A lo que la reina respondió: «Y lo que todavía queda por venir».

Por fin llegó el gran día para Felipe. Un mecanismo del tiempo se incorporaba a una corte gobernada por un hombre que parecía tener la mente enferma y melancólica. Porque sólo una enfermedad podía justificar los desatinos que llevaba mostrados desde poco después de haber sido entronizado. Hatton era el único que confiaba, en secreto, en que el reloj contribuyera a intentar cambiar el rumbo de su ánimo.

Fue, sin duda, un día grande para el primer Borbón español aquel en el que entraba en Madrid con todos los honores el reloj de Thomas Hildeyard que llevaba meses esperando, el llamado de *Las cuatro fachadas*. Para el rey Felipe suponía mucho más que recibir a un héroe de cualquier batalla. El reloj era en sí mismo un tesoro. Y quién sabía si de verdad, como sospechaba Hatton, sería un alivio para sus males…

El monarca estaba nervioso desde muy temprano. Había madrugado para ver la salida del sol en una jornada que consideraba de las más ansiadas en lo que recordaba de vida. Una jornada histórica. Inolvidable y única. Nadie en el mundo iba a poder disfrutar de un mecanismo tan preciso y sofisticado como el que estaba a punto de recibir.

Convocó a sus hijos, a la reina, a su confesor y a sus principales consejeros, al abate Alberoni, a Piscatori, al marqués de Scotti… Quería que todos admiraran la joya. Por supuesto su relojero de cámara, Hatton, estaba presente.

Para la recepción del reloj se había elegido uno de los salones principales del palacio, engalanado de la misma manera que si fuera a celebrarse una fiesta por todo lo alto. Pocos entendían que para el rey la llegada de la pieza de Hildeyard fuera tan importante. Ni siquiera su esposa, aunque ella estaba dispuesta a defender a muerte que así era.

Eran las once de la mañana, hora prevista para la llegada del reloj a palacio, cuando el rey, preso de un pasajero ataque de nervios, pidió a Hatton que le acompañara al salón contiguo, donde nadie les pudiera oír, lo que desató un silencioso revuelo de cuchicheos contenidos.

—Hatton, creéis que el reloj estará a la altura de las expectativas que me habéis generado, ¿verdad?

Por primera vez el relojero se sintió responsable de la exagerada ilusión del monarca y hasta tuvo miedo de haberse equivocado.

—No nos habremos equivocado, ¿verdad? —insistió Felipe.

Ahora Hatton empezó a sudar. ¡No podía ser que el rey le preguntara exactamente lo mismo que él estaba pensando en ese preciso instante! Pensando... y temiendo. ¿Y si el reloj no era tanto como sus colegas de Lieja le habían asegurado? ¿Y si lo era pero a Su Majestad le resultaba insuficiente?

Antes de que pudiera contestar, el rey siguió preguntando:

—¿Y si no es lo que esperamos? —El monarca se tapó la cara con las manos como quien deseara evitar la visión de una catástrofe—. No quiero ni imaginarlo...

Por fin el relojero de cámara, descompuesto ante la sorprendente reacción, le echó valor y respondió:

—No temáis, majestad, no tengo dudas acerca de cómo será el reloj de *Las cuatro fachadas*. —Las tenía tras escuchar los miedos del rey, pero debía disimularlas—. Un halo de misterio ha envuelto la fabricación de esa pieza tan exclusiva.

Hatton hablaba pausadamente para que le diera tiempo a ir buscando las ideas que pudieran sacarle de aquel atolladero. Iba bien. Destacaba en la corte por ser un hombre prudente y reflexivo.

—Y sólo pueden ser misteriosas las cosas interesantes —aseveró.

—Cierto. Pero es que a veces, Thomas, cuando deseamos en exceso algo puede que no seamos capaces de captar su verdadero valor y nos parezca poco, pero no porque lo sea sino porque esperábamos demasiado. Convendréis conmigo en que no es aconsejable hacerse demasiadas ilusiones con nada en la vida, ¿no os parece?

—Así es, majestad.

—Pero ¿sabéis una cosa…? —Se acercó a él para decírselo en voz baja, a pesar de que estaban solos—. ¡No puedo evitarlo! —exclamó, y le dio un ligero golpe cómplice en el pecho.

Entonces Hatton respiró aliviado.

—¡Vamos! El reloj de Hildeyard nos espera.

El rey volvía a recuperar su buen humor, aparcando sus miedos que no eran tanto a que el reloj no fuera lo que esperaba, sino a que sabía que a partir de entonces iba a tener en él un permanente vigía del transcurrir del tiempo. Del transcurrir de la vida. En definitiva, del discurrir de un reinado que tanto, tanto, le pesaba…

Realmente el reloj era impresionante. El rey creyó estar viviendo un sueño y deseaba no despertarse. Lo portaban cuatro lacayos dentro de una espectacular urna de cristal que se asentaba en un cojín de terciopelo rojo sangre.

—Majestad, he aquí el reloj de *Las cuatro fachadas*, del maestro don Thomas Hildeyard —anunció ceremonioso Hatton.

El rey se acercó con cautela aunque sin poder disimular su impaciencia por tocarlo. En apenas cinco minutos fue sacado de la urna y colocado cuidadosamente sobre la mesa central de la sala. Como ya le había explicado Hatton meses atrás, se trataba de un reloj de sobremesa astronómico, de un tamaño considerable. Y pudo comprobar con satisfacción el halo de misterio y el cautivador interés que envolvía aquel objeto. Se preguntaba cómo era posible apreciar tales sensaciones en algo inanimado e inerte.

El cuerpo principal del reloj, la caja, era de planta cuadrada y se apoyaba en pies esféricos apresados por garras de ave. Cuatro columnas confinaban respectivamente cada una de las esquinas. Tanto los materiales como las técnicas empleadas eran poco menos que una orgía de elementos útiles para componer como resultado una grandiosa joya. A petición del rey, Hatton se deshizo en explicaciones, satisfecho por el interés de su señor en la pieza por la que, no había que olvidarlo, él había apostado. De no haber cumplido las expectativas posiblemente se habría jugado su prestigio y quién sabía si también su puesto. «Está construido en oro, plata, bronce, acero… metal y vidrio. El maestro se ha atrevido a combinar no sólo los materiales. La técnica es igualmente de una gran riqueza. Ha cincelado, soplado, grabado, fundido y dorado con verdadera exquisitez.»

La reina observaba atentamente más a su esposo que el reloj, maravillada de que Felipe mostrara tal interés por algo. Verlo ilusionado la tranquilizaba.

—Cuatro fachadas, Isabel. —El rey se dirigió a ella exultante—. ¡Cuatro fachadas! ¿Os dais cuenta de que es como tener cuatro relojes en uno?

La idea de las cuatro fachadas, que venían a ser cuatro caras de la misma pieza, era atrevida y a la vez compleja. Sólo la fachada principal, con nada menos que ocho movimientos distintos, ya atrapó la curiosidad del monarca durante un buen rato: un planetario, las fases de la luna, la salida y las puestas diarias del sol, un calendario, los solsticios y equinoccios, la posición del gran astro en el zodíaco…

La segunda fachada, en la cara opuesta a la principal, marcaba la hora universal, las constelaciones y las temperaturas. En el lado izquierdo del reloj, la tercera fachada medía las fases y ¡la edad! de la luna, así como los grados de sequedad y de humedad. ¡Increíble tanta concreción! Y por último, en el lateral derecho, un globo terráqueo componía la cuarta fachada.

Con todo, lo más llamativo del reloj a los ojos de don

Felipe era el remate superior formado por una cúpula que soportaba un globo de vidrio, cuyo interior albergaba una perfecta representación del sistema solar y el trazado de las órbitas de la Tierra, la luna y el sol. El reloj comprendía una visión completa del sistema solar y de los movimientos de prácticamente todo el universo.

Hildeyard había puesto el universo en manos del rey Felipe. Y también la medida del tiempo y la distinción entre la noche y el día. El invisible muro que separaba la apacible noche del cansado día...

Al final de aquel largo e intenso día para la familia real, el abate Giulio Alberoni, una de las muchas personas para las que todo ese asunto del reloj resultaba algo desproporcionado, entraba en su casa con ganas de un buen descanso y, sobre todo, de la tranquilidad del hogar lejos del trasiego de la corte.

Sin embargo, se quedó petrificado en la entrada sin poder creerse lo que estaba viendo. Se encontró de frente a Laura Piscatori comiendo opíparamente en la enorme mesa del salón. A cuerpo de reina.

—¿Cómo os atrevéis a tener este comportamiento en mi casa?

Piscatori sonrió mostrando su putrefacta dentadura mellada.

—Olvidáis, abate, el pequeño detalle de que ahora también es mi casa —señaló, poniendo énfasis en el posesivo.

—¡De eso nada! —replicó indignado Alberoni.

—¿Ah, no? —El tono de Piscatori era tan retador como insolente—. ¿Acaso habéis olvidado que fue la mismísima reina quien ordenó que viviera en esta casa con vos?

—¡Esto es intolerable!

Al oír los gritos del abate su criada irrumpió en el salón, pero fue echada por él con cajas destempladas.

—¡Y tú, vieja inmunda, vas a hacer lo mismo que ella!, porque, como ella, eres una miserable sirvienta y nada más que eso —se refirió encolerizado a Piscatori, quien en ese momento mordía con ahínco una pata de pollo—. Yo no te he dado permiso para estar en esta estancia, que es privada. ¡Vamos, fuera!

—Qué pena, abate... —apuntó la mujer con fingimiento—. No me dejáis otra opción que contar a mi señora, su majestad la reina, esto tan lamentable que me ha ocurrido en esta casa y lo mucho que me afecta verme tratada así... a mis años.

El abate encajó el golpe bajo, costándole creer, no obstante, que Piscatori fuera tan osada. Tenía que andarse con cuidado. En la corte se sabía la debilidad de la reina por su antigua nodriza. Sin embargo, él había pensado en todo momento que ese hecho se sobrevaloraba y que, en el fondo, Piscatori no era tan importante para la reina como muchos se esforzaban en hacer creer. Con todo, no consideró conveniente que fuera aquél el momento de comprobarlo. Así que acabó claudicando.

—Bueno... Tal vez no me hayáis entendido bien...

—O tal vez vos no os hayáis explicado bien.

Había que reconocer que Piscatori era rápida de reflejos.

Al abate, visiblemente cada vez más incómodo, le empezó a caer por un lateral de la frente un fino hilillo de sudor.

—Os hacía mucho más listo, don Giulio... —Y soltó una estruendosa y ordinaria carcajada—. Os aconsejo que os andéis con ojo y que moderéis vuestras actitudes y vuestro proceder con la favorita de la reina.

Se echó al gaznate un trago de vino con tanto ahínco que se le salió de la boca a borbotones y a punto estuvo de atragantarse.

Alberoni contempló la escena con repugnancia.

—No lo olvidéis, abate, la preferida de la reina...

10

Madrid, 20 de enero de 1716

No se sabe bien por qué, el frío tiene la extraña virtud de emparejarse con el silencio. Las noches frías acostumbran ser silenciosas, como si la baja temperatura engullera el sonido queriendo protegerlo.

Aquella mañana de enero era fría. En el interior de palacio el silencio fue roto por los gritos de la parturienta reina Isabel, que Felipe escuchaba a escasos metros de la alcoba aguardando a que acabara el alumbramiento del primer hijo de la real pareja.

El parto se produjo sin complicaciones. Al feliz padre le enseñaron a modo de ofrenda al recién nacido, un varón, al que le pondrían de nombre Carlos, que se desgañitaba por anunciar al mundo que ya había llegado. Lloraba con tal desesperación que hasta las comadronas se asustaron.

Felipe se acercó a besar a Isabel, feliz porque le hubiera dado un hijo varón, aunque ella sabía que por delante de ese vástago estaba en la línea sucesoria la descendencia habida entre su esposo y su anterior esposa, María Luisa de Saboya. Circunstancia que le desagradaba sobremanera. Para el futuro de esa criatura, la reina tenía muchos planes que pasaban por detentar una corona. Era lo menos que cabía desear para su primogénito. No se había equivocado en su pálpito

de que iba a ser un varón. Así que todo lo que estaba perge-
ñando con Alberoni ya tenía un destinatario: Carlos.

Tres días después de parir…

—Amada esposa, nunca os había visto tan guapa como
en estos días. Estáis arrebatadora.

Los reyes se disponían a acostarse. Isabel, al oír lo que
acababa de decir su esposo, temió… pero no lo creyó capaz
de pretender relaciones sexuales en su situación. Sin embargo, no tuvo tiempo de pensar mucho más porque ya notaba
las manos de Felipe ahondando en el mapa de su cuerpo por
debajo del camisón.

—Mi querido Felipe, no es que yo no quiera, pero…

Él avanzaba cada vez más rápido.

—¿No sería aconsejable que tuvierais en cuenta las actuales cir… circunstancias…?

Tratándose de Felipe de Borbón ni era aconsejable ni
tampoco posible. Isabel tuvo que aceptar su requerimiento
sexual, a pesar de la advertencia de los médicos de que debían guardar cuarentena y ser escrupulosos en su cumpli-
miento. En la mente de todos, incluyéndose la reina, cono-
cedora del hecho, rondaba la idea de lo que había ocurrido
con la de Saboya.

Isabel consideró que lo más sensato, baldada todavía del
esfuerzo del parto, era dejarse hacer, tratando de impedir,
eso sí, que su esposo culminara su hazaña dentro de ella.
Vamos… que la culminara en el ortodoxo lugar de su cuerpo
preparado para ello. Nunca consideró que ese otro rincón,
esa otra parte tan indiscreta que ni se nombra, pudiera ser
objeto de la lascivia de Felipe. Al sentirlo entrar por detrás,
esa vez no en el «vaso natural», al principio con las lógicas
dificultades, pensó que en la corte de Versalles no debía de
haber práctica sexual que se les resistiera. Y mientras la pe-

netraba liberó una mano para acariciarle el sexo por delante, lo que acabó de hacerla enloquecer sin que distinguiera por dónde estaba sintiendo la explosión del clímax.

Aquello con lo que consiguieron disfrutar esa noche sobrepasaría, sin duda alguna, los límites de la decencia. Vivió una nueva transgresión del pecado que le descubrió recónditos lugares de su cuerpo a los que nunca antes había alcanzado la excitación física.

De ese modo pudo respetarse la cuarentena y cumplir con el requerimiento marital sin poner en riesgo su salud. Porque de nuevo, y amparada en esa ocasión por los consejos médicos, no le importó que la Iglesia pudiera condenarles. Ella no era una Habsburgo, sino una Farnesio y casada con un Borbón. Le importaba mucho más su vida que la fe.

—Laura, ¿qué pensáis vos del sexo?

Piscatori acompañaba a la reina en un tranquilo paseo por el jardín.

—No entiendo qué queréis decir, majestad.

—¿Creéis que es posible abusar de él? ¿Lo consideraríais obsceno?

—¿Abusar del sexo? ¡Ja! Como dicen aquí, no caerá esa breva, mi señora.

—No lo toméis a broma.

Piscatori advirtió que la reina torcía el gesto, lo que significaba que el asunto le preocupaba seriamente. La conocía bien.

—¿Qué es lo que queréis decirme, mi señora?

—Os voy a hablar de un asunto muy delicado. El más delicado que pueda darse entre un hombre y una mujer. Es algo sorprendente y en cierto modo hasta alarmante, pero no puedo hablar de él con nadie en la corte más que con vos. ¿Entendéis lo que esto significa?

Piscatori asintió. Tenía que ser una vez más una tumba.

—Cuando llegamos a España no tardamos en oír inapropiados comentarios sobre la vida sexual del rey. Imagino que no sois ajena a ellos.

—Nadie en la corte lo es, majestad.

—Eso me temía. Pero siempre pensé que eran malintencionados. Sin embargo, Laura... —Se detuvo unos segundos ante lo íntimo de la confesión que iba a hacerle—. Tales rumores eran ciertos. No podéis imaginar cuán incansable es su deseo sexual. Estoy convencida de que es una obsesión más que un deseo.

—¿Una obsesión? —dijo alarmada la mujer.

—Lo que estáis oyendo.

—¿Para vos representa un problema?

Laura no acababa de entender adónde quería llegar la reina.

—No exactamente.

—No entiendo, majestad. Entonces ¿qué os preocupa?

—Es su desequilibrio lo que me preocupa.

—¿Estáis diciendo que el rey es un desequilibrado? —preguntó sorprendida Piscatori.

—No, Laura. Yo ya me he habituado a ese ímpetu, pero lo que me temo es que ese ardor permanente, tan en contra de la naturaleza humana, podría ser síntoma de una inestable personalidad. No sé, su temperamento demuestra demasiadas rarezas. Tan pronto está eufórico como triste y abatido. Y temo que el sexo sea una señal más de que algo en su cabeza no funciona.

La sexualidad del rey no sólo era rica en ímpetus y deseos, como afirmaba la reina, sino también en imaginación. La llegada del reloj de Hildeyard levantó su ánimo y despertó sus antiguas ganas de hacer «travesuras»... Incluso fue mucho más lejos en su atrevimiento y, como sus pretensiones trascendían el íntimo universo de la alcoba, buscó la complicidad del marqués de Scotti; alguien tenía que ayudarle a organizar lo que se le acababa de ocurrir. Aquí, en España, era impensable, condenable. Tabú y perversión. En su país, en cambio, era un juego que se había impuesto clandestinamente en los salones cortesanos y de la nobleza.

—A ver, marqués, acercaos… No es cosa esta de la que se deba hacer gala ni proclamar a los cuatro vientos.

El rey hablaba en un tono de voz bajo y enigmático.

—Os ruego la máxima discreción.

—¡Por supuesto, majestad!

—El encargo que os hago es el de organizar un *Impávido*.

Al ver la cara de asombro del marqués de Scotti, el rey quiso aclarar:

—Porque vos, marqués, sabréis lo que es un *Impávido*, ¿verdad…?

El marqués carraspeó ligeramente antes de reconocer que no tenía ni idea de lo que le estaba hablando.

—¡Ja, ja, ja! No imaginaba que los italianos fueran tan timoratos. Mucho tienen que aprender de los franceses… Pedid a uno de mis ayudantes presentes aquí que os lo explique, ¡ja, ja, ja!, y organizadlo a la mayor brevedad. Para el próximo viernes, por ejemplo —ordenó el caprichoso rey con picardía.

El abate Alberoni disfrutaba de un relajante baño en su casa. Entre el agua y las sales perfumadas veía con distancia la agitación que se vivía en palacio desde la llegada del primer hijo de los reyes. Y reflexionaba sobre lo distinta que había resultado ser la reina a lo que él imaginó en un principio, lo que le llevó a pensar en la persona que la había descrito de tan equivocada manera, la princesa de los Ursinos. ¿Qué sería de ella? Qué frágiles eran los destinos de aquellos en quienes reyes y soberanos confiaban, ya que en un solo minuto y con una simple firma podían terminar, sin inmutarse, con más de quince años de lealtad y servicio. Por eso él nunca bajaba la guardia. Aunque la reina lo felicitase por el avance de sus gestiones, cada día era una meta a la que llegar; la meta de no haber defraudado su confianza. Sabía que ella no se conformaría con lo que deseaba conseguir y se empleó en superar con creces los encargos que le había hecho. Era la manera de asegurarse que se saciaba su hambre de poder y, por tanto, también la recompensa que él esperaba.

La bañera estaba ubicada de espaldas a la puerta, por lo que Alberoni no se dio cuenta de que alguien entraba sigilosamente, se aproximaba e introducía las manos en el agua, hasta que se la echó por la espalda. El abate se llevó un grandísimo susto e intentó incorporarse alarmado y a punto de gritar.

—Chist, no os preocupéis, don Giulio, soy yo —le dijo Laura Piscatori.

Desconcertado, la echó con destemplanza, sin atreverse a incorporarse de la bañera al hallarse desnudo.

—¡Marchaos de aquí, incauta! ¿Cómo osáis interrumpir mi baño?

Sin embargo, Piscatori no parecía dispuesta a obedecer, mucho menos a reconocer que fuera un error. Volvió a acercarse al abate y, aprovechando que estaban en desiguales condiciones, para beneficio de ella, continuó echándole agua por los hombros; después introdujo una mano hasta el fondo.

—Relajaos... —le dijo, bajando por el vientre del abate que, en ese momento, se quedó sin habla.

Su semblante fue cambiando mientras empezaba a acariciarle más intensamente, cerró los ojos y sus músculos se relajaron al concentrarse en el gusto que esa mujer, que le resultaba odiosa hasta entonces, le proporcionaba con sus dedos audaces. Y tanto se dejó llevar que se dispuso a besarla, cuando abruptamente ella se retiró y sacó las manos del agua dejándole con las ganas después de haberlo provocado.

—No menospreciéis jamás el poder ni las mañas de una mujer, sea cual sea su condición…

Y se marchó dando un portazo.

El esperado viernes llegó. Ese día Felipe andaba revuelto y excitado esperando que la noche se cerniera sobre ellos. Todo se ejecutó como una danza ritual cuya existencia y triunfo dependiera de la prudencia. Es decir, se llevó a cabo con sigilo y gran secretismo. Aunque no se trataba meramente de prudencia; cierto es que la clandestinidad hacía aún más excitante lo prohibido.

En un pequeño salón de la zona más privada de palacio reservada a los reyes se había dispuesto una amplia mesa redonda cubierta con un elegante mantel blanco que llegaba hasta el suelo. Una sala, también de pequeñas dimensiones, adyacente al salón albergaba varios percheros donde dejaron sus calzas y su ropa íntima los seis varones invitados a la fiesta privada organizada por los monarcas. Después fueron ocupando sus asientos alrededor de la mesa desnudos de cintura para abajo ante la muda e impasible presencia de sólo dos lacayos. Cuando todos estaban colocados se entreabrió sigilosamente la puerta del salón para permitir la entrada de una elegante dama, claramente aristócrata por su porte, que tenía los ojos cubiertos con un antifaz y vestía un ligero *déshabillé* bajo el que no llevaba ropa interior.

Con agilidad se inclinó para colarse debajo de la mesa. El espectáculo allí abajo era verdaderamente curioso y también obsceno: los genitales de los seis hombres se ofrecían procaces a los deseos y las insanas intenciones de la dama. Comenzaba así el libertino juego del *Impávido*, una invención de la corte versallesca que estaba haciendo furor en los salones de la aristocracia en el país vecino.

Eligió un miembro al azar, sin reparar demasiado en cómo era. Cerró los ojos, lo tomó suavemente con una mano, acercó su boca hasta acertar a introducirlo en ella y comenzó a succionar con la delicadeza de la ingravidez. El caballero no tardó en perder la compostura, por lo que quedó eliminado y tuvo que retirarse ya que el juego consistía en aguantar impávido mientras la dama se empleaba a fondo en el reto de la excitación. Ganaba aquel a quien no se le notara que estaba siendo el elegido de la lujuria desatada bajo la mesa.

Pero los verdaderos protagonistas invisibles de aquel juego clandestino y pecaminoso eran Isabel y Felipe. En una tercera sala, a través de una doble y oculta mirilla estratégicamente colocada, espiaban el juego sin perderse ni uno solo de los movimientos.

La mujer fue realizando una felación tras otra, e iban cayendo eliminados los hombres. Cuando el triunfo se dirimía ya sólo entre dos de los participantes, a cada cual con más férrea fuerza de voluntad, lo que hacía el juego más intenso y excitante, el rey se colocó detrás de la reina, le subió las faldas y, sin dejar ella de observar el desenlace, la embistió con la fuerza bruta del deseo que escapa a todo control.

En la mesa, el ganador, impávido, recibió como premio la entrega desmedida de la dama, sin miramientos ni control, hasta conseguir que eyaculara en su boca, lo que coincidió con el grito ahogado y complaciente de Isabel anunciando el desbordamiento del rey.

11

Apartad de mí esa luz cegadora!

El rey gritaba despavorido ante la inocente visión de la camisola blanca que, como todas las noches, le acababan de llevar a su cámara privada para ir a dormir.

—¡Me ciega! ¡Oh, Dios, esa luz me ciega, no puedo ver! ¡Apartadla!

El ayuda de cámara pidió que rápidamente le llevaran otra, pero la escena se repitió. Y así tres veces más con camisolas diferentes. Pero todas blancas.

—¡No lo entendéis! Es ese maldito blanco el que me ciega. ¡No veo, no veo!

Por alguna extraña razón, se negaba a colocarse ninguna de las prendas que sucesivamente le iban llevando simplemente porque eran de ese color.

Su cuerpo comenzó a convulsionar, y dejó de hablar para proferir tan sólo ininteligibles alaridos. Los criados intentaban calmarlo sin éxito. No podían con la fuerza de la locura.

Ante semejante alboroto, la reina acudió acompañada de Piscatori, que aún no se había marchado a descansar a casa del abate, donde vivía, y, al presenciar el suceso, su rostro se descompuso y su cuerpo tembló de arriba abajo, aunque trató de evitar que se notara. Fue un golpe duro ver a su esposo perdiendo por completo el control de sus actos y preso de un ataque sin sentido alguno.

—¿Es que nadie ha llamado a su médico de cámara?

A duras penas explicaron a Isabel que habían ido a buscarlo, mientras seguían con los vanos intentos de reducir al rey. A pesar de la impresión que se había llevado, el fuerte carácter de la reina la empujó a lanzarse a intentar mediar para contribuir a que Felipe se calmara, pero lo único que consiguió fue llevarse algún que otro golpe involuntario por parte de su esposo, que lanzaba puñetazos al aire al tiempo que tiraba al suelo las prendas de vestir que encontraba a su paso.

Piscatori salió en ayuda de su señora y también recibió su parte.

Por fin se personó el médico junto a lo que parecía un pequeño ejército compuesto de otros galenos, más el abate Alberoni, el padre Daubenton, confesor del rey, varios criados y un nutrido grupo de soldados. Entre todos consiguieron hacerse con él. Para entonces la reina, agarrada fuertemente a la mano de quien demostraba una vez más ser su principal apoyo, Piscatori, contemplaba horrorizada el lamentable e indigno desenlace.

Cuando se llevaron a Felipe con el séquito siguiéndole Isabel no fue capaz de moverse. Permaneció inmóvil apretando su espalda contra la pared en un rincón de la estancia, que quedó cubierta por un manto de silencio que le perforó el alma.

Cuando por fin consiguió recuperarse de la impresión Isabel acudió a la habitación de su pequeño Carlos. Lo tomó en sus brazos y se pasó varias horas en silencio acunándolo, sintiendo su calor y su latido de recién nacido sobre el pecho.

El orondo abate Alberoni miraba a través del amplio ventanal a la espera de que la reina hiciera acto de presencia. Solía ser puntual. Pero esa mañana se estaba retrasando.

—Disculpad, don Giulio.

Entró con rapidez y sin mucha ceremonia.

—Oh, no. Es muy temprano y seguramente estaréis cansada. Si su majestad lo prefiere puedo marcharme y volver…

—¿Quién ha dicho que esté cansada?

Desde luego de lo que no estaba era de buen humor. Daba la sensación de que quería terminar con la conversación lo antes posible. Se notaba cierta inquietud en su manera de hablar y de mover las manos.

—Disculpadme, majestad. Después de lo ocurrido ayer pensé que estaríais…

—¡Ayer no pasó nada más que el rey sufrió una indisposición! Bien… Os he mandado llamar precisamente porque estoy muy preocupada por las obsesiones de mi esposo. ¿Qué se comenta en la corte de...? —Le resultó embarazoso formular la pregunta a Alberoni después de lo cortante que acababa de estar con él—. De lo que le ocurrió ayer.

El abate, como si nada, respondió lo que sabía, que resultaba tan clarificador como extraño y sorprendente:

—Majestad, sé que os va a sonar raro, y mucho. Lo que explica el comportamiento que tuvo ayer el rey es un fenómeno que carece de fundamento científico pero del que vuestro esposo está convencido: la ropa blanca de vuestras majestades irradia luz.

Tras un silencio, la reina dijo:

—Supongo que es una broma.

—Me temo que no lo es, señora. Según el rey, este fenómeno afecta a todo tipo de prendas que sean blancas. Sábanas, camisas, camisones, paños... Eso es lo que cree don Felipe.

—¿Y vos, abate, también lo creéis?

—Lo que yo crea no es importante.

—Para mí, sí. Por eso os lo pregunto.

Estaba poniéndole en un compromiso.

—No sé, majestad... Lo que le ocurre a nuestro rey últimamente es tan desconcertante que no sé bien qué deciros... Me limito tan sólo a comunicaros lo que anda circulando entre los muros de palacio. Además, me he tomado la libertad, antes de venir, de hablar con uno de sus médicos y no encuentran justificación a este tremendo lío de la ropa... No sé, majestad, no sé... De veras que esto desborda mi pensamiento y carezco de...

—Está bien... —La reina compartía el desconcierto y empezaba a agobiarle seguir enfrentándose a una realidad verdaderamente inabarcable para la razón humana.

—Aunque... hay más —añadió Alberoni.

—¿Más...?

—Cuentan que el rey está convencido de que la ropa tiene algo así como un hechizo, o que tal vez contenga veneno, o que puede que le hayan echado mal de ojo... Se dicen tantas cosas...

—Pero ninguna con sentido —sentenció la reina—. Esto es una locura que se extiende y no veo el modo de pararla.

—Lo peor es que esas actitudes extrañas del rey son cada vez más frecuentes y también más graves. ¿Cómo se encuentra esta mañana?

La reina tragó saliva y notó que se le quedaba atascada en la garganta formando un doloroso nudo.

—Ha seguido sufriendo delirios y diciendo cosas inconexas.

—Lo lamento.

—Don Giulio, lo único que ha dicho comprensible al despertar era que había que encargar doscientas misas. No ha parado de repetirlo hasta que ha vuelto a balbucear y a perder el sentido.

—¿Doscientas misas? ¿Eso ha dicho? Es curioso... hace escasos días me comentó que creía que las misas dichas por el alma de su difunta esposa, la reina doña María Luisa, habían sido insuficientes.

—¿Creéis que está relacionado?

—Sin duda, majestad. Me atrevo a decir que está convencido de que decir esas misas le aliviará.

—No perdemos nada por intentarlo. Aunque me resulta un disparate...

—Os comprendo, majestad. Hablaré con el padre Daubenton y le pondré al corriente.

—Os lo agradezco, abate. Podéis retiraros. Aunque... un momento.

Alberoni se detuvo ya en la puerta.

—¿Cómo van vuestras gestiones en favor de nuestros intereses? Ya me entendéis...

La gestión de futuros tronos europeos para sus hijos era lo que más preocupaba a la reina. Carlos y toda su futura descendencia debían imponerse a quienes Isabel consideraba sus mayores enemigos: los vástagos del anterior matrimonio del rey.

—Supongo que sois consciente de que ésa es la más importante de vuestras tareas en esta corte. Y lo más importante para la corte misma.

—Lo soy. En ello sigo trabajando sin descanso.

—No debéis dejar de hacerlo ni un solo segundo de vuestra existencia. Podéis marcharos.

Alberoni se iba convencido de que difícilmente el rey superaría su enfermedad porque era difícil salir del infierno que la mente generaba para apartar del mundo a quien lo padecía.

Por orden del rey, fueron encargadas las doscientas misas por el alma de la reina difunta, doña María Luisa de Saboya. No obstante, y dado el terco carácter de Isabel de Farnesio, ella se ocupó personalmente de que fuera renovado por completo el vestuario real de color blanco, así como sábanas y mantelerías, para garantizar que no volviera a repetirse un suceso similar. Asumía que participaba en algo que le parecía delirante, pero lo cierto era que si su marido creía en ello y que le afectaba, como ya había tenido ocasión de comprobar, más valía tomar las medidas oportunas, y así hizo. Le quedaba la esperanza de que nada de eso llegara a las diferentes cancillerías europeas, por el buen nombre de su esposo.

Pero contra todo pronóstico, y para desesperación de la reina, el fenómeno se repitió. O al menos eso creyó el rey, de manera que volvió a vivir una nueva crisis, esa vez más grave que la anterior. Don Felipe pareció enloquecer. En los escasos atisbos de cordura que vivió en aquellos nefastos días dio la orden tajante de que se vigilara su vestuario y también de que, para evitar cualquier manipulación indebida que volviera a hechizarla, fueran las monjas quienes confeccionaran su ropa interior. A pesar de lo cual, pasaba más de una semana, dos y hasta tres, sin cambiársela. Don Felipe entró en un proceso de degeneración de su persona muy preocupante. La pareja, imperturbablemente unida en todo desde el primer día, dejó de compartir actividades, lo cual testimoniaba lo mal que, en efecto, se encontraba el rey, siempre tan proclive a ir de la mano de Isabel a cada paso que daba.

Una noche en la que la reina volvía a cenar sola su cabeza se convirtió en un hervidero de ideas, a cual más descabellada, a cual más alarmante. No paraba de darle vueltas a lo que estaba ocurriendo y temió las consecuencias que pudieran derivarse.

Apenas probó bocado. Al ir a acostarse tuvo una ocurrencia. Pidió que avisaran a los galenos; necesitaba verlos con la mayor brevedad. En cuestión de minutos estaban ya convocados en una sala donde solían deliberar y en la que disponían de todo su material médico y de estudio. La reina quiso verlos allí, en su lugar de trabajo, a pesar de que a esas horas ya se habían retirado a descansar.

—Ante todo aceptad mis disculpas por levantaros de la cama. Sé que no son horas. Pero dada la gravedad de la dolencia que está afectando a mi esposo, y debido a la escasez de novedades respecto de su diagnóstico, es mi deseo no dejar que transcurra más tiempo sin tener un encuentro con los médicos que le asisten. Seguro que lo comprendéis.

Los galenos asintieron.

—Os pido, pues, que os pronunciéis con claridad acerca del mal que podría estar padeciendo el rey.

Dos de ellos se levantaron en silencio y se pusieron a rebuscar entre papeles hasta que encontraron un libro de considerable tamaño, que pusieron ante la reina apoyado en la mesa. Estaba escrito en inglés.

—¿Qué significa esto? —preguntó intrigada Isabel sin atreverse a abrirlo.

—Esas páginas contienen la respuesta a los males de Nuestra Majestad, el rey don Felipe. —Quien había tomado la palabra era su médico de cámara—. Nos ha llevado tiempo llegar a esta conclusión, pero ya creemos tener la certeza.

—¿Sólo lo creéis?

Callaron para dejar que fuera el más anciano quien respondiera.

—Veréis, majestad, no es fácil diagnosticar cuando del alma se trata. —Silencio—. No ocurre así cuando la dolencia afecta a un riñón, o al corazón, o al hígado... Los males del alma son más dificultosos de desentrañar. Os habéis adelantado, majestad. Habíamos determinado tomarnos un día más para acabar de estar seguros antes de pronunciar nuestro diagnóstico, pero en verdad no creo que en veinticuatro horas se distanciara mucho del que ya tenemos.

—¿Y bien...? —requirió la reina mirando de reojo la cubierta del libro.

El galeno dijo:

—El rey padece melancolía.

Todos la miraron expectantes. Ella recorrió con la mirada el rostro de cada uno de los presentes antes de proferir una sonora carcajada.

—¿Melancolía, afirmáis? Atribuía a los médicos de la corte una seriedad de la que, por lo que veo, carecéis. ¿Qué diantres queréis decirme con esto?

Ahora parecía muy enfadada. Entonces ellos le explicaron que el libro que habían estudiado y que tenían sobre la mesa era *Anatomía de la melancolía*, una copia conseguida con dificultad ya que su autor, el erudito y clérigo inglés Robert Burton, la había publicado por primera vez en 1621 pero la había reescrito durante toda su vida, hasta que falleció en Oxford en 1640. En ella se analizaba la melancolía como enfermedad basándose en los preceptos de la Antigüedad clásica sobre la teoría de los denominados «cuatro humores», tratando de dar un paso más.

—Los cuatro humores radican en la bilis negra, la amarilla, la sangre y la flema. Según esta teoría, las reacciones temperamentales responden a los líquidos predominantes en el organismo, de tal manera que un exceso de bilis negra produce melancolía, y cuando se torna más espesa y ácida al concentrarse en el bazo se acaba descomponiendo y deviene en enfermiza.

La reina seguía las explicaciones con suma atención, como si se adentrara en un túnel en cuyo final hallaría la respuesta al mayor enigma jamás planteado.

—Decía Hipócrates de Cos que si el miedo y la tristeza se prolongan, es melancolía —concluyó el médico.

La reina se quedó asombrada. Se aproximó al libro y escudriñó las llamativas ilustraciones de la portada. Pasó las manos por las páginas acariciándolas. Después levantó la mirada hacia los galenos y pronunció tan sólo las siguientes palabras:

—¿Y desde cuándo la melancolía tiene cura?

13

Don Felipe se agarraba fuertemente a las manos del padre Daubenton. Estaba nervioso; su espíritu, agitado. Incansablemente agitado.

Estaba haciendo denodados esfuerzos por convencer a su confesor de que no estaba loco y que era cierto el intento de envenenamiento a través de la ropa blanca.

—¿Envenenamiento? Es la primera vez que oigo decir algo tan grave, majestad.

—Sí, alguien pretende envenenarme y ha utilizado la ropa blanca porque ¿quién iba a sospechar de la ropa blanca?, ¡decidme, padre! —Ahora le apretaba violentamente—. ¿Quién iba a sospechar de la ropa blanca?

—Está bien, calmaos.

Era una situación muy embarazosa para el confesor.

El rey estaba sudando. Pero no porque tuviera calor sino porque la intransigencia de su propio espíritu para consigo mismo hacía estallar sus nervios produciéndole acaloramiento acompañado de palpitaciones y de alguna convulsión. Viéndole en ese estado, el padre Daubenton consideró más apropiado un médico para aliviarle los desajustes de su cuerpo que no un confesor para los desarreglos del alma.

—Majestad, creo que debería veros un médico, ahora mismo. Voy a hacer que lo llamen.

—¡No! —El rey le dio un enérgico tirón del brazo para

que no se moviera, y pareció que se echaba a llorar, hablando como un niño que intentara aguantar un berrinche o, peor aún, ocultar su miedo—. No, padre, no... no es un médico lo que necesito, sino que me creáis... No estoy a salvo de nada, ¿es que no lo veis?

De lo que no estaba a salvo era de sus propios fantasmas, aquellos que su mente llevaba un tiempo generando. A Daubenton le dio la impresión de que el rey buscaba excusas, pero ¿para justificar qué?

Don Felipe continuó con su confesión. Y por primera vez tuvo el valor de hablar de algo tremendo, una reflexión terrible para el religioso. Y para cualquiera.

—¿La vida merece la pena?

El padre notó un puño ahondándole en el corazón. Se sintió espiritualmente responsable de que el rey se cuestionara la vida. El asunto suponía un problema de extrema gravedad.

—No estoy seguro de poder sobrellevar las obligaciones impuestas, de las que no puedo librarme. ¿Por qué tengo que seguir siendo rey? ¿Por qué? ¡Por qué!

Del nerviosismo pasó al llanto, hundiendo la cabeza en el regazo de un conmovido padre Daubenton.

—Majestad, os lo ruego, dejad de llorar... —El confesor puso su mano sobre la cabeza del rey—. No sé si os dais plena cuenta de la trascendencia de lo que estáis confesando. ¿Le habéis contado esto a alguien más?

Felipe se incorporó.

—No, padre, a nadie más.

—¡Ni lo hagáis! No debéis hablar de esto con nadie. Como confesor vuestro os lo prohíbo. —Reparó en que tal vez había ido demasiado lejos, estaba hablándole en esos términos nada menos que al rey, y rectificó—: Bien, quiero decir que os lo aconsejo, señor.

—¿Y si yo estuviera poseído por un espíritu maligno?

El monarca seguía con sus delirantes ideas, para desesperación de Daubenton.

—De ser así —prosiguió Felipe— creo que no sería posible ninguna liberación que me permitiera seguir viviendo. ¡Estoy condenado, padre! ¡Condenado!

—No temáis. Yo os ayudaré a liberar esos miedos.

—¿Es cierto que el demonio se pude colar en cualquier alma que elija, incluso en la de un rey? —preguntó horrorizado, pero Daubenton no quería ni oír hablar de un asunto como ése, una blasfemia.

Sin embargo, el monarca insistía:

—¿Qué sería de mí si el diablo me hubiera elegido? ¿Vos me creéis, ¿verdad? ¿Me creéis…? ¡No estoy loco!

Con ese lamento finalizó la confesión. Y aumentó la preocupación en el padre Daubenton, quien entendió que lo que le ocurría al rey Felipe era cosa seria y que España estaba empezando a tener un grave problema de consecuencias difíciles de valorar.

Lo único que al rey le calmaba su espíritu en aquellos días convulsos era mantener largas conversaciones con su relojero de cámara, Hatton, mientras éste le mostraba los entresijos del mecanismo del reloj de *Las cuatro fachadas*.

Felipe abrió el cristal de la cuarta fachada para toquetear sutilmente con los dedos una miniatura de pájaro que marcaba los grados de frío y de calor. Era un prodigio de artesanía. Siguió observando fascinado el resto de los elementos. En esa misma fachada se mostraba el movimiento de las estrellas fijas y se determinaban los adelantos o atrasos del sol en sus salidas y en sus puestas. Una línea de metal, como si fuera un pequeño alambre, que se extendía entre dos puntos diametralmente opuestos, marcaba la distinción entre el día y la noche. Gracias al movimiento de dicho alambre se podía observar la salida del sol y el momento en que llegaba a su ocaso.

—El sol, Hatton, el sol... es el astro más poderoso del universo entero. Ilumina. Da la vida. El sol es la vida misma... —dijo mientras acariciaba la pequeña pieza a través de la superficie de cristal de la bola del universo.

14

Las mañanas se le atragantaban a la reina desde hacía un tiempo. Había pasado de levantarse a diario con el pensamiento puesto en qué le deparararía de excitante una nueva jornada en la corte a costarle salir de la cama en la que se había hecho costumbre dejar a su esposo hasta no se sabía la hora.

Tampoco se levantaba, como antes, tras una noche de sexo agotador, a veces compulsivo, a veces extremo, pero en cualquier caso siempre gratificante. Y hacía semanas que no dormía en la misma cama que su esposo.

Isabel no estaba triste, porque en su carácter no cabía dejar el paso libre a la tristeza. Pero la incertidumbre acerca de lo que le ocurría a Felipe estaba haciendo mella en su ánimo. Ella necesitaba sentir que tenía en todo momento el control de la situación que fuera. Y su esposo se le escapaba desde hacía ya muchos meses. Demasiados. Ni siquiera se sabía cuál era la dolencia que le hacía perder la cabeza de formas tan indignas y humillantes como las que se habían producido en los últimos tiempos.

Sin ir más lejos...

—Mi señora, vuestro esposo sigue negándose a cambiarse de ropa. Hemos perdido la cuenta de los días que lleva puesta la misma, por dentro, me refiero.

Laura Piscatori contaba con espanto a la reina las novedades de las que se había enterado. Últimamente a Isabel le costaba averiguar por su cuenta hasta los asuntos más íntimos del rey debido a los desencuentros horarios y, sobre todo, a que él se negaba a salir de la cama.

—Pero peor que lo de la ropa es que no se asea.

Isabel sabía que no era la higiene personal una de las pasiones de su esposo.

—Su vieja costumbre de rehuir el agua —comentó intentando sonreír.

—Es más que eso, majestad —le aclaró Piscatori, aunque no hiciera falta—. Ha descuidado por completo su aseo personal y… —No sabía bien cómo explicarlo para que fuera lo menos hiriente posible—. Y digamos que se nota allá por donde pasa. Vamos, que deja una estela que…

—¡Oh, qué horror!

La reina contrajo los músculos de la cara intentando controlar un gesto de asco que acabó saliendo.

Estaba afectada. También sentía pena. Miró al suelo y mientras le hablaba a su paño de lágrimas iba reflexionando sobre sus propias palabras.

—Es terrible, Laura. Se pasa los días enteros hundido y cobijado en el lecho sin querer ver a nadie más que a mí. Y sigue con la obsesión de que pretenden envenenarlo a través de la ropa blanca. No censan las alucinaciones ni los terrores nocturnos. No sé cuánto tiempo más podré ocultar esta lamentable situación. ¿Sabéis qué es lo peor de todo? Carecer de horizonte, no saber qué le ocurre ni, por tanto, cómo se curará, ni tampoco cuándo… ni cuánto tardará en hacerlo. —Afloraron lágrimas a sus ojos y miró a Piscatori hundida en su propia desgracia—. No se puede vivir sin horizontes… Es imposible.

Su fiel servidora, y diríase que a esas alturas de la vida también amiga, intentaba consolarla.

—Laura, ¿habéis oído hablar de los efectos de la melancolía?

—¿Melancolía…? No, señora. ¿Eso qué es?

—Nada… Dejadlo. Pensemos, mejor, en qué haremos para que el rey se adecente como es debido y consienta en cambiarse de vestimenta.

—Pues está la cosa difícil, porque ni teniendo que estar en público se cambia…

La reina le echó una mirada interrogativa, que ella entendió.

—Vamos, que, ahora mismo, está recibiendo en audiencia al embajador de no sé dónde, y se ha presentado, me dicen, con un aspecto lamentable y…

—¡Pero, Laura! —gritó la reina alterada cortándole en seco—. ¿En qué estabais pensando? ¡Tendríais que haber empezado por ahí! ¡Vamos! ¡Rápido, llevadme ante él!

Cuando la reina y Piscatori llegaron a la sala de audiencias presenciaron la viva imagen del bochorno. El diplomático despachaba con visible incomodidad ante un rey que más parecía un despojo humano. Portaba mal puesto un maloliente camisón plagado de manchas que le dejaba las piernas al aire y bajo el que se advertía la ausencia de ropa interior. Sobre la cabeza real, que parecía llevar meses sin lavarse, coronaba una peluca torcida que hacía aún más grotesco su aspecto. Sintieron vergüenza y pena.

La reina pidió amablemente al embajador que se marchara y lo emplazó a volver a solicitar audiencia en cualquier otro momento, disculpando al monarca porque, «como veis, no se encuentra muy bien, ha pasado mala noche…»

Furiosa, Isabel llamó a Alberoni.

—¿Cómo habéis podido permitir semejante atrocidad? ¡El rey no está en condiciones de recibir a ningún embajador! ¡Ni a nadie! —Sus gritos podían oírse a través de los pasillos de palacio. El enfado era soberbio—. Y no me digáis que eso es cosa de sus ministros o sus consejeros o… o… ¡qué se yo! Porque lo que sí es vuestro deber es mantenerme informada de los pasos que da el rey. ¡Y este último no debería haberlo dado! Fuera de mi vista. ¡Fuera!

El abate no se atrevió a dar ningún tipo de explicaciones. Replegó velas y salió, sin darse cuenta de que tras él iba Piscatori.

—¡Eh, abate! —lo llamó cuchicheando para no ser oída. El clérigo se detuvo a escuchar lo que tuviera que decirle—. ¿No habéis hecho bien vuestro trabajo? Vaya... Si me permitís un consejo, no deberías hacer enfadar a la reina.

Alberoni, airado y sin responder, dio media vuelta y siguió su camino mientras se oía retumbar entre los estrechos corredores la burlona y descarada risa de Piscatori.

Llevaron al rey a su habitación, donde ya le esperaban los galenos. Se quedaron perplejos tras reconocerlo. Lo único que pudieron constatar fue una apatía desmesurada y una melancolía «rayana en la locura».

—¿Ahora locura...? ¿No teníamos suficiente con la melancolía? —preguntó indignada la reina.

—Lamentamos no poder darle nuevas más concretas.

—Yo sí lo lamento... De veras que lamento no poder saber qué le ocurre a mi esposo. ¡Por Dios, es el rey de España! ¡Es un Borbón! —Descargó su furia contra los médicos—. Si pensáis que voy a quedarme de brazos cruzados esperando a que sigáis sin saber nada, a que no me digáis nada, a que no pase nada y... a nada de nada, ¡estáis muy equivocados! Si no sois capaces de solucionar este problema tan grave, es que no me servís. Ni a mí ni a la corona española.

La dureza de la reina les hizo salir sin necesidad de que ella lo pidiera. Isabel se acercó al lecho y se contuvo creyendo ser prisionera de una terrible pesadilla, hasta que no pudo más. Arrancó a llorar desconsolada mientras contemplaba la desoladora estampa de su marido con los ojos idos mirando hacia ningún lado. No era ésa la idea que tenía de lo que debía ser reinar en España.

15

Primavera de 1717

El mes de marzo iluminó la vida de la reina. El día 21 vino al mundo su segundo hijo, al que pusieron de nombre Francisco. Un niño que llamó la atención por su increíble belleza.

Eran los días en los que la corte andaba algo revolucionada porque el pintor francés Houasse realizaba un magnífico retrato del infante Luis, llamado a suceder al rey don Felipe al ser el primogénito de su anterior matrimonio.

Michel-Ange Houasse había llegado a la corte española hacía dos años por invitación del entonces ministro Jean Orry con el encargo de pintar un retrato del rey. Aunque la corte gozaba de pintores de cámara de notable nivel, a los reyes no acababan de gustarles, así que prefirieron a uno francés de renombre aunque fuera para hacer un sencillo retrato convencional. Y como el elegido, el gran Hyacinthe Rigaud, declinó la oferta, acabó viniendo Houasse, sin intención de quedarse, pero lo hizo.

A la reina la idea de que estuviera realizando un retrato del infante Luis no le causaba la menor gracia. En su mano no estaba hacer nada en contra de ello, así que decidió entregarse de lleno a su nuevo hijo para abstraerse de los continuos comentarios que circulaban: «Para tener casi diez años posa muy bien», «dicen que lo está pintando con un porte majestuoso», «no podría retratarse mejor el carácter de ese niño…» Fue el tema favorito que, con mala fortuna para Isabel, coincidió con su segundo parto. Luis era el niño mimado de la corte y el sucesor de su padre. Ése era el verdadero problema, no el retrato de Houasse.

El rey, con aspecto demacrado, irrumpió en la sala donde Houasse estaba pintando. Observó detenidamente los trazos de la obra analizándolos como si fuera un entendido en la materia, lo cual enorgulleció al maestro. Sin embargo, la mente del monarca volaba por otros derroteros.

Tras un rato de embelesamiento y silencio, abandonó el lugar corriendo, sin ni tan siquiera mirar al pequeño que, prudentemente, no se había movido mientras posaba, pero al que dejó compungido por no haberle hecho ningún caso. Al fin y al cabo, el infante no era mas que un niño de apenas diez años que deseaba atraer la atención de su padre.

Felipe fue a buscar a su esposa. La encontró probándose vestidos entre risas y cuchicheos de sus damas, intentando hallar alguno que disimulara los excesos corporales del embarazo. Isabel parecía estar de buen humor. El rey, sin embargo, echó a todo el mundo con malas maneras.

—Necesito hablar con vos, Isabel.

A ella no le pareció bien que irrumpiera de ese modo y que, sin mediar palabra, pusiera fin a lo que estaba haciendo. Se encontraba, además, a medio vestir. Lucía los brazos desnudos, en los que sorprendentemente su esposo, tan dado a excitarse con cualquier desnudez suya, no se fijó.

—Imagino que se tratará de un asunto importante para llegar con estas prisas y estos malos modos.

El rey no se molestó en disculparse. Se movía de un lado a otro nervioso.

—Es un asunto… grave, eso es, muy grave. —Se detuvo y entonces la miró—. No puedo seguir reinando. Lo tengo más que decidido.

El salón quedó convertido en un silente espacio que helaba la sangre.

Isabel sintió un momentáneo vahído y se dejó caer sobre un sofá atestado de ropa.

—¿Qué estáis diciendo?

El pecho le oprimía dificultándole la respiración.

—Lo que a buen seguro habéis oído, amada espos…

—¡Dejaos de tonterías corteses! —Isabel tuvo un repentino brote colérico; no era para menos—. ¡Explicadme lo que acabo de oír!

—No puedo seguir siendo rey.

—¡Por Dios, amado esposo!

Isabel intentaba contener su genio.

—Desde hace tiempo oigo voces en mi interior que me dicen que no me veo capaz de continuar en el trono de España.

—Voces… —Isabel no podía creerlo. Inspiraba para tomar aire intentando acompasar, sin éxito, la respiración—. Voces… Oís voces…

—Sí… Ya sé que es difícil de entender.

—¡Es imposible! —gritó la reina.

—No es tan imposible. Lo entenderéis si atendéis a mis explicaciones…

—¡No! ¡No! ¡Las voces me importan un cuerno! ¡Lo que es imposible es que dejéis de ser rey! —Cada vez gritaba más enfadada—. ¿Y sabéis por qué? ¡Pues porque vos sois el rey! Y cuando un Borbón es rey no puede dejar de serlo.

—Claro que puede…

—¡Claro que no!

Isabel, que acabó levantándose por ver si así conseguía respirar mejor, lo avasallaba en sus respuestas, y él, como un niño al que no dejaran de regañar, se achantó.

—¿Es que habéis perdido la cabeza? Nadie puede sustituiros, un trono no es intercambiable, ni se renuncia a él. Vos estáis destinado a ocuparlo hasta el fin de vuestros días, que Dios quiera que tarde en llegar.

—Oh, nooo...

Felipe se echó las manos a la cara, tapándosela, horrorizado de pensarlo.

Isabel se acercó y sin demasiada delicadeza se las apartó, enérgica.

—Vamos, ¡afrontad la realidad!

El rey comenzó a gimotear. No podía contener las lágrimas.

La reina siguió hablándole:

—Si estáis pensando en abdicar ya os lo podéis quitar de la cabeza. No es posible. Nadie puede ocupar vuestro trono.

—Luis es demasiado pequeño para reinar, lo sé. —Hablaba en un tono lastimero—. Mi hijo es demasiado pequeño, pero el peso de la corona es... demasiado grande.

Por primera vez desde que iniciaron la conversación, Isabel se conmovió. Y más aún cuando el rey le imploró:

—Tenéis que ayudarme, ¡os lo ruego! Ayudadme, mi querida Isabel, no sabéis lo que es vivir con el alma torturada...

Se echó en sus brazos.

—Tranquilizaos, Felipe... —Lo abrazaba. Ella también se iba calmando—. No temáis, me tendréis a vuestro lado. Siempre, siempre estaré con vos. —Su voz fue endulzándose al entender la amargura de su esposo—. Pero decidme, ¿de dónde habéis sacado esa idea de que no podéis seguir reinando?

—No es una idea sino un sentimiento. Las voces me dicen lo que mi corazón siente. Debo apartarme del trono para sobrevivir. ¡Construyamos un retiro sólo para nosotros!

De repente su expresión revivió, esta vez como la de un niño ilusionado, pero lo cierto era que ni la amargura ni ahora la ilusión gozaban de base sólida. Aparentemente.

—¿Un retiro?

La reina no entendía.

—Sí, hagamos construir un palacio para retirarnos. Abdicaré y viviremos allí tranquilos, lejos de la corte y de las tareas de gobierno. Lejos de todo. Sólo nosotros...

Lejos...

Lejos de parecerle una propuesta romántica, Isabel sintió una pena muy honda en su interior.

La ilusión fue tan efímera para el rey como una estrella fugaz, porque arrancó de nuevo a llorar mientras decía:

—No puedo, Isabel, no puedo... Las voces son más fuertes que mi voluntad. Yo no he nacido para reinar... El tiempo corre y me siento aplastar por él. Debo dejar de ser rey antes de que sea más tarde.

Volvió a abrazarla, agarrándose a ella con tanta fuerza que le provocó un poco de sangre en el brazo derecho al clavarle las largas uñas sin querer. Al verlo, Felipe le pasó la lengua por el arañazo ante el desconcierto de Isabel, que no sabía cómo interpretar el gesto.

La reina asumió lo inevitable: su marido era un enfermo al que le había tocado vivir una vida que no quería.

Dejó de pensar en el sentido del deber, en sus obligaciones, en el destino escrito, asumiendo que se trataba de un hombre necesitado de ayuda. Un hombre para el que ella era su único apoyo.

Un mes más tarde, transcurridos treinta días desde el parto, el recién nacido falleció sin causa aparente. La reina sufrió el terrible golpe que asesta la vida cuando impone la muerte de un hijo. Aquellos días se cargaron de pena por la pérdida del pequeño Francisco, pero también por la enfermedad de un marido dispuesto a llevarle la contraria a su destino.

—Nadie debe enterarse del estado en el que se encuentra el rey, y mucho menos de las cosas que pasan por su cabeza.

—Lamento mucho que os veáis en esta situación, majestad.

—Menos lamentos y más actuar, abate.

Alberoni había sido convocado a solas ante la gravedad de los últimos acontecimientos, que mucho se temía la reina que pudieran ser imparables porque la extraña locura de su marido parecía no tener fin.

Aunque para ella todo cobraba un sentido distinto tras haber perdido a su segundo hijo al poco de nacer.

—Os encargaréis de cortar de raíz cualquier comentario acerca de las ocurrencias de mi esposo.

—Respecto de la abdicación...

—¡Ni lo mencionéis! —Isabel respondió con una dureza desmedida, pero es que temía que todo ese embrollo se le pudiera escapar de las manos—. Aquí nadie va a abdicar, así que ya podéis tapar la boca como mejor se os ocurra a quien la abra para hablar del asunto. ¿Habéis entendido bien, Alberoni? Taparéis aquellas bocas que se abran indebidamente.

El papel del clérigo italiano cada vez se tornaba más complicado.

—Por supuesto, majestad, por supuesto. Sólo deseo expresaros mi preocupación, aquí entre vos y yo, sin testigos, ante la posibilidad de que llegue un día en el que el rey, Dios no lo quiera... —Se santiguó varias veces—. No pueda asumir su tarea de gobierno. ¿Qué pasaría si, en efecto, fuera incapaz de reinar? Los médicos dic...

—¡Los médicos no dicen nada! —Isabel reflexionó unos segundos sobre sus propias palabras—. Ese es el problema, que no dicen nada... nada más que tonterías. Sólo hablan de cosas absurdas como la melancolía o qué se yo...

—Si me lo permitís, os sugiero que estéis preparada por si ese momento llega.

—Su Majestad, don Felipe V, nieto del gran rey de Francia don Luis XIV, Dios lo tenga en su gloria, seguirá reinando en España hasta el último de sus días de vida y yo estaré a su lado, ¡reinando por él si fuera menester! —proclamó Isabel con artificiosa solemnidad.

Estaba claro que la reina no se fiaba de los galenos españoles ni tampoco se mostraba conforme con su proceder.

Al poco de producirse el último episodio del rey llegó de París un prestigioso médico, Christian Attueil, llamado por ella, harta de las tonterías de aquellos que trataban a su esposo. Porque así consideraba lo que hacían: una sarta de tonterías que no conducían a ningún fin. La peor de todas, esa que afirmaba que el padecimiento de Felipe era melancolía. «¡No es enfermedad para un rey!»

16

Sentado a una mesa de longitud infinita, el rey jugaba con su juguete favorito: el reloj de *Las cuatro fachadas*. Le había costado una fortuna. Posiblemente, la mejor empleada de cuantas se había gastado en toda su vida.

Llevado por la apatía, o por lo que según los médicos era su dolencia, la melancolía, se entretenía durante horas con los relojes. Y desde que había llegado el de Hildeyard no tenía ojos, ni tiempo, para ningún otro.

Aquella tarde, a la habitual compañía de su relojero de cámara, Thomas Hatton, se sumó la de la reina. Isabel tenía interés en comprobar de qué manera su esposo pasaba las horas entre aquellas máquinas del tiempo. Le intrigaba tal afición.

—Fijaos bien en esto, majestad. —Hatton señalaba una de las fachadas—. El propio mecanismo encargado de regular el día del mes es el que corrige la diferencia entre los meses de treinta y de treinta y un días.

—¿Y qué pasa con febrero?

—También lo cambia sin tener que ser accionado por la mano del hombre. De esta manera, el día que marca siempre es el real, el verdadero.

—Oh… Es puro virtuosismo. —El rey estaba maravillado.

—Yo diría aún más… Es una clara demostración de genialidad. Jamás hasta hoy había visto una maquinaria tan compleja —apuntó Hatton.

—¿Y por qué...? ¿Qué ha hecho Hildeyard para conseguir semejante maquinaria?

—Creo que os aburrirán los aspectos tan técnicos, majestad.

—Pues os equivocáis, Thomas. Quiero saberlo todo de mi joya, todo...

Isabel asistía muda a la conversación.

—Bueno, veréis... El mecanismo que Hildeyard ha ideado para este reloj es de platinas rectangulares, movido por un motor de resorte, con tracción por caracol y cadena.

—Y cuerda para ocho días, dijisteis...

El rey no podía contener la emoción incluso con los aspectos más ásperos de las tripas del reloj.

—Exacto. El escape es de paletas con péndulo. Pero lo más llamativo es todo el entramado que ha construido a base de transmisiones para un sinfín de movimientos.

—Fascinante... Tremendamente fascinante. Mirad, Isabel, ¿veis esta segunda manecilla? Es nuestra mayor conquista: la de los segundos.

—¿La conquista de los segundos?

—Gracias al péndulo dominábamos los minutos, que componen horas, y eso nos hacía creernos los dueños del mundo. ¡Qué equivocados estábamos! Nos faltaban los segundos, el verdadero paso del tiempo. En un segundo la vida se nos puede ir. Tan sólo basta un segundo, ¿verdad, Hatton?

—Bueno, no hay que ponerse tan trágicos —intervino la reina intentando apartarlo del camino que conducía a su obsesión—. La principal función del tiempo es recordarnos que seguimos vivos, ¿a que estáis de acuerdo conmigo, Thomas?

—¡Es mucho más que eso! —El rey no dejó que el relojero respondiera—. No aceptar que el tiempo nos aproxima a la muerte es no aceptar el sentido de la vida. Y pasa terriblemente deprisa. La vida, el tiempo, ¡todo pasa demasiado rápido! Por eso cuando no se está a gusto con la vida hay que emplearse a fondo para cambiarla. No debemos esperar a que ya no haya tiempo de nada. Sería mucho más fácil si tuviéramos la posibilidad de varias vidas. Pero sólo hay una. No podemos permitirnos desperdiciarla.

La reina confiaba con todas sus fuerzas en que lo que su esposo sentía y expresaba con vehemencia no fuera llevado a la práctica. Esperaba que no cumpliera su advertencia de llevar al extremo su dificultad anímica para reinar... y abdicara. Una posibilidad que, por más que ella se negara a contemplarla, estaba convertida ya en una sombra amenazante que empezaba a llenar de enigmas la vida del matrimonio.

—No podemos permitirnos a nosotros mismos que la vida se nos escape.

El rey seguía con sus amargas reflexiones.

Las horas, los minutos, los segundos... lo aproximaban a la muerte, cierto; pero también era un tiempo de menos para el pesado ejercicio de reinar.

A Isabel le preocupó lo que ya podía confirmar sin temor a equivocarse: que el tiempo era la mayor obsesión de su esposo.

Felipe quedó embelesado mirando la cúpula de cristal que coronaba el reloj, en cuyo interior se trazaba en oro la órbita del sol alrededor de la Tierra. Pura filigrana.

—¿Qué os parece a vos, marqués?

El marqués de Scotti no estaba al mismo nivel que Alberoni pero tampoco se quedaba corto como conspirador. En el tiempo que llevaba al servicio de los reyes de España había conocido bien los entresijos de la corte, pero sobre todo controlaba a las personas de mayor confianza de los monarcas siguiendo la teoría de la reina de que cuanto mayor era la confianza en alguien, más desastrosas serían las consecuencias de una posible traición. Depositar una fe ciega en alguien o concentrar toda la confianza en pocas personas debilitaba al ser humano en caso de verse traicionado.

—Lo que a mí me parece es sencillamente que empieza a ser una problema para el rey y también para España… Su trabajo se ha demostrado desastroso.

—Vaya… No os andáis con rodeos.

—Me habéis pedido una opinión y yo os la doy. Es mi deber. Aunque lamento deciros que es mucho más que una opinión. Hay hechos que avalan gravemente lo que os acabo de decir.

—¿Tanto se han torcido las cosas? —preguntó con preocupación la reina.

Annibale Scotti fue aún más tajante en su respuesta:

—No imagináis hasta qué punto, majestad, las cosas se han torcido… Ese hombre representa un serio problema para los intereses de España.

Ese hombre… ¿Se refería tal vez, al mayor conspirador del reino?

El delicado sol del interior de la bola del universo concentraba la mirada del rey. En el centro, el globo terráqueo con sus doce meridianos, el ecuador y los trópicos. Y entre el globo y la cavidad de la esfera emergía el sol suspendido en la filigrana de oro que trazaba su órbita. Era comprensible que se quedara embelesado observándolo. Pasaba más horas con el reloj de *Las cuatro fachadas* que haciendo ninguna otra cosa. No existía para él más mundo en ese momento que el tiempo que se ensanchaba y se contraía entre las manecillas.

Estaba amaneciendo. El entretenimiento del reloj actuó sobre su conciencia con un efecto hipnótico y le hizo caer dormido apoyado en los brazos, sobre la mesa.

Una hora más tarde era despertado por Thomas Hatton en aquella inmensa sala del Alcázar en la que la luz matinal ya batía con fuerza. Preocupado, su relojero de cámara había querido comprobar que el rey se encontraba bien. Le pareció extraño verlo a esas horas entre relojes en la mayor de las soledades.

Al sentir las delicadas sacudidas de Hatton, el rey abrió los ojos y tardó en reaccionar y en percatarse de donde se encontraba. Parecía desubicado, lo que alarmó al relojero, quien no pudo hacer nada ante el anuncio de su repentina decisión: marcharse a cazar sólo a Valsaín.

En cuanto Isabel se enteró intuyó que algo no marchaba bien. Su esposo jamás salía sin su compañía. Demasiados episodios anteriores le hacían desconfiar de que de repente, y tan temprano, decidiera salir de cacería sin decírselo. No cabía más que esperar su regreso. Y confiar en que no se produjera ningún sobresalto desagradable.

En los húmedos bosques de Valsaín el día transcurrió con una más que aceptable tranquilidad. En ese paraje impregnado de un aire de misterio y de profundidad, Felipe se sentía a gusto. Le atraía su vegetación, enigmática y salvajemente densa, asaltada por innumerables fuentes y manantiales.

El gran momento de la cacería llegó a media tarde, cuando el monarca abatió una pieza de cierta envergadura. Un jabalí de piel brillante y negra como una sima.

Se quedó extasiado contemplando la sangre, viscosa, roja y caliente, que brotaba del animal. Durante varios minutos el tiempo pareció quedar suspendido. Ordenó que nadie se moviera de su puesto. Se aproximó al jabalí recordando el olor a pólvora que colonizaba el ambiente sanguinolento del frente de batalla durante la guerra de Sucesión, cuando se arrojaba a combatir como una fiera. La escena traída por el recuerdo ejemplificaba la tiranía de lo que no podía evitarse; de aquello que era más poderoso que las intenciones que se tuvieran. No era capaz de apartar la vista de la sangre, la atracción era más fuerte que su voluntad.

Todavía con el jabalí cabeceando agonizante, sin que ya pudiera mover del suelo su pesado cuerpo, el rey acercó la mano al sangrante lomo, empapó los dedos en el rojo líquido y se los llevó a la boca cerrando los ojos intensamente para que nada lo distrajera de la concentración de su sabor.

El sabor de la sangre permaneció en su boca multiplicando el insólito recuerdo de su aberración.

Los lacayos que lo acompañaban miraron hacia otro lado al no poder soportar la repugnante visión.

El joven príncipe vestía en el cuadro el hábito de novicio de la Orden del Espíritu Santo. Su rostro se dibujaba inexpresivo y suave, de delicadas facciones propias de su corta edad. La majestuosidad de su estampa de heredero convivía con la timidez del niño. Su larga peluca empolvada que le caía por detrás de los hombros respondía a la manera de vestir francesa que habían importado los Borbones.

La postura intentaba dar sensación de naturalidad, pero no la tenía. Cada gesto estaba muy estudiado con la finalidad de irradiar su condición de futuro rey. La pierna izquierda, adelantada. En la mano derecha sostenía un sombrero de plumas, mientras que se llevaba a la cintura la mano izquierda sujetando unos guantes. Tenía encanto, aunque no fuera más allá del propio de la infancia.

El retrato del príncipe Luis realizado por Michel-Ange Houasse ya estaba terminado y el maestro lo presentaba en aquellos momentos a la familia real, generando desigual interés. Isabel lo miraba con displicencia. Una estampa campestre o de la plaza Mayor le habría despertado el mismo entusiasmo. En cambio Felipe, que debía contemplar el cuadro como el retrato de un hijo, se congratulaba íntimamente de que se dejara constancia de la apariencia de quien iba a ser rey de España en menos tiempo de lo que todos pensaban. Permanecía tan inexpresivo como el niño en el cuadro.

La reina, ajena a la trascendencia de la obra, observaba a su esposo con más atención y detenimiento que nunca, diseccionando con la minuciosidad de un naturalista sus gestos y reacciones e intentando encajarlos en el marco de lo que los médicos le habían contado acerca de la melancolía. Y pensando, o más temiendo, que ese niño, Luis, a pesar de su corta edad, como heredero que era tuviera que desempeñar su papel antes de tiempo.

17

El sol no conseguía calentar lo suficiente para combatir la gélida mañana en palacio. Alberoni sentía el frío en los huesos mientras que el alma se le iba helando a pellizcos. Intuía que había sido llamado por la reina tan temprano para nada bueno. Y no se equivocó. La encontró visiblemente enfadada.

—Habéis contado con mi apoyo en todo momento. Pero me lo ponéis muy difícil.

—Majestad, mi vida es estar a vuestro servicio. No entiendo el porqué de vuestra queja.

—Vuestras maquinaciones no sólo no están dando el fruto esperado, sino que están colocando a España en una situación internacional más que difícil. Estáis favoreciendo en exceso los intereses de Inglaterra. Aunque lo que más me preocupa es que no prestéis a los asuntos concernientes a Italia la atención que merecen. Sabéis de sobra que conseguir los territorios italianos de los que hablamos es de extraordinaria importancia. ¿Es que he de entender que no os lo tomáis lo bastante en serio?

—En todo momento atiendo vuestros requerimientos como si me fuera la vida en ello —adujo en su descargo un Alberoni tembloroso.

—¡Pues está claro que no es suficiente!

—Os pido mil disculpas si mis acciones no acaban de

satisfaceros. Tenéis mi palabra de que no volverá a ocurrir.

—¿Quién me asegura que no es demasiado tarde? Si Inglaterra ha decidido revolverse en nuestra contra poco podrá hacerse ya para evitarlo. Y el rey no os perdonará que le hagáis perder su posición de fuerza en Europa. ¡Sería una catástrofe para España!

—Os imploro clemencia, majestad...

—Con la clemencia no se conquistan estados.

—Por Dios, apelo a vuestra demostrada generosidad, no dejéis de interceder por mí ante el rey.

Pero Isabel dio por terminada la conversación. No quiso dar más pie a que el abate se arrastrara como un gusano en sus súplicas. Sabía que era capaz de rebajarse a eso, porque así hacían los cobardes.

Al salir de la incómoda reunión con la reina Giulio Alberoni interceptó a Laura Piscatori en uno de los pasillos y la empujó hacia un rincón que le pareció lo suficientemente reservado y alejado de miradas y oídos indiscretos. A la mujer le extrañó aquella maniobra en la que no medió palabra alguna.

—¿Se puede saber qué bicho os ha picado, abate? ¿Por qué me empujáis de este modo?

—Chist...

Alberoni se puso un dedo en los labios solicitándole que hablara en voz baja.

—Seguro que no buscáis nada bueno, conociéndoos...

El italiano sonrió.

—Pues estáis equivocada, apreciada Laura...

Le sorprendió el cambio de tono al dirigirse a ella, habitualmente bronco y poco educado.

—¿«Apreciada», habéis dicho...? Habrá que buscaros un médico con urgencia porque seguro que estáis delirando.

—Por Dios, qué mal concepto tenéis de mí, y os equivocáis por ello. —Le hablaba con esforzada dulzura; lo cierto era que le costaba—. Sólo quería que conversáramos tranquilamente, libres de testigos.

—Ah... Ya...

No había manera de que Piscatori lo creyera.

—¿Y de qué queréis hablar conmigo?

—¿A qué hora pensábais llegar hoy a casa?

—¿Qué...? ¿Y para qué deseáis saberlo?

—Había pensado que podría esperaros para que compartamos la cena esta noche mientras charlamos. Ya sabéis, con calma, sin la presión de estar en palacio. Solos... vos y yo.

Por momentos parecía que se le estuviera insinuando.

—Me sorprendéis, abate... No me tenéis acostumbrada a estos alardes de amabilidad. Y tan poca es mi costumbre, que no veo la necesidad de que tengamos que cenar juntos esta noche.

—Siempre es de celebrar que haya una primera vez... en lo que sea. Y ahora que lo dices... —Había pasado a tutearla deliberadamente—. Tal vez sea ésta la ocasión para resarcirte de no haberme portado todo lo bien que mereces...

—Vaya... Qué insistente sois, y ¡qué amable!, cuando queréis. Y por cierto... ¿qué queréis? ¿Qué andáis buscando con este cambio tan repentino?

—Me ofendes considerando tal cosa de mí.

—Bastante me habéis ofendido vos, abate, en más de una ocasión.

—Pues por eso ha llegado el momento de que aceptes mi disculpa.

—Bueno, si tanto insistís... Disculpado estáis. ¿Se os tercia algo más?

—Sí, una mera curiosidad: ¿tendrás ocasión esta tarde de estar a solas con la reina?

—Eso no es de vuestra incumbencia.

—Oh, claro que no. Ya decía que era una simple curiosidad.

Piscatori no dejaba de recelar.

—Podéis imaginar que a diario acompaño a la reina y paso horas junto a ella, incluso quedándome en palacio cuando ella me lo pide.

—En la próxima ocasión que tengas, te sugiero que, si ves la oportunidad, le recuerdes la lealtad hacia su persona y la de su esposo de ciertos servidores de la corona, entre los cuales me hallo...

—¿Y por qué tendría yo que hacer tal cosa?

—Para ti no supone nada. ¿No lo harías por un amigo?

—¿Vos y yo... amigos, abate?

Laura, que había entendido la pretensión del italiano, sonrió seductora mostrándole su desastrosa dentadura y se le acercó haciéndole creer que iba a besarlo, pero cuando Alberoni parecía dispuesto ella se retiró.

—Puede que esta noche llegue a casa a la hora de cenar... o puede que no —le dijo enigmática.

Y se marchó riéndose a carcajadas y dejando al clérigo plantado como un árbol en mitad del pasadizo, sin percatarse de que el marqués de Scotti le salía al paso. Había estado escuchándoles evitando que advirtieran su presencia.

—Muy interesante vuestra conversación, Laura...

—Qué sorpresa, marqués. ¿Desde cuándo os dedicáis a seguirme? Es curioso vuestro interés en mi persona. No creo ser merecedora de tal honor —le dijo con ironía.

—No os hagáis ilusiones... No sois precisamente vos quien me interesa.

No dijo nada más. Desapareció con el mismo sigilo con el que había aparecido.

El encontronazo con Annibale Scotti tras la extraña conversación mantenida con Alberoni despertó en Laura la curiosidad sobre qué se traía el abate entre manos que fuera tan importante para rebajarse pidiendo sus favores y, a la vez, despertara la atención del marqués. Así que decidió regresar a casa temprano y se sorprendió al comprobar que el italiano ya la estaba esperando. Había dispuesto una mesa más elegante de lo habitual, repleta de ricas viandas y de buen vino. ¡Hasta candelabros de plata! Una puesta en escena atractiva aunque inesperada.

—Podréis comprobar que soy un hombre de palabra.

—Lo cual sorprende… Pero una flor no hace primavera.

Alberoni sonrió socarrón y la invitó a degustar un asado. Después de agasajarla con burda palabrería, fue derecho a lo que le interesaba.

—¿Sabes si la reina tiene, además de mi persona, alguna otra en la que confíe tanto como para encargarle… digamos… delicados asuntos de Estado al margen del gobierno de su esposo?

—¿Creéis en serio que la reina maniobra a su antojo a espaldas del rey?

—¡Por Dios, Laura! Yo no he dicho lo que irresponsablemente afirmas. Sólo pregunto si tienes conocimiento de que deposite su confianza en alguien más.

—Vos sabéis tan bien como yo que tiene en alta consideración al marqués de Scotti.

—Pero ¿ha recibido últimamente algún encargo relevante?

—A mí no me interesan esos asuntos. Preguntad vos al marqués.

—Te lo pregunto a ti, que seguro que eres más fiable.

De todos era conocido que, de entre las personas al servicio de la reina, Laura era la que más influencia ejercía sobre ella. Pero siempre había sido un hueso duro. Desconfiaba cuando se olía que alguien sería capaz de buscar su confianza únicamente para aproximarse a la reina Isabel. ¡Y su olfato nunca le fallaba!

—Se me plantean dos dudas de peso.

—Tú dirás, Laura.

—¡Uy, si me habéis retirado el trato de vos…! —exclamó, pues acababa de percatarse.

—Bueno, eso ocurre con las personas con las que uno se siente cercano…

—¡Ja! Abate, sois demasiado previsible.

—Aguardo vuestra respuesta…

Alberoni se impacientaba.

—¿Qué os lleva a querer conocer las intenciones de la reina para con vuestra persona? Y… ¿por qué tendría yo que ayudaros?

—Conocer la opinión de la reina me ayudará a saber si estoy en el buen camino y, así, poder mejorar mis servicios, si ello fuera menester.

—No sé por qué… pero se me ocurre otra razón que es más real que la que me dais.

El abate la miró desconfiado. No respondió. Prefirió dejar que siguiera hablando y aprovechó para servirle más vino.

—¿No será más bien que estáis cayendo en desgracia y yo no me he enterado?

Laura quiso provocarlo maliciosamente.

Alberoni se esforzó en sonreír antes de defenderse.

—Vamos, eso no tiene fundamento. ¿Me crees capaz de utilizarte con ese fin?

—Vos sois capaz de eso y de cosas peores…

Laura dio un trago a su copa de vino que se le hizo interminable al abate.

—No estoy pidiendo gran cosa, sólo que consigas saber si la reina me sigue teniendo en buena consideración. Todos mis esfuerzos a diario van encaminados a ese fin.

Hubo un juego de sonrisas falsas que nadaron en direcciones opuestas: las de Alberoni, para hacer creer que nada temía; las de Piscatori, para generar en él los mayores temores y, por tanto, la subordinación a su voluntad.

—No os prometo nada —concluyó la mujer.

Las zalamerías de una noche, agravadas por deberse al puro interés, no iban a conseguir que a Laura se le olvidara lo mal que había sido tratada por Alberoni. La dama de la reina consideró que quizá el propio abate acababa de servirle en bandeja la manera de hacérselo pagar.

Para que se le quitara de la cabeza la idea de una posible abdicación, y al mismo tiempo mejorara su aspecto físico y mental, Isabel propuso a su esposo reiteradas jornadas de caza. Una especie de antídoto. Era una actividad que les apasionaba a ambos, aunque últimamente la tuvieran, sobre todo ella, un poco abandonada. Además, estaba preocupada porque le habían llegado rumores —a los que se negaba a dar crédito— sobre el escabroso episodio de la sangre del jabalí ocurrido en los bosques segovianos precisamente en la única ocasión en que no había acompañado a Felipe.

La restauración del palacio de Valsaín ya estaba concluida. Isabel le prometió que en cuanto se produjera el parto haría todo lo posible por recuperarse pronto para ir a visitarlo juntos.

Seguía dándole vueltas a lo que le habían contado los galenos sobre la melancolía. Y se empeñaba en creer que su esposo había recuperado sus plenas facultades mentales; por eso le hablaba de asuntos de Estado. Pero la escasa respuesta demostraba lo contrario.

Después de lo que el marqués de Scotti le había contado, quiso discutir con su esposo acerca de su preocupación por lo que estaba pasando en Europa. «¿Combatisteis con tino y acierto a los catalanes... y dejaréis ahora que Europa, por una mala cabeza, se os escape de las manos? Sois el nieto del Rey Sol, ¿qué creéis que habría pensado vuestro abuelo?», le espetó desesperada e impotente ante su pasividad.

Lo que menos le importaba a Felipe era lo que pudiera pensar su abuelo desde su tumba, por más que fuera el grandísimo rey de Francia.

Sin embargo, lo echaba de menos. Y con el tiempo, y a pesar del sufrimiento que le estaba causando su decisión, le acabó perdonando que lo hubiera enviado a reinar a un país como España.

Isabel, tomada de la mano con delicadeza por su esposo, se dejaba conducir hacia la cámara privada recreándose en el sabor de la lasciva y recuperada mirada masculina que anunciaba placenteras sorpresas. Hacía tiempo que no tenían sexo, tanto como el que hacía que el rey no se aseaba como ese día. Se presentó ante Isabel limpio y oliendo como ella ya no recordaba.

Al verles entrar, los criados fueron saliendo ordenadamente para dejarlos a solas. Felipe comenzó a besarla con suma ternura; parecía otro hombre distinto al fogoso que solía asaltarla sin remilgos ni preámbulos. Pero ese día... ese día el ritual amoroso comenzaba de distinta manera, más sensual y sugerente. Mucho más prometedor.

Felipe extrajo de una cómoda un pequeño cofre que Isabel no había visto antes. Lo dejó junto a la enorme cama y le pidió que se recostara. Anduvo manipulando lo que había en el interior del cofre antes de meterse también en el lecho, vestido. Avanzó hacia ella como una pantera, despacio, juguetón, le levantó las pesadas faldas y la despojó lentamente de las calzas y las medias hasta conseguir la desnudez de esa parte del cuerpo de su esposa que tanto deseaba en aquel momento... Las huellas de su embarazo eran evidentes.

Le separó las piernas y le fue introduciendo con parsimonia el dedo corazón en ese «vaso natural» reconocido por la Iglesia como lugar de veneración al ser el origen de la vida. Pero también lugar de prácticas no ortodoxas encaminadas exclusivamente al goce carnal, las que gustaban a Felipe hasta enloquecer, aunque provocaran que su alma ardiera en el infierno.

Cuando la reina se hallaba entregada al disfrute que le propiciaba su esposo, de repente el dedo masculino abandonó sus entrañas. Dio un respingo, sorprendida, pero Felipe corrió a besarla.

—Os pido, mi amada... —Hablaba entre besos. —Os

pido que no abráis los ojos… Seguid concentrada en lo que estáis sintiendo.

Se oyó un ruido metálico, como si procediera de la enigmática cajita. Y de pronto… lo desconocido, lo inexplicable. Isabel emitió un grito ahogado al tiempo que su cuerpo se arqueó al sentirse penetrada por un objeto extraño y frío que parecía tener forma de cuerno, de falo terso y duro, que el rey comenzó a mover en cadencias cortas una vez y otra, y fue llegando hasta lo más hondo de Isabel, su rincón íntimo más profundo.

Felipe se aproximó de nuevo a su rostro sin dejar descansar la mano que mecía el artilugio mientras le susurraba lentamente:

—Seguro que no podéis imaginar qué es… Pero, por lo que veo, os está gustando.

Isabel se retorcía de placer.

—Es un dildo, un juguete que despierta la fantasía… Pero ¿a que sentís como si yo mismo os estuviera horadando en lo más profundo de vos? Os lo enseñaré cuando acabéis, no antes… A esto se le llama también *bijoux de religieuse*, alhaja de religiosa. A ver si adivináis por qué…

Y, sin parar de moverlo, comenzó a besarle el escote en busca de unos pechos poderosos atrapados bajo el corsé.

Siguió hablándole en susurros, hasta que Isabel, al notar que el ingenio sexual alcanzaba rítmicamente y con fuerza el fondo de su vagina, dejó de oírlo, perdida en una tempestad de placer que la condujo al ansiado cénit.

Al dejar Felipe el dildo sobre la mesilla le abrió una especie de camafeo que coronaba el mango por donde se asía, dejando al descubierto un retrato suyo para que Isabel lo viera al recuperarse… Y supuso que iba a tardar en hacerlo.

18

Mucho me temo que la situación política en el extranjero sea ya insostenible, majestad.

El marqués de Scotti solía tocarse compulsivamente los botones de su levita cuando no podía controlar los nervios, como ocurría en ese momento ante la reina.

—¿No sois en exceso alarmista?

—En absoluto. No se están haciendo las cosas bien y, si no se rectifica a tiempo, el daño podría ser irreparable. Él se está equivocando. Ya os lo advertí hace tiempo. Alguien tiene que detenerlo, y hay que hacerlo antes de que Su Majestad el rey se entere de los detalles de semejante desaguisado —aconsejó Annibale Scotti.

La reina no podía compartir con el marqués toda la verdad. La situación descrita empeoraba ante la posibilidad de que Felipe persistiera en sus delirantes intenciones de abdicar. Por eso era mucho más grave de lo que el propio Scotti imaginaba. Mucho más…

Los vívidos ojos claros de Ripperdá escudriñaban el despacho de su anfitrión, el abate Giulio Alberoni, plagado de incógnitas que el holandés estaba dispuesto a resolver con la mayor brevedad.

Alberoni había conocido a Johan Willem de Ripperdá, octavo barón de Ripperdá, tres años atrás, en 1715, cuando éste fue destinado como embajador en Madrid tras haber participado en la negociaciones del Tratado de Utrecht en representación de su país. De trato amable y verbo fluido y adornado hasta rozar la charlatanería, este descendiente de españoles —su padre había sido gobernador de la fortaleza de Namur, llegando a alcanzar el grado de general del ejército holandés—, era natural de Groninga, Países Bajos, y su edad rondaba los treinta y ocho años. Personaje muy peculiar, con una clara vocación arribista que sabía disimular con gracia e ingenio, muchos y variados adjetivos le encajaban como un guante. Aventurero, astuto, simpático y ambicioso, representaba la viva estampa del galán embaucador, y era capaz de cambiar de religión las veces que hiciera falta con tal de medrar en política. Comenzó por olvidar su estricta formación católica en el colegio de los jesuitas de Colonia el día en el que abjuró para convertirse al calvinismo con tal de ascender rápido en la carrera política. Fue así como consiguió ser nombrado el representante de la diplomacia holandesa en Madrid.

No poseía una destacada inteligencia, como tampoco una mínima cultura que lo ilustrase, pero no le hacían falta. Aquella España que aún vivía las consecuencias del cruce entre las familias dinásticas Borbón y Hasburgo, nadando entre dos orillas, la de la libertina Versalles y la del papanatismo de los ultracatólicos del Imperio, se convirtió en el escenario perfecto para advenedizos como el fantasioso e intrigante barón de Ripperdá. O como el mismísimo abate Giulio Alberoni, quien lo acogió de buen grado cuando acudió a él para ofrecerse en lo que fuera menester.

—Sed bienvenido de nuevo, barón. Confío en que ahora os quedéis más tiempo que cuando érais embajador —lo recibió entusiasmado el abate italiano.

Lo que no sabía era que al regresar a su país, tras cesar como embajador, tal vez porque allí ya lo conocían lo suficiente, Ripperdá había caído en desgracia y había sido relegado a cargos de medio pelo. Entonces decidió volver a España, conocido feudo de caos y bribones, que lo recibió con los brazos abiertos y donde reinaba para él lo familiar, lo próximo; donde nada le era ajeno. Gracias a su habilidad, el astuto barón no tardó en integrarse de nuevo en los círculos cortesanos, en los que le resultó fácil desplegar sus largas alas de la intriga.

Para confiar en el barón, a Alberoni no le hizo falta mucho más que una declaración pomposa y rimbombante de aquél acerca de que la verdadera fe era la católica y que, por ello, volvía a abrazarla con el ardor de cuando se buscaban los lazos del pasado y de la infancia, que anclaban a las personas a las raíces de lo que eran.

Las mismas raíces que ahora quiso echar en el abonado terreno de las vanidades borbónicas.

19

Madrid, 31 de marzo de 1718

El nuevo parto se produjo el 31 de marzo, del que nació la infanta María Ana Victoria. Felipe no lo vivió con la alegría de los dos anteriores, pero no por la criatura sino por su catastrófico estado de ánimo. Isabel se hizo entonces el firme propósito de llevar a la práctica su intención de recuperarse lo antes posible para ocuparse de nuevo de él.

Dos minutos pasó Felipe junto a su hija recién nacida. No más. Depositó un beso, ligero y tierno, sobre su cabecita y después marchó a la sala de los relojes.

Allí, sí. Junto a sus máquinas del tiempo permaneció horas perdido en los mecanismos de los ineludibles ciclos de la vida.

Los reyes recordaban vagamente al barón de Ripperdá. Durante sus tres años de ausencia por la corte madrileña habían pasado decenas de personajes de nuevo cuño que duraban lo que una flor en otoño. El holandés no dejó, en sus tiempos de embajador, profunda huella de su persona. Pero ahora llegaba dispuesto a hacerlo y a lo grande.

El abate Alberoni actuó de introductor ante sus majestades, y Ripperdá se esmeró en exhibir sus mejores modales y atemperar su palabrería, consiguiendo con ello hacerse rápidamente con la complicidad del rey.

La impresión que causó en la reina, aun siendo también favorable, contaba con algún matiz que la diferenciaba de la del esposo. Lo primero en lo que se fijó Isabel fue en el cuidado aspecto físico del barón y en su porte. Analizó la paradoja que se daba en él. No aparentaba ser un hombre refinado, ni mucho menos sobrado de elegancia, y sin embargo el conjunto derrochaba atractivo, posiblemente debido a una innegable personalidad y un carácter que lo distinguía del resto de los hombres habituales en la corte y que le hacía parecer dotado de una clase que, en realidad, se había estado trabajando durante años. Había que reconocerle que el resultado era bueno. Y la reina supo captarlo en el primer saludo.

—No hay mayor gozo que poder servir a vuestras majestades —declaró con afectación Ripperdá mientras besaba la mano de la reina con exagerado ahínco.

A Isabel no le pasó desapercibido su buen parecer físico. Era un tipo delgado pero fuerte, de estatura media, ojos verdosos bajo unas cejas de arco perfectamente delineadas y prominente nariz. Los labios carnosos, sobre todo el inferior, incitaban a los sueños más inconfesables, a lo que se unían unas incipientes ojeras, presagio de alevosas nocturnidades.

—Nos han contado que no os ha costado demasiado trabajo adaptaros a nuestra corte.

—Me esfuerzo en ello, mi señora.

¿Por qué sólo Isabel notaba una tentadora e incitante intencionalidad en el tono con que se expresaba Ripperdá?

—Y, por lo que parece, lo estáis consiguiendo —respondió la reina.

—Es un rasgo de mi carácter pretender conseguir todo aquello que me propongo.

—¿Sin límites, barón? En todo en la vida hay que ponerlos.

—Un exceso de límites puede hacer que nos perdamos lo mejor de la vida que mencionáis...

La reina sonrió intentando evitar que fuera evidente lo mucho que le estaba agradando aquel hombre. Ese aventurero dispuesto a devorar el mundo que se encerraba en la corte borbónica en Madrid.

Alberoni intervino para hacer un anuncio:

—Hay un nombramiento que el rey desea haceros saber, barón, y que creo que os concierne.

—Cierto, cierto —corroboró Felipe—. He considerado oportuno, por vuestra procedencia holandesa y vuestros conocimientos de la maquinaria relacionada con tintes, materiales de sedas y algodón, y tejidos, y en fin... ya me entendéis... —Hizo un alto—. Porque... es así, ¿verdad?

Ripperdá asintió con un movimiento de cabeza. Nadie podría echarle en cara que hubiera mentido al hacerlo, porque en efecto era holandés, pero no tenía ni la más ligera idea de todo lo demás. Ya había quedado claro que para Ripperdá no existían obstáculos en su camino.

—Bien, pues como os iba diciendo —continuó el rey—, he considerado oportuno nombrarnos responsable nada menos que de la Real Fábrica de Paños de Guadalajara.

—Oh, majestad, me congratulo de ser merecedor de vuestra confianza.

—Se lo debéis a vuestro valedor, el abate don Giulio, que es quien me lo ha sugerido y ha intercedido en beneficio vuestro.

En ese momento Alberoni realizó un expresivo gesto de agradecimiento y de modestia falsa.

—Es desde luego un cargo de suma importancia para nosotros, sobre todo para la reina, ¿no es así? —comentó jocoso el rey mientras la miraba—. A mi esposa le encantan las modas imperantes en Europa... Francia, Holanda, su amada

Italia… —Echaba la cabeza hacia atrás al hablar y lanzaba los brazos al aire con dejadez, evocando la predilección de Isabel—. Es tal su pasión que se pasaría la vida entre telas, ja, ja, ja.

—Podéis estar seguro de que a partir de hoy la pasión de la reina será el sentido de mi vida en esta corte…

Los puntos suspensivos de dicha afirmación revolotearon juguetones en el aire revolucionando la correlación de fuerzas establecidas entre los presentes.

—Demostrad, pues, que sois digno de la tarea que se os encomienda. ¡Os deseo suerte en nuestra corte! —concluyó el rey.

Ripperdá realizó una reverencia al aproximarse a la reina, ante la que se inclinó de nuevo. Fue a tomarle la mano, cuando ella le advirtió:

—Ya la habíais besado, dos veces, barón…

—Nunca se cumplimenta lo suficiente a una hermosa dama como vos.

Para entonces el rey ya estaba saliendo abstraído en sus pensamientos.

Una tarde don Felipe mantenía una de sus habituales conversaciones con Thomas Hutton teniendo como protagonista el reloj de Hildeyard, cuando irrumpió en la sala el marqués de Scotti con un mensaje urgente:

—La reina quiere veros, señor.

—Pues tendrá que esperar.

En ese momento el rey estaba extasiado con el pequeño sol dorado del interior de la transparente esfera del universo.

—¿Sabéis qué es lo peor del sol, Scotti? Que al igual que ilumina también genera sombras. Es la dualidad de la existencia, vida y muerte, luz y sombras… Y la vida navega de un extremo a otro sin demasiadas contemplaciones.

El marqués habría querido no interrumpirlo, pero el mandato de Isabel de Farnesio era claro.

—Sin duda lo que contáis es de sumo interés, majestad, pero he venido a deciros que vuestra esposa desea veros… ahora.

—La vida es caprichosa. A veces ella va por un camino distinto al que nosotros deseamos, y sin embargo estamos obligados a seguirla.

—Señor… —intentó apremiarle Scotti.

—Hemos de seguir la senda que nos traza la vida, aunque no sea la que queramos. Y eso es tan duro como… —Abrió exageradamente los ojos clavados en el sol del reloj—. Como morir en vida. Pero no nos damos cuenta cuando ocurre.

Tales palabras provocaron un escalofrío que erizó la piel del italiano. Del mensaje creyó entender que don Felipe estaba quejoso de tener que seguir reinando, algo de lo que ya empezaba a hablarse a hurtadillas por los pasillos de palacio. Y así, tal como lo entendió, se lo contó a su señora, la reina.

El paquete que acababa de ser entregado a Isabel apenas pesaba y no era demasiado voluminoso. Lo abrió con prisas sintiendo una enorme curiosidad. El lacayo no acertó a decirle el remitente.

La visión y el tacto de la pieza de tela de considerables dimensiones que contenía el paquete dejaron a la reina maravillada. La acompañaba una nota firmada por Johan Willem, barón de Ripperdá, en la que le explicaba que la pieza, confeccionada a mano, era de seda de las Indias. Pero lo importante estaba al final: «Nada hay en este momento que pudiera satisfacer más a mi humilde persona que el que vos, señora, aceptarais mi invitación a visitar la Real Fábrica de Paños».

¿Ése era el final… o el principio?

El padre Daubenton entró con su habitual sonrisa en el confesionario privado del rey pensando que iba a ser un encuentro rutinario. Sin embargo, nada más verlo aparecer don Felipe se abalanzó hacia él, alterado, y sin mediar entre ellos saludo alguno le preguntó:

—Padre, ¿qué sabéis de un tal Arnold Paole?

Horrorizado, el sacerdote se soltó bruscamente.

—¿De dónde habéis sacado ese nombre? ¡De dónde!

De inmediato buscó un crucifijo y se lo puso en la boca al rey, quien lo besó, aferrándose a él como si fuera a salvarle de algo verdaderamente terrible en aquel mismo instante.

Pero siguió preguntando:

—¿Creéis que lo que me sucede puede guardar alguna relación con el caso de Paole?

—¡No sigáis!

El confesor intentaba zafarse continuamente, pero el rey era insistente.

—¿Es verdad que esos seres viven de noche y que son inmortales al alimentarse de la sangre de sus semejantes?

Felipe comenzó a zarandear a Daubenton.

—Majestad, encomendad vuestra alma a Dios y no ensuciéis su nombre con el del diablo —respondió Daubenton irritado; lo que estaba oyendo no era, para él, más que blasfemia—. ¡Encomendadla a Dios!

Sin mirar atrás, salió de la estancia despavorido.

Valsaín, Segovia

Recuperada del parto la reina, el matrimonio real visitó el palacio reconstruido. Hacía ya más de dos años y medio que realizaron la primera visita a los bosques de Valsaín, un lugar que consideraron perfecto para cazar. Se quedaron prendados de la belleza del paraje y de la paz que rezumaba, pero también descubrieron las ruinas del que en otro tiempo fue un hermoso palacio mandado levantar por Felipe II y después devorado por las llamas en un incendio que se produjo en 1686.

Le encargaron la obra al que entonces era el principal arquitecto de la ciudad, el joven Teodor Ardemans. Hizo un buen trabajo, al gusto de la pareja.

La reforma lo había convertido en una residencia muy acogedora, justo lo que necesitaban para descansar cuando se trasladaran a pasar sus intensas jornadas de caza. Al rey le gustaba cómo había quedado y así se lo hizo saber a la reina y al arquitecto, pero en realidad estaba pensando en otra cosa.

—Deberíamos ir marchando ya —dijo inquieto.

—¿Ya? Pero si acabamos de llegar. No puedo imaginar que en este momento haya algo que os atraiga más que estar en este lugar tan distinto a todo.

Claro que lo había. Algo que no se apartaba de su mente.

—Quiero comprobar una cosa del reloj de *Las cuatro fachadas*.

—¿Y tiene que ser ahora?

—Debemos regresar a Madrid. Necesito estar allí para comprobar si el reloj sigue estando donde debe estar.

—Pues claro que seguirá en su sitio.

La reina no entendía cuál era el problema; el reloj siempre estaba en su sitio.

—¡Tengo que irme! ¡Tengo que estar junto a mi reloj! —De repente Felipe elevó el tono de voz, pero enseguida se calmó—. Vos no lo entendéis, Isabel.

Ni ella ni nadie. Resultaba difícil entender salidas de tono, rarezas, como las que continuamente le asaltaban. Esas ganas de regresar a Madrid desde Valsaín eran un ejemplo más. A pesar de ello, Isabel no se daba por vencida y solía optar por hacer como si no pasara nada, sorteando por encima las olas de negativos pensamientos que engullían al rey.

—Deberíais disfrutar de este hermoso lugar. ¿Os dais cuenta, Felipe, de que, por más que os empeñéis en lo contrario, la vida nos sonríe? —afirmó la reina intentando aparentar una animosidad que no tenía—. Ahora todo está bien... todo.

El rey no respondió. Se limitó a contemplar el paisaje y dejar que su mirada se perdiera en el incierto horizonte de la melancólica memoria ausente.

20

El abate Alberoni nunca había despertado demasiada devoción en el rey. Desde que había entrado en la corte
Felipe desconfiaba de él, y más cuando el monarca supo de
su estrecha proximidad a la reina. Así que eran escasas las
ocasiones en las que se les veía solos. Por eso llamó la atención que aquella soleada y templada mañana pasearan largamente por los jardines de palacio, charlando sin prisas,
como harían dos viejos conocidos. Pero es que Felipe por
esas fechas tenía la cabeza tan ida que quizá ni recordara lo
mucho que detestaba al orondo clérigo italiano.

—Dios nos libre de aquellos hombres a los que sólo les
mueve la ambición. ¿Vos estáis de acuerdo?

—Por supuesto, majestad.

Tenía gracia su hipocresía.

—Los mejores hombres no son los más ambiciosos, porque éstos se pierden las cosas buenas de la vida entregados
únicamente a su ambición. ¿Y qué sentido tiene desear sin
medida? ¿De qué sirve querer tenerlo todo? Hay quien todo
lo tiene y, sin embargo, no lo quiere.

Agachó la vista circunspecto y caminó un largo trecho
sin levantarla.

—Siempre tenéis razón en todo, señor.

El abate se dio cuenta de que el rey no pretendía mantener una conversación, ni tampoco contar con su con-
descendencia, sino que estaba reflexionando en voz alta

y había caído en la trampa de sus propios pensamientos.

De repente el sol comenzó a apretar e, inexplicablemente, don Felipe se lanzó a proferir alaridos a la vez que su cuerpo se movía respondiendo a extraños espasmos. Presentaba un cuadro raro. Gritaba, convulsionaba, se arqueaba, lloraba preso de un ataque de pavor... Duró eternos segundos, tras los cuales, y todavía con el semblante descompuesto, le preguntó al abate con dificultad:

—Vos lo habéis visto, ¿verdad? ¿Habéis sido testigo de cómo el sol me golpeaba en el hombro y penetraba en mi cuerpo? ¡Dios, qué daño! —Se encogió en un gesto de extremo dolor—. ¡El sol ha alcanzado mis órganos vitales!

—Calmaos.

Alberoni lo sujetó con fuerza por los brazos para intentar tranquilizarlo, pero el rey se lo ponía difícil.

—¡El sol ha entrado en mi cuerpo! —Su cara daba miedo—. ¡Me estoy abrasando! ¡Los rayos me queman por dentro¡ ¡Destruirán mi corazón, el hígado, los pulmones! ¡Ayuda! ¡Ayuda!

Y cayó al suelo tirando del ofuscado abate, que pidió auxilio a gritos, dando por hecho que el rey había puesto un pie en el infierno.

Giulio Alberoni se habría de preguntar durante más tiempo del que imaginaba cuál sería la razón por la que don Felipe había querido compartir aquel paseo con él. Jamás olvidaría la impresión que le causó el extraño suceso ni la expresión de terror de aquel hombre que, por unos momentos, fue capaz de ausentarse de su condición de rey, así como de perder la dignidad necesaria en cualquier ser humano.

Lo que pretendiera haciéndole partícipe de aquella familiaridad era ya un enigma similar al de las nebulosas de su mente.

Mientras Alberoni se hacía semejantes preguntas, el monarca, sin estar del todo recuperado del incidente y, por tanto, contraviniendo las indicaciones de los galenos de que guardara reposo absoluto, se dirigió a toda prisa al salón de los relojes para sentarse con el de *Las cuatro fachadas* entre sus manos. Necesitaba tocarlo, observarlo, compartir con él un rato de silencio. Era así como encontraba la calma necesaria para su espíritu. Le era preciso, sobre todo, acariciar la esfera transparente del universo en cuyo interior se cobijaba la pequeña pero valiosa pieza del sol que tan fuerte atracción ejercía sobre él. Y sin miedo a que los criados presentes, o el propio Hatton, quien siempre solía acompañarlo en momentos como ése, lo tomaran por loco, se puso a hablarle al dorado astro. Le pidió explicaciones sobre lo ocurrido en la mañana mientras paseaba con Alberoni. ¿Por qué el sol lo perseguía? ¿Tanto daño quería causarle? ¿Qué pretendía introduciéndose en su cuerpo...?

Su cuerpo...

Empujaba sobre las caderas de Isabel con enfermizo frenesí. Ella sabía que esa noche, después del ataque sufrido durante el paseo con Alberoni, no era la más apropiada para el sexo, pero Felipe había insistido. Su cabeza estaba desbordada de inquietudes y zozobras. Su libido, también.

Quiso experimentar, porque ese día la vida parecía escapársele desde la mañana y deseaba atraparla en el cuerpo de su esposa al caer la noche.

Besó su cuello y le lamió la piel, los carnosos pechos, el vientre tibio y tierno, los muslos... parándose en cada etapa para prolongar los distintos estadios del placer. Con su boca buscó el sexo húmedo de Isabel, que no la esperaba. En él se detuvo, besándolo, jugando con la punta de su lengua a elevar el goce para dejarlo descender, una y mil veces, y no paró hasta conseguir que ella no pudiera soportarlo más y reventara de satisfacción entre incontroladas contracciones que vulcanizaban sus entrañas. Isabel gritó y agarró sin poder controlarse la cabeza de Felipe, que atrapaba entre los muslos queriendo que aquello no acabara nunca...

Queriendo ahogarse para siempre en aquel océano de placer a gritos.

21

El palacio de Montesclaros amaneció lleno de flores blancas salpicadas por pequeños ramos de rosas rojas que parecían las comas de una continua frase de bienvenida a la reina. Por fin visitaba la Real Fábrica de Paños, en la que un inquieto Ripperdá la esperaba elegantemente vestido desde hacía más de una hora.

—No debíais de haberos tomado tantas molestias, barón —comentó la reina nada más descender de su carruaje—. Os indiqué que sería una visita informal.

Isabel viajaba acompañada por un reducido séquito. En cabeza, como siempre, la fiel escudera Laura Piscatori, encantada por el agasajo floral.

Ripperdá tomó una de las rosas y se la ofreció a la reina.

—Veo que sentís predilección por las rosas rojas.

—Siento predilección por las cosas bellas.

—No tenéis mal gusto.

—De necios es no saber valorar lo hermoso que la vida ofrece, majestad…

Ripperdá realizó una reverencia en consonancia con su labia.

—Qué hermoso es este lugar.

Antes de adentrarse en el palacio Isabel trazó un círculo con la mirada a su alrededor.

—Me gusta este sitio. ¿Sabéis por qué mi esposo ha elegido Guadalajara para esta Manufactura Real? Porque justo ahí enfrente, en el palacio de los duques del Infantado, nos encontramos el rey y yo por motivo de nuestra boda. Aunque posiblemente también haya querido premiar con su gesto a Guadalajara por su apoyo en la guerra que lo convirtió felizmente en rey de todos los españoles. Pero conociéndole, seguro que le ha pesado más la razón primera, ¿no os parece?

Era una absurda provocación, en la que Ripperdá no podía, ni debía, entrar.

—No imagino que sea de otra manera. Una mujer como vos, mi señora, sería el sueño de cualquier hombre pero sólo alcanzable para un rey.

—¿Por qué no nos dejamos ya de tanta charla y entramos?

Farnesio, seguida de Piscatori, encaminó sus pasos hacia el interior del palacio para iniciar el recorrido. El barón se esmeró en explicarle con profusión de detalles que en la fábrica trabajaban cincuenta tejedores que procedían de Holanda, al igual que sus respectivos telares. Habían sido contratados en la ciudad de Leiden, azotada por una tremenda crisis textil.

—Por su experiencia son los mejores.

—¿Habéis salido ganando al veniros aquí?

La Real Fábrica se había trasladado recientemente a Guadalajara desde la localidad toledana de Aceca, donde había sido inaugurada en su castillo un par de años antes.

—¡Sin duda! Las malas condiciones en las que trabajaban los tejedores hizo enfermar a un elevado número de ellos. Unas fiebres tercianas acabaron con la vida de varios hombres. Aquello era insufrible.

—Sí, algo he oído… Imagino cuánto habréis sufrido.

La reina lo dijo con un indolente aire de frívola afectación que el barón supo provechar rápidamente.

—No lo imagináis… Aunque lo peor era estar lejos de Madrid… Lejos de lo que más me interesa.

—Barón, ¿qué es eso de ahí?

Piscatori pareció querer cortar la deriva inadecuada de la conversación.

—¿Os atrae el proceso del hilado?

—Me atrae lo que en verdad tiene interés, y no enredos y disquisiciones que apartan del buen camino.

—Como veis, barón, tengo en Laura a la mejor filósofa de la corte —bromeó la reina.

Piscatori exhibió una sonrisa tan enorme que casi no le cabía en la cara. Había conseguido cortarle el paso a Ripperdá. Sólo por esa vez, porque el holandés no claudicaba así como así.

—En esta fábrica se ha hecho un gran esfuerzo por elaborar nuevas mezclas de colores con las que poder competir frente a los tejidos extranjeros.

—Es interesante —comentó la reina—, aunque donde se ponga una buena tela parisina… Por cierto, las sedas que me habéis regalado y que me han satisfecho ¿las hacen también aquí?

—En esta fábrica se trabaja sobre todo la lana. Lo cual no quita que, como habéis podido comprobar, y veo que de buen grado, se elabore algo especial y único cuando la ocasión lo justifique y merezca.

—Desde luego eran de gran belleza.

—Su belleza se corresponde con la belleza de quien las recibía. Majestad, deseo mostraros los materiales de los que hacemos uso. Están en esa sala. Pero no es un privilegio que esté al alcance de todos. Lo que se guarda en ese lugar es el secreto de nuestra Real Manufactura. No creo que el rey quisiera que fuera conocido por cualquiera. Si no os importa, ¿accederíais a pasar vos sola?

—¡Ni hablar, eso es una osadía! —saltó Laura como si fuera a clavarle un colmillo a Ripperdá.

—Una osadía que acepto. Calmaos, Laura, será un momento. Tengo mucho interés en saber lo que ahí se guarda.

La reina y el barón franquearon la puerta y la cerraron tras de sí.

—Si no hubierais venido ya, no sé qué habría hecho. Es demasiado el tiempo que llevo sin veros. —Como era costumbre en Ripperdá, no perdió el tiempo—. Isabel...

—Majestad, debéis llamarme. Es excesiva la facilidad con la que olvidáis vuestra condición.

—Ni mi condición ni nada me importa cuando os tengo cerca.

Intentó estarlo más, pero la reina esgrimió a modo de espada la rosa que llevaba en la mano para parar los pies al atrevido barón.

—Mucho queréis avanzar de una vez.

—Pues mucho poco es cuando de lo que se trata es de estar cerca de vos.

—¿Por qué no me mostráis los materiales? Si no, ¿qué voy a explicar después a Laura cuando me pregunte?

Isabel le hablaba en un tono socarrón que solía ser la antesala del morboso que acababa utilizando en sus encuentros con Ripperdá.

—Está bien. Como vos ordenéis. Los de ese rincón no creo que sean de vuestro agrado. Arsénico, agua fuerte, cardenillo; son peligrosos. Mejor estos de aquí. Sal gema, cristal tártaro, sándalo...

—Sal gema, cristal tártaro... ¡Qué nombres tan sugerentes!

—Tanto como lo es vuestra persona, majestad.

—Y vos, adulador.

—No es adular sino cumplir con la verdad.

—¿Qué es eso? —dijo Isabel intentando desviar la atención.

—Jabón. Y lo que está al lado es aceite.

—No tenéis mal trabajo, barón, dirigiendo una fábrica entre jabones y aceites, y sándalo.

—Mil veces prefiero el aroma de vuestra piel.

—Andaos con más tiento. Sale caro dar un paso en falso con la reina. —Daba vueltas a la rosa que sostenía entre las manos—. ¿Sabéis una cosa, Willem? —Le gustaba llamarle por su segundo nombre—. Creo que, aunque desempeñáis con acierto y esmero vuestro trabajo como director de la Real Fábrica, dicha tarea se os queda pequeña. Vos estáis dotado de mayor capacitación y tal vez deis mejor fruto sirviendo a la corona en otros menesteres más elevados.

—No me habléis de fruto teniendo vuestra boca tan cerca de la mía. —Quebró la rosa para apartarla e intentar besar a Isabel, pero ella no se lo permitió—. ¿Por qué os negáis a vuestro deseo?

—¿Qué sabéis de cuáles son mis deseos?

—Ellos mismos hablan por vos. No os resistáis.

—Deteneos, barón, no deis un paso más. No soy mujer que se rinda a la voluntad de un hombre, y menos aún que no sea monarca o soberano.

—Soy soberano de nuestras voluntades, igual que vos lo sois.

Ripperdá rodeaba ya con sus brazos a la reina, quien le dijo al oído:

—Soltadme ahora mismo, Willem, si no queréis veros embarrado en los lodos del destierro.

Ripperdá olió su cuello y acercó la nariz al lóbulo de su oreja antes de retirarse. Quedaron frente a frente. Impasible la reina. Contenido el barón.

—Abrid la puerta —pidió secamente Isabel.

Al otro lado, la comitiva aguardaba en silencio.

—Ha sido un placer... y muy interesante la visita, barón. Os doy las gracias. Vamos —dijo dirigiéndose a Laura.

Isabel de Farnesio abandonó la Real Fábrica arrastrando con las voluminosas faldas el ardor de Ripperdá, que fue barrido sin que su huella se borrara del todo.

—Lleváis ya un tiempo con nosotros, ¿cómo me veis…? —preguntó el rey a su compatriota, el médico Christian Attueil.

—Últimamente se os ve bastante bien. Es notorio que vuestro ánimo ha experimentado una mejoría.

No era notorio, en absoluto; más bien era lo contrario, pero no se atrevía a hablarle con franqueza.

—¿Consideráis posible que el tiempo erosione el entendimiento del ser humano?

El rey le hablaba al galeno dejando que su mirada se perdiera en el cielo azul de Madrid a través de la ventana.

—Me temo que no os comprendo…

Felipe adoptó un extraño aire enigmático mientras daba vueltas por la estancia sin detenerse en ningún punto.

—Pues que si la conciencia del tiempo puede llegar a obsesionarnos hasta hacernos perder la cabeza.

Attueil no sabía qué era lo más aconsejado responder.

—No creo que sea así —dijo por salir del paso.

—Todo el mundo cree que me asiste la locura, ¿verdad?

—Oh, no, majestad. No debéis pensar eso de vuestra excelsa persona.

—Ahorraos las benevolencias. ¿Y vos, Attueil…? ¿Vos también me creéis un loco?

—Por supuesto que no.

Difícil papel el del galeno.

—Me ratifico en el diagnóstico de mis colegas españoles: la melancolía hace estragos en vuestro organismo. No es más que eso.

—¿No es más…? ¡Como si fuera poco! ¿Acaso no es la melancolía una suerte de locura? Attueil, quiero que me juréis que nada que tenga que ver con mis dolencias llegará a saberse en Versalles.

—Os lo juro, majestad, os lo juro…

Era iluso al pensar que podría mantenerse en secreto lo que le sucedía, tratándose de un gobernante de su altura. Lo suyo habría sido que hubiera recorrido toda Europa.

Felipe volvió a apostarse ante el ventanal. Frunció el ceño al advertir que se aproximaba una negra tormenta.

Mientras Felipe convivía con las negruras de su mente, en aquella España que se le atravesaba al matrimonio Borbón-Farnesio la política exterior parecía destinada a suponerles más quebraderos de cabeza. Por si tuvieran pocos.

Lo más grave para la reina, con mucha diferencia respecto de lo que ocurriera en el resto de los territorios, era el fracaso diplomático en Italia, lo que provocó que al abate Alberoni no se le ocurriera ninguna alternativa mejor que la de guerrear. Era todo un despropósito que se veía venir; no en vano el marqués de Scotti había avisado a la reina en varias ocasiones. En poco tiempo Alberoni equipó una flota militar que partió del puerto de Barcelona en junio de 1718 dispuesta a conquistar Sicilia, al mando del militar de origen flamenco Jean François Nicolas de Bette, marqués de Lede. Estaba compuesta nada menos que por trescientos cincuenta buques, muchos de ellos barcos de guerra, con treinta mil hombres y ocho mil soldados de caballería. Para entonces las potencias europeas que habían firmado el Tratado de Utrecht estaban alarmadas ante las maniobras conspiradoras de España en los estados italianos de Cerdeña —ya bajo dominio español— y Sicilia. Ése fue el desencadenante de que en agosto Francia, Inglaterra, el Imperio austríaco y las Provincias Unidas de los Países Bajos formaran la Cuádruple Alianza contra España para hacerle cumplir los acuerdos de Utrecht.

En agosto la flota británica del almirante Byng interceptó a la expedición española que se encaminaba hacia Sicilia y, cerca de sus costas, abrió fuego a la altura del cabo Passaro, librando una batalla en la que los españoles fueron fulminados. Cayeron destruidos o apresados todos los barcos excepto cuatro buques de guerra. El desastre culminó en sendas declaraciones de guerra. La primera en diciembre, la de Inglaterra, que invitó a Francia y Saboya a unirse a la lucha. Tan sólo unos días más tarde, Francia aceptaba y declaraba también la guerra a España. Un terrible golpe bajo para Felipe V. Los franceses eran «los suyos», ¿cómo iba a combatir contra ellos? Aunque cabía una pregunta aún peor: ¿cómo era posible que los franceses quisieran invadir España teniendo, como tenía, un rey que era precisamente de «los suyos»? Pero lo hicieron, comenzaron su invasión por el norte. La primera plaza en caer fue Fuenterrabía, el 18 de junio de 1719; después vendrían San Sebastián, Vizcaya, Guipúzcoa y Álava. Mientras que los ingleses se plantearon su intervención militar por mar y entraron por Santoña, para continuar tomando las principales ciudades de Galicia.

Todo ese descalabro originado por el estrepitoso fracaso de la diplomacia española desestabilizó el ya de por sí inestable carácter de Felipe. Había dado el paso de atreverse a viajar en primavera a Valencia acompañado por la reina y por su hijo el príncipe de Asturias. Pero una vez allí llegaron las malas novedades de la invasión por parte de ambas potencias y tuvo que alterar sus planes.

Sintió miedo… Un temor íntimo e infinito que no se atrevía a comentar con nadie, ni tan siquiera con Isabel. Al hecho mismo de la guerra se añadía la desesperación que le causaba tener que batallar contra los franceses. Y en verdad resultaba bastante absurdo. Tanto, que a finales del año anterior, nada más conocerse la declaración de guerra de los gabachos, Felipe, como rey de España, había emitido bandos para exhortar a los combatientes vecinos a que desertaran y se unieran a él como legítimo heredero también del trono francés: «Los recibiré con los brazos abiertos, como buenos amigos y buenos aliados». Pero sus compatriotas no fueron ni lo uno ni lo otro, sino invasores.

Fue demasiado para Felipe. Los peores presagios de Isabel se cumplieron. Su esposo no pudo soportar tantos frentes de batalla abiertos, como tampoco sobrellevar el lastre de lo que consideraba una traición por parte de sus compatriotas franceses, que golpeaba su orgullo de Borbón y de soberano. No alcanzaría a comprender jamás el sentido de luchar contra sí mismo; un conflicto que le causó dolorosas heridas en el corazón, las que tienen peor cura. Cayó de nuevo en lo que los médicos seguían considerando un brote de melancolía, y tuvo que cambiar la campaña militar por su cama en palacio.

Lo inaudito se hizo entonces realidad. ¡La reina Isabel de Farnesio se atrevió a sustituir a su esposo! Actuó como si se tratara del mismísimo rey. Empuñó armas, montó a caballo y pasó revista a las tropas. En ausencia del rey don Felipe, consiguió que España hiciera frente a los ataques de los adversarios. Aunque, genio y figura, también logró que las tropas francesas la respetaran y tuvieran en consideración el papel que desempeñaba, y accedieron a dejar pasar por las líneas enemigas los vestidos que llegaban de París por orden suya. ¡Era mucha Isabel!

Nunca antes, en todo lo que Felipe de Borbón llevaba de reinado, se había producido un cataclismo como aquél. En definitiva, no se podía haber hecho peor. Y el artífice de semejante desastre tan sólo tenía un nombre propio: Giulio Alberoni.

Cada vez que el barón de Ripperdá se presentaba ante la reina deshacía el nudo del pañuelo de seda blanco que solía llevar al cuello para volver a anudarlo asegurándose de que quedaba perfectamente colocado. No era un tic ni un gesto nervioso, sino una clara muestra de coquetería. La peluca de rizos empolvados le caía igualmente perfecta por detrás de los hombros. Su aspecto era siempre impecable, y a la reina le gustaba.

Esa mañana llevaba un pequeño paquete en las manos que depositó disimuladamente sobre una mesilla, lejos de la vista de Isabel, antes de presentarle sus respetos.

—¿Estáis al tanto, entonces, de las desastrosas negociaciones que ha llevado a cabo el cardenal Alberoni?

—¡Y quién no lo está en esta corte, majestad! Sin duda que Alberoni no ha actuado a la altura que nuestros soberanos merecen. Necesitáis algo mejor, una mayor entrega en quien os sirva...

Ripperdá poseía la habilidad de decir siempre lo que sabía que la reina quería oír.

—Deseo hablaros con franqueza sobre mis legítimas aspiraciones a algunos territorios italianos. Pero para ello tenéis que darme vuestra palabra de que puedo confiar en vos. He de estar segura de que la confidencialidad es la máxima con la que os regiréis en este delicado asunto.

—Me ofende que vuestra majestad lo cuestione. —Ripperdá hizo una reverencia—. Me tendréis siempre a vuestro servicio y, sobre todo, a vuestro lado. Estoy convencido de que os puedo ser útil... en muchos sentidos.

—¿No abarcáis demasiado, barón?

La reina entraba en el juego seductor de Ripperdá.

—Mi deseo es abarcar todo lo que vos, mi señora, también deseéis.

—¿Qué os parece si nos ceñimos a un territorio llamado Italia?

Su tono era de cautivadora ironía.

—Lo que vos ordenéis...

El holandés estaba esperando el impulso definitivo para ascender en la corte, y tal vez se hallara próximo.

—Por lo que parece sois un hombre con la valía necesaria para manejar con mejor tino que Alberoni y llevar a buen puerto mis intereses.

—Si ésos son vuestros deseos, no dudéis que será así. Si me permitís, majestad...

El sagaz barón cogió el paquete que había depositado en la mseilla al entrar y se lo entregó. La reina, que se sorprendió en un primer momento, haciendo incluso el amago de no aceptarlo, no pudo evitar demostrar su entusiasmo al desenvolver un espectacular pañuelo de seda tintada en rojo.

—¡Perfecto para ensalzar cualquiera de vuestros vestidos! Aunque cierto es que vos no necesitáis de ninguna indumentaria para ensalzaros...

—Oh, barón, os excedéis siempre en vuestras galanterías, como excesivo es este regalo. Tomad, no puedo acep...

Hizo el gesto de devolverlo.

—No, no, no... —Ripperdá tomó con delicada parsimonia la mano de la reina y se la llevó a los labios poniendo mucha intención en ello y besándola sin apartar la vista del rostro de Isabel, en una clara provocación—. Nada es excesivo tratándose de vos.

Había acabado por perturbar a la reina, aunque no lo suficiente para desviarse del asunto que en verdad le importaba.

Isabel dejó el pañuelo sobre una silla e intentó guiar al barón hacia el redil de sus intereses políticos.

—Volviendo sobre lo que nos ocupa y es realmente de mi interés...

—Majestad, veros más hermosa aún de lo que sois gracias a unas sedas creo que no desdice en interés —replicó impenitente Ripperdá.

—Barón, os lo ruego... —Su tono pretendía ser severo—. Mi empeño, y por supuesto también el del rey —era más bien lo primero que lo segundo—, es lograr, como poco, el ducado de Toscana para nuestro primogénito, el infante don Carlos. Aunque también Piacenza debería estar bajo su gobierno. Alberoni no sólo no lo ha conseguido sino que ha empeorado la situación, alejándonos de nuestros intereses.

—Nada es imposible. Únicamente hay que encontrar a la persona adecuada para llevar a cabo una empresa. Toscana y Piacenza serán vuestros.

—Pero supongo que tenéis conocimiento de que el emperador Carlos VI, que sigue negándose a reconocer a mi esposo como rey de España, no quiere a ningún Borbón en Italia.

—Tal vez sea demasiado pronto para olvidar una guerra que acabó hace cinco años, en la que un Borbón le arrebató el trono de este país.

—Una guerra en la que vos luchasteis al lado del emperador y en contra de mi esposo.

Se hizo un silencio. Ripperdá se tocó los rizos. Isabel le había clavado el comentario del mismo modo que las lanzas rasgaban el aire en el campo de batalla.

—Vaya, vuestra información sobre mi humilde persona es exhaustiva.

—Vos, barón, podéis ser cualquier cosa menos humilde. Y sí, en efecto, me he preocupado de averiguar muchas cosas sobre vuestra azarosa vida. Por ejemplo que conseguisteis el grado de coronel precisamente al terminar la guerra de Sucesión. Es curioso que, tras combatir contra don Felipe, mi esposo, hayáis acabado estando a su servicio.

—La vida da muchas vueltas. Es lo apasionante de vivir, majestad.

—Sin duda. Y si vos habéis protagonizado ese giro tan singular, ¿por qué no habría de acabar entrando en razón el emperador? Aunque sé que es una meta difícil de alcanzar. El emperador sigue siendo un estorbo para nuestros intereses.

Ripperdá vio abrirse el cielo de sus ambiciones en ese momento.

—Creo tener la manera de llegar hasta él y hacerle cambiar de opinión.

—¿Creéis que se me puede tomar el pelo?

—Oh, nada más lejos de mis intenciones. —El barón dio unos pasos para aproximarse a la reina—. Conozco a la persona que nos allanará el camino: el príncipe Eugenio.

—¿Eugenio de Saboya?

Isabel se sorprendió gratamente de que Ripperdá viera una posible solución de una forma tan rápida.

—Mantengo con él una antigua amistad… Bueno, luchamos juntos, como habéis demostrado saber.

—Juntos, sí, contra mi esposo.

Lo tenía clavado.

El barón siguió avanzando hacia ella.

—Lo que importa es el presente, majestad. ¿No estáis de acuerdo?

—Seguid contándome…

—El príncipe Eugenio fue comandante de las tropas del emperador en el norte de Italia. Al acabar la guerra éste lo nombraron gobernador de los Países Bajos austríacos. Es el hombre que me llevará hasta el emperador. El resto dejadlo de mi mano.

Y diciendo esto último el barón tomó la de la reina para acercarla a sus labios y depositar en ella un beso que excedía los límites corteses del protocolo.

Un beso que atrapó los sueños de Ripperdá con la firme intención de hacerlos realidad.

22

Creemos que el problema es Saturno.

Un rayo de sol espeso y turbio se colaba como una flecha en la habitación en la que los galenos, dirigidos por Christian Attueil, estaban sentados alrededor de una mesa rectangular y larga presidida por la reina, quien, tras oír esa declaración de boca de uno de ellos, seguía asombrada.

«El problema es Saturno.»

Se instaló entre todos un silencio prolongado que impuso aún más la presencia del sol emborronando los perfiles de aquella mañana de calor seco y que fue cortado por la arrogante incredulidad de Isabel de Farnesio:

—¿Saturno, decís...? —Más silencio—. Pero ¿es que acaso os creéis capaces de burlaros de unos reyes soberanos? ¡Vuestros reyes!

Su enfado comenzó pronto a degenerar en crispación.

—Tiene una explicación, majestad —respondió el médico.

—¡Pues ya puede ser convincente! Mi esposo padece de terribles dolores de cabeza y de ataques extraños, no duerme, apenas come, no se asea, afirma que el sol penetra en su cuerpo como si fuera una lanza y lo que es peor... —La furia se doblegó ante la amargura y la reina bajó el tono, aunque sólo fue un momento—. Se niega a gobernar... ¡Y vos decís que toda la culpa la tiene un planeta! Oh, es desesperante.

Golpeó la mesa con el puño.

Nadie se atrevía a hablar, pero alguien tenía que hacerlo.

—Los astrólogos asocian Saturno con el pasado, con la reflexión, es decir, con la preocupación por el discurrir del tiempo en el que el ser humano nada puede intervenir —acertó a decir el galeno más experimentado; al fin y al cabo tenían que explicar a la reina la verdad de lo que creían que le ocurría a su esposo—. En Su Majestad el rey don Felipe se da la extraña circunstancia de que su nacimiento se produjo bajo el signo de Sagitario, regido por el planeta Júpiter, pero en realidad su vida se halla bajo la influencia del intrincado Saturno que, como veis, todo lo emponzoña, pues guarda relación con nuestros propios demonios, con la angustia ante la vida, en definitiva, con los miedos del hombre.

—Los miedos del hombre, la angustia, los demonios... ¡Dejaos de sandeces! —bramó Isabel, pidiéndoles a continuación que determinaran con seriedad un diagnóstico.

—¿Vos, Attueil, seguís creyendo lo mismo que ellos?

—Sí, majestad —asintió el francés, consternado—. ¿Recordáis que hace un tiempo os hablamos de Robert Burton y que os mostramos su obra *Anatomía de la melancolía*? Pues bien, en ella aporta interesantes explicaciones acerca de la relación entre la melancolía y los planetas.

—¡No digáis estupideces! —soltó la reina.

—Con todos mis respetos, majestad, no lo son.

El francés hizo un ademán para que otro colega recuperara el monumental libro de Burton escrito en inglés. Attueil lo abrió, buscó una página y, dirigiéndose a la reina, comentó:

—Mirad, aquí dice que los astros son origen y causa de la melancolía, y que sus síntomas se deben a la influencia que sobre los humanos tienen las estrellas. ¿Me dais vuestro permiso para leeros un pasaje en el que Burton ofrece una explicación de las causas estelares de la melancolía?

Isabel, que mantenía un gesto severo, asintió con un ligero movimiento de la cabeza.

—«Las causas naturales son o primarias y universales, o bien secundarias y más particulares. Las causas primarias son los cielos, planetas, astros, etcétera, por cuya influencia se producen la melancolía y otros efectos parecidos. Para esta enfermedad, Paracelso considera que su causa principal y primaria procede del cielo, atribuyendo más importancia a las estrellas que a los humores.»

En ese momento, y antes de que la reina se pronunciara, otro galeno, de nuevo uno de los más ancianos, se atrevió a apostillar:

—Aunque bien es cierto que Burton reconoce que los astros inclinan pero no fuerzan. Cualquier persona, sea cual sea su condición, puede ser influenciada, o no, por los astros. De la misma manera que también puede buscar ella misma dicha influencia, inducirla de algún modo, o, por el contrario, resistirse a la misma.

La severidad persistía en el semblante de Isabel mientras atendía perpleja a las interpretaciones médicas.

—¿De verdad hombres bien formados y curtidos en la medicina creen que Saturno es el culpable de lo que le sucede a mi esposo? Por Dios Santo, ¡es el rey de España! —El grito fue tan atronador que muchos de los presentes cerraron los ojos en un acto reflejo. Pero no quedó ahí la cosa—. ¡Y Saturno sólo es un maldito planeta!

De nuevo todos permanecieron callados. El temperamento de la reina no daba mucha opción a la réplica.

Isabel realizó un lento recorrido con la mirada por los rostros de todos los galenos escudriñando sus expresiones. Hasta que al fin preguntó:

—¿Es que nadie va a decir nada?

Complicada situación. Aunque si había alguien capaz de hablar a la reina en semejante estado, ése era Attueil. Y lo hizo, tras pasar varias páginas del voluminoso libro en busca de otro pasaje.

—«Si Saturno predomina en su nacimiento», esto lo dice

Burton, majestad, «y le produce un temperamento melancólico, entonces será austero, adusto, sombrío, arisco, de negro color, profundo en sus pensamientos, lleno de preocupaciones, miserias y descontentos, triste y temeroso, estará
siempre callado, solitario, siempre deleitándose con la agri-
cultura, con los bosques, huertos, jardines, ríos, estanques,
lagunas, paseos oscuros y cerrados.» —Hizo una pausa necesaria—. Creo que es… clarificador.

—¿A vos os parece clarificador? —Isabel estaba furiosa,
habían conseguido sacarla de sus casillas—. ¿Vos, Christian
Attueil, os consideráis galeno? ¿Para esto…? ¿Para hablar-
me de Saturno y los planetas?

El francés respiró hondo y se preparó para un nuevo envite. Si los demás callaban y se doblegaban ante el mal carácter de la reina, él no estaba dispuesto. Su ética se lo impedía.

—Entiendo que todo esto pueda resultar confuso, pero
es mi deber, por el bien de la salud de vuestro esposo, adver-
tiros que no es aconsejable negar la evidencia, puesto que, de
hacerlo, resultaría difícil su sanación. —Calló en previsión
de alguna respuesta de la soberana, pero ésta se limitaba a
perforarle el discurso con su afilada mirada—. Vos sabéis
que el paso inexorable del tiempo y sus efectos sobrevuela
de una forma permanente y obsesiva sobre las preocupaciones del rey, circunstancia que, de no corregirse, podría llegar
a acabar con su vida.

Entonces sí se produjo otro estallido. Isabel no toleraba
más de lo que ya llevaba escuchado.

—¡El rey tiene otras muchas preocupaciones más importantes que no esa tontería del tiempo y los planetas! —respondió altiva, tras lo cual se levantó y abandonó la sala sin
decir ni adiós.

Felipe iba dando saltos desnudo persiguiendo a su esposa, igualmente desnuda, por toda la cámara. Cuando la alcanzó se tumbaron sobre un enorme diván. Entre sedosos cojines, jugaron primero al *Impávido*... Isabel, de rodillas en el suelo, atrapó obscenamente el sexo de Felipe con su boca, que ya estaba esperándola enhiesto. Le costaba mantener la compostura y permanecer impasible ante el ahínco con el que su mujer se entregaba a excitarlo con la lengua y los labios. Se divertían con ese juego procaz y libertino.

Después los cuerpos se invirtieron. Felipe la excitó de la misma manera, chupando, lamiendo... Devorando lo que más le gustaba de su esposa, y de la vida.

Terriblemente excitados, cayeron al suelo. El rey la penetró allí mismo, tendidos sobre una alfombra versallesca en la que derramaron los restos del deseo más desenfrenado.

Y todavía les quedaron fuerzas y ganas de poner cada uno su mano en el sexo del otro para emprender una nueva ronda de húmedas caricias en las que se perdieron hasta el amanecer.

Madrid, diciembre de 1719

Alberoni continuaba en la puerta de las estancias privadas de la reina. Le habían denegado audiencia con ella, pero se resistía a aceptarlo.

—¡Os lo suplico, majestad! Ruego ser recibido por vos, ¡no os arrepentiréis! ¡Majestad...! Tengo mucho que explicaros.

Acabó alzando la voz y eso hizo que los guardias de la puerta intentaran contenerlo. Pero nada había que temer. El italiano no iba a organizar ningún escándalo. Tan sólo imploraba que la reina escuchara sus explicaciones, aunque en realidad su petición era de clemencia, ya que cabía poco que explicar del monumental cataclismo que a punto había estado de llevar a España a una debacle internacional.

Al otro lado de la puerta Isabel lo escuchaba sin inmutarse, masticando un trozo de queso de Parma, el que le conseguía precisamente Alberoni, y llevándose después una copa de vino a los labios lentamente. Guiñó un ojo a Laura Piscatori, a la que invitó a otra copa para poder brindar.

La ambición había cavado la tumba de Giulio Alberoni. El delirio de intervenciones militares cuyos resultados se cifraban en miles de muertos, irreparable merma de la flota armada y enemistades con países hasta entonces aliados de España colmaron la paciencia de los reyes. La última gesta que había rematado la catástrofe de la política exterior fue el intento de invadir Escocia en nombre de Jacobo III de Inglaterra a primeros de año. El cardenal —había sido ordenado como tal por el Papa coincidiendo con la campaña de Cerdeña, en julio de 1717— organizó una pequeña escuadra compuesta por una fragata, dos barcos de guerra y varios de transportes, así como una dotación de cinco mil soldados. El ufano Alberoni los despidió en Cádiz desde donde partieron rumbo a La Coruña para recoger a Jacobo y su séquito, y seguir viaje hacia Escocia. Pero de nuevo la calamidad se cebó con los españoles. Terribles tormentas destrozaron todas las naves, que ni siquiera pudieron entrar en el puerto coruñés desde donde el incauto Jacobo y sus hombres presenciaron la lamentable arribada de los supervivientes. No obstante, el colmo de la osadía fue que, a pesar de todo, Alberoni ordenó de nuevo ¡otra expedición al mismo lugar! Esa vez trescientos soldados de infantería en dos fragatas, que sí llegaron, pero que nada más pisar suelo escocés fueron vapuleados por la superioridad inglesa. Aquello ya fue el colmo.

El 5 de diciembre Felipe firmó un duro decreto con la orden de expulsión del cardenal italiano. El tono severo y la frialdad referidos a alguien que había contado con su máxima confianza recordaron a los empleados en su momento con la princesa de los Ursinos al obligarla a abandonar España. Le daba un plazo de ocho días para que «se retire de Madrid, y del reino, en el de tres semanas, con prohibición de que no se emplee más en cosa alguna del gobierno, ni de comparecer en la corte, ni en otro lugar donde yo, la reina, o cualquier príncipe de mi real casa se pudiere hallar».

El trato dispensado a Alberoni era el que se le habría dado a un apestado. Ni siquiera se permitía su presencia física cerca de donde se encontrara algún miembro de la familia real.

Cumpliendo la orden del rey, el día 12 de aquel mismo mes, con el enojo y la rabia de quien perdía todo su poder, Giulio Alberoni partió de Madrid en dirección a Génova, fuertemente escoltado como si fuera un peligroso criminal. En la carroza iba clavándose las afiladas uñas en los muslos para descargar su ira mientras veía alejarse el palacio entre las traicioneras brumas de la madrugada.

Terminaba así la carrera política de uno de los mayores intrigantes de todos los tiempos en la corte española.

23

Era esa vuestra misión? ¿Para eso se os trajo a la corte, para echar a Alberoni?

Laura Piscatori hostigaba con guante blanco al marqués de Scotti, hombre curtido en el arte de la supervivencia.

—¿De verdad eso os preocupa? —respondió Annibale Scotti con aire indolente.

—No diría yo que sea preocupación sino más bien curiosidad.

—¿Sentís curiosidad por mi persona? No me creía merecedor de tal privilegio.

—La ironía no es vuestro fuerte, marqués.

—Tampoco la prudencia el de vos.

—No os hagáis el listo y respondedme, si es que podéis. Acabada ya vuestra misión en Madrid, es de suponer que no tardaréis en marcharos, ¿no es así?

—Me sorprende vuestra simpleza, Laura, contrasta con la habitual sagacidad que os gastáis.

—¡Andáos con ojo, marqués!

Scotti había conseguido enfadarla.

—¿También vais a amenazarme a mí?

El marqués sabía más de lo que a Piscatori le habría gustado. Estaba claro que lo mejor para ella era perderlo de vista. No quería tener rivales en la confianza de la reina.

—¿Cómo se identifica a un vampiro?

No era curiosidad sino el requerimiento de dar respuesta a uno de los desequilibrios que Felipe padecía y que sólo podía ser confidencia dicha en confesión. Hasta ese día.

—Necesito saber cómo se identifica a un vampiro.

—¿De dónde os viene esa curiosidad?

El rey había citado en privado al galeno Christian Attueil para consultarle sobre esa incertidumbre que atenazaba su alma. Una más entre otras muchas.

—Lo que aquí hablemos no saldrá de esta cámara —Felipe se lo dejó muy claro.

—Por supuesto. Pero decidme, ¿por qué me preguntáis eso?

—Porque es una pregunta que yo mismo me hago pero para la que no tengo respuesta. Y a esa pregunta sigue otra: ¿y si yo lo fuera?

—¿Vampiro? —se sorprendió Attueil—. Majestad, vos estáis muy vivo desde el mismo día en que nacisteis.

—Conocéis algo sobre Arnold Paole, ¿verdad? Mi confesor nada quiere saber del caso, dice que son profecías o maledicencias satánicas, pero no es así. Al emperador don Carlos sus súbditos le han pedido ayuda para resolver una epidemia de muertes en una zona en la que se sospecha que pueda haber vampiros. Vos, Attueil, sois un galeno más instruido y de más mundo que los españoles que me asisten. Seguro que sabéis de lo que os hablo.

El francés hinchó de aire sus pulmones para dar tiempo a que su conciencia decidiera qué era apropiado responder.

—Paole dijo haber sido atacado por uno de esos seres. —Lo que decidió fue contar al rey lo que sabía—. Se curó de una manera que a los galenos nos cuesta creer. Siguió hasta su tumba al ser que lo había asaltado, se atrevió a desenterrarlo y a cortarle la cabeza, y allí mismo comió una mezcla de tierra de la sepultura y sangre del que parecía ser un vampiro.

—Sangre... Ahí está el problema.

—¿Problema? ¿Por qué? ¿Para quién es un problema?

—Problema para mí. —El rey se apretaba con fuerza las manos mientras hablaba—. En realidad, el problema está en mí. En el gusto que siento por la sangre.

—¡Majestad! Eso no es posible.

—Bien cierto que lo es. ¿Por qué creéis que estáis aquí? Porque nadie puede resolver este terrible dilema. Como os he dicho, mi confesor no quiere ni mencionar el asunto. A mi esposa no deseo meterla en esto. Sólo me quedáis vos, Attueil, como galeno que sois. Debéis tener una explicación. Pero, sobre todo, un remedio.

—La sangre no suele gustar a las personas. El hecho de que a vos no os produzca la habitual repulsión que puede causar a los demás no significa que sea un problema.

Estaba claro que no le creía.

—¿Tampoco lo es beberla? —insistió el rey.

La pregunta causó impacto en Attueil. Insistía en no creerlo.

—¿Habéis bebido sangre? ¿Es eso cierto, majestad?

—Tan cierto como que me estáis viendo. No es que la sangre no me cause repulsión. Es que me atrae. He oído decir que los vampiros pueden transformarse entre otras cosas, por ejemplo, en niebla. Es lógico, porque sus vidas son tinieblas. Así es la mía, oscura y tenebrosa. Por eso necesito saber cómo se puede identificar a un vampiro y combatir ese mal.

—Creo, majestad, que... —Estaba siendo una de las escasas ocasiones en las que Attueil no sabía cómo debía proceder, por eso titubeaba—. Creo que científicamente es más que probable que no sea una dolencia que requiera tratamiento sino más bien una tribulación de la mente.

—Lo es del alma —sentenció el rey.

—En ese caso nada podrá hacer ningún galeno.

—Pero el alma me enferma, Attueil. Algo deberéis hacer por mí. Por lo pronto explicadme cómo se puede saber si alguien es un vampiro.

El francés se sintió en una encrucijada en la que era difícil buscar la orientación correcta.

—Majestad, lo que me pedís es tan complicad..

—¡Os ordeno que me digáis cómo identificar a un vampiro!

El monarca empezaba a perder los nervios.

—No hay un solo método. —El galeno entendió que era inútil, e incluso contraproducente, seguir resistiéndose—. Yo sé de un ritual que consiste en montar a un joven que sea virgen sobre un caballo igualmente virgen y dejar que vague entre las tumbas de un cementerio. Si el animal se detiene ante una de ellas y se niega a avanzar, es que allí yace un vampiro.

—¿La apariencia física de un vampiro es como la de cualquier ser humano?

—Existen también varias versiones sobre eso. Hay quien afirma que en Bulgaria se los reconoce por tener un solo agujero en la nariz

Al oírlo, el rey se llevó la mano instintivamente a la suya para tocarse las fosas nasales.

—En cambio en Rumanía, donde al parecer más estragos está causando lo que se conoce como vampirismo, los describen como seres pálidos, flacos y con las uñas exageradamente largas.

—¿Las uñas…? ¿De pies y manos?

—Sí.

—Attueil, ayudadme… —Ahora el rey parecía un alma en pena que huyera del diablo—. No puedo vivir así. Me obsesiona la sangre y temo que la luz del día acabe con mi vida. ¡Ayudadme, Attueil, ayudadme!

Sus ruegos desesperados estarían resonando en la cabeza

del galeno durante días en los que no consiguió invocar la medicina para hallar un remedio. Empezaba a dudar que el camino que había encontrado junto con sus colegas españoles, el del tratamiento de la melancolía, tampoco sirviera para curar al rey. Ese rayo científico de esperanza se diluía en la confesión que don Felipe le había hecho.

Las manos se deslizaban a un lado y otro de la seda. El reverso lo acariciaban las de ella; el anverso, las de él. Al llegar al borde de la sugerente tela ambas manos se encontraron, guiadas por la extremada y resbaladiza suavidad.

Cuando eso ocurrió, Isabel soltó el chal, que siguió sostenido por el barón de Ripperdá.

—Tened, cogedlo, vuestro es, majestad —volvió a ofrecérselo.

—¿Cuántas veces he de deciros que no son procedentes tantos regalos?

—Esto es más que un regalo…

Intentó colocárselo a Isabel pegándose demasiado a su espalda mientras le susurraba al oído, como si fuera el ronroneo de un gato:

—Está hecho para vos, yo mismo lo encargué. Sé que su tacto os fascina… igual que a mí.

La rodeaba por detrás porque le resultaba más fácil sentir su cuerpo pegado al de ella, dado el avanzado estado de gestación. A la reina le faltaba poco para parir de nuevo.

La pieza que le regalaba en esa ocasión era tan hermosa como las anteriores, si bien algo más llamativa. La estampación de un sol, dorado y luminoso, que destacaba sobre el azul que simulaba el cielo la convertía en una pequeña obra de arte.

—¿Cómo se os ha ocurrido un sol?

—Es el mayor esplendor de la vida que estáis a punto de alumbrar.

Isabel recelaba. A pesar de que sabía mantener la cabeza fría para evitar sucumbir a las lisonjas del aventurero holandés, era una mujer coqueta y, en el fondo, le agradaban.

—He de comunicaros algo, barón. Anticipároslo, más bien.

—Vos diréis, espero que buena nueva sea.

—Sin duda que lo es: vais a ser ascendido a superintendente de todas las fábricas del reino.

Caído Alberoni, ¿podría ser ése el momento de Ripperdá?

Exultante, volvió a situarse pegado a la espalda de la reina y, rodeándola con sus brazos, acabó de cerrarle sobre el pecho el chal. Después depositó en su hombro un beso ligero y sugerente como la propia seda.

24

Madrid, 26 diciembre de 1719

Sólo tenía siete años y era el tercer hijo del rey y de su primera esposa. Ni edad ni condición la muerte respeta. Una grave enfermedad pulmonar se llevó la vida del infante Felipe Pedro entre las lágrimas del destrozado padre, que se resistía a aceptar que Dios pudiera disponer de la vida de una tierna e inocente criatura. Isabel de Farnesio lo consolaba mientras se pasaba la mano por el abultado vientre de su cuarto embarazo.

En ese contraste de la vida, tan sólo tres meses más tarde nació, el 15 marzo de 1720, un varón al que pusieron el mismo nombre del hijo fallecido: Felipe.

Esa doble circunstancia, acaecida con tan poco tiempo de diferencia, afectó profundamente al rey y le llevó a un estado permanente de profunda reflexión sobre el paso del tiempo. «Otro hijo que viene al mundo... La naturaleza se mueve, da muestras de su evolución, mientras yo sigo en el mismo lugar: estancado en un trono indeseado», se desahogó con su confesor, el padre Daubenton. Le quiso hacer partícipe de su angustia sin ni tan siquiera esperar consejo ni perdón, sino únicamente el alivio de soltar lo que se hace un nudo en la conciencia y se clava en la garganta.

—No tenéis derecho a hablar así de un trono que Dios y

vuestra familia os han otorgado —le reconvino el padre Daubenton—. Reinar jamás puede ser algo indeseado sino más bien un privilegio.

—Lo será en otros casos, no en el mío. Jamás puede ser tenido como privilegio aquello que martiriza y nos desequilibra la existencia.

—Pues a mi entender no hay mayor martirio que el de ser desagradecido con los bienes que se nos otorgan, porque hay que rendir cuentas después ante el Altísimo.

—He de marcharme. —El rey no quiso prolongar la conversación, no le gustaba el derrotero por el que lo llevaba su confesor y le faltaba ánimo para rebatirle—. El barón de Ripperdá debe de estar ya aguardándonos, a mi esposa y a mí. Hemos de tratar con él algunos asuntos... —Torció el gesto en ademán distraído, como si le interesara poco lo que él mismo estaba diciendo—. Ya sabéis: de política de Estado y de esas cosas que tan poco gratifican el espíritu.

—Ese hombre no me parece digno de mucho fiar, majestad.

—Pues lo es. Ya veis que los representantes de Dios en la tierra no siempre llevan razón. A veces también se equivocan como el resto de los mortales.

Dicho lo cual salió camino de la cita con el barón, en la que el holandés trató denodadamente de convencerle, con sus dotes de palabrería artificiosa, de que tenía que valerse de lo que significaba pertenecer a su dinastía, los Borbones, para fortalecer la corona y devolver el esplendor de antaño al Imperio español. Tras el desastre de Alberoni, dijo a los reyes, él sabía cómo había que actuar para conseguirlo.

Acabó dando la sensación de que el monarca se animaba al oír al convincente Ripperdá, a quien estuvo a punto de sorprender guiñándole seductor un ojo a la reina, en un atrevido gesto de complicidad que no habría entendido.

Ripperdá se las ingenió para interceptarla más tarde en uno de los pasillos de palacio. Isabel creyó que era para hablar de las intrigas internacionales que se traían entre manos. Pero no…

—Lo siento, pero tengo que decíroslo, aunque vos ya lo sabéis y sobrarían las palabras.

—Pedid audiencia, barón, si queréis hablar conmigo.

—Lo que quiero deciros no es asunto de audiencia.

—Tenéis inclinación a excederos. Os aconsejo que no lo hagáis.

Pero Ripperdá no hacía caso a las advertencias y volvió a excederse, como la reina se temía.

—No dejo de pensar en vos, Isabel… No puedo dejar de hacerlo.

—No soy Isabel sino vuestra reina, barón.

—Decidme que sentís igual que yo. Lo mismo, ¿a que sí?

La estaba acorralando contra la pared.

—¡Laura, Laura! —La reina pidió auxilio a su dama.

—Está bien… —Ripperdá la liberó—. Entiendo que os neguéis a reconocer lo evidente. Pero sabed que no es posible resistirse a los más firmes deseos, aquellos que se desbordan y todo lo inundan.

Desapareció ligero como el peso de una pluma. Piscatori no dijo nada. La reina, tampoco. Aunque sintió en el aire la exhalación de los labios que no se habían acercado.

25

Valsaín, Segovia

La jornada de caza se les estaba dando bien a ambos. Se habían animado tanto que fueron avanzando detrás de un jabalí sin discernir si se adentraban donde no debían. Tuvieron que ser advertidos de que se estaban alejando demasiado de los alrededores del palacio. Pero a ellos no les importaba; el disfrute valía la pena.

Se motivaban el uno al otro y el tiempo volaba.

De repente Felipe se detuvo en seco y bajó el arma.

—¿Veis eso, Isabel?

Se refería a un paraje singular tocado por la gracia de la naturaleza, que lo convertía en un bello espectáculo para la vista. Y en el caso del rey, también para el ánimo. Porque por la expresión de su rostro, que dio un vuelco, se diría que la visión de aquel paisaje acababa de insuflarle un soplo de alegría camuflado en la sorpresa.

Se aproximaron deleitándose en el panorama exterior de una pequeña ermita que al parecer estaba dedicada a San Ildefonso. El séquito de la montería se apresuró a acompañarles y uno de ellos, un joven que se declaró buen conocedor de la zona, les puso al tanto de que pertenecía al monasterio colindante, de la Orden de los Jerónimos.

—¡Es maravilloso…! —exclamó la reina, embelesada.

Al rey, sin embargo, las palabras se le deshicieron en la boca y no pudo decir nada, ni hacer, más que admirar la bella soledad del entorno recién descubierto.

Eran bosques de lobos y alimañas. De árboles de infinita altura que acariciaban el cielo aferrados a un manto de tierra frondoso y milenario. Uno de esos lugares que nadie cree que puedan existir pero que aparecen ante los ojos de quienes ansían encontrar un paraíso donde disipar los miedos de la vida.

Desconocía el motivo por el que una de sus damas la había conducido a uno de sus salones privados. «Es importante», le había dicho. Al entrar, Isabel no salía de su asombro. Vio que el barón de Ripperdá ordenaba que fueran disponiendo ricas viandas italianas sobre una mesa colocada junto a un coqueto rincón lleno de almohadones tapizados en sedas de llamativos colores, en el que infinidad de velas encendidas conseguían un ambiente agradable e íntimo. Los atónitos ojos de la soberana fueron viendo pasar vino, llamativas frutas, una pirámide de mortadela, exquisitos dulces...

Johan Willem fue a recibirla y le besó la mano como había hecho la primera vez, inspirándola más que besándola.

—¿A qué se debe todo esto? —preguntó intrigada Isabel mientras los sirvientes se iban retirando con discreción.

—¿Es que ha de haber una razón por la que se agasaje a una dama que es merecedora de ello y de mucho más?

—¿Dama...? No olvidéis que soy vuestra señora, vuestra reina. Comparto trono con mi esposo.

—Vos sois una reina con trono o sin él.

El barón hablaba casi en un susurro.

En aquel momento Isabel se dio cuenta de que en la habitación estaban los dos solos. No había ningún criado;

tampoco dama alguna. Nadie más que ellos dos. Ripperdá e Isabel.

El barón y la reina.

Cuando ella hizo amago de ir a avisar a alguien, el holandés la condujo con habilidad hacia el rincón donde la comida estaba servida y el vino escanciado, y la ayudó a acomodarse entre los cojines.

—¿No os resulta apetecible todo lo que veis? —le preguntó excediéndose en la proximidad física—. Me refiero a todo, majestad... —remató, destilando una sensualidad que, por difícil que pudiera parecer, acabó perturbándola.

—¡Esto es un atrevimiento intolerable!

—Chist...

Ripperdá se puso un dedo en los labios para pedir silencio a la reina.

—Aguardad... y luego me reprendéis si es menester.

El hombre cogió un copón de plata y comenzó a extraer del interior puñados de pétalos de rosas que esparció alrededor de la reina. A ella le pareció un alarde de atenciones que le agradaban.

Comenzaron a beber entre risas, sin parar él de prodigarse en halagos. Resultaba un juego tan atractivo que Isabel dejó de pensar en lo que todo aquello tenía de inexplicable. Comieron, bebieron y siguieron cayendo pétalos de rosa sobre la deliciosa confusión de la reina. Hasta que las manos de Ripperdá se atrevieron a ascender por sus brazos, después rozar los hombros y el cuello, un recorrido que fue aprovechado para besar el generoso escote que dejaba medio al descubierto sus turgentes pechos. Habían transcurrido escasos meses desde su último alumbramiento y su cuerpo aún conservaba algún vestigio de la preñez.

—Sois tan hermosa... —le decía el barón sin apartar los labios del cuello.

El muro que Isabel levantó para resistirse se demostró inconsistente. Empujada suavemente por los besos de Ripperdá, acabó recostada sobre los mullidos cojines sintiendo que se dejaba caer sobre una nube de algodón en la que las hábiles manos masculinas la recogían.

El barón depositó en su boca una fresa, y cuando ella fue a morderla él lo impidió tomándola con la suya. Había llegado demasiado lejos. Isabel evitó el procaz beso y reconduju la situación.

—Creo que es suficiente, barón.

—No era mi pretensión ofenderos.

Isabel se quedó mirándolo, sin atreverse a decirle todo aquello que querría y que podía resumirse en una palabra: deseo. Ripperdá era para ella una inequívoca tentación en la que no quería caer porque hacerlo la tornaría vulnerable ante él.

Contuvo el impulso y guardó en el pecho el eco de los besos encadenados que habían trenzado los labios furtivos.

Aquella noche pidió que para la cena le llevaran a su cámara privada un cuenco de fresas frescas, que le supieron a los labios del barón.

El verano de 1720 comenzó con un hecho que determinaría la vida de Felipe. Los reyes compraron el terreno que habían descubierto contiguo al monasterio de Valsaín, del que adquirieron, asimismo, el claustro y la granja. Aquel paraje inundado de misteriosa espiritualidad había despertado en él la misma sensación de paz y libertad que sintió Felipe II cuando construyó el primer palacio, una residencia de campo perfecta para sus frecuentes jornadas de caza. Un sitio en el que el tiempo quedaba detenido al margen del mundo, inmerso en el silencio. Un privilegiado lugar que desataba sueños y envolvía soledades.

El claustro gustó mucho a la reina. Y al rey, curiosamente, la granja.

La granja… El lugar donde la vida había bullido en un

reino de animales, que a la postre no eran, algunos de ellos, muy distintos a muchos de los humanos que rondaban por la corte en aquellos tiempos. Eso era lo que pensaba el rey.

La granja... que de pronto imaginó convertida en un templo de tranquilidad y descanso.

Y recordó Versalles. No es que el lugar se le pareciera, pero era campo. Y bosques; unas arboledas, en ese caso, densas y enigmáticas, junto a las que iba a construir una residencia de verano.

Mientras el rey divagaba entre pensamientos que pretendían construir un futuro mejor para sus desvelos, la reina, en cambio, descendía a la tierra que pisaba un hombre que no era su esposo: el barón de Ripperdá... A su memoria acudieron los pétalos de rosa y su fragancia; la luz de las velas; el sabor de la fresa en la boca del holandés...

—Después de Versalles, no hay mejor lugar en el mundo —dijo su esposo, y la devolvió a esa misma tierra.

Gracias al hallazgo de aquellos terrenos, el rey pensó que podría plantar sus raíces borbónicas en un sitio que le permitiera alejarse definitivamente del tormento de las tareas de gobierno. Allí donde la palabra «sosiego», caída en el olvido desde que abandonó su amada Francia, recuperara de nuevo su sentido.

San Ildefonso... El sitio de su retiro.

El sitio en el que los recuerdos se anticipaban al tiempo en el que habrían de ser vividos.

Y por primera vez desde que llegó a España, el rey dejó que echara a volar un sueño...

El Escorial, 27 de julio de 1720

Ahora que sus sueños habían encontrado un lugar en el que fondear, cobraba todo el sentido el paso que iba a dar. La abdicación estaba más cerca que nunca.

Abdicar... Renunciar... Y no pensar en nada más.

Inspiró hondo, miró a la reina y tomó la pluma para estampar su firma en el documento:

> Nosotros nos hemos prometido, el uno al otro, dejar la corona y retirarnos del mundo para pensar únicamente en nuestra salvación, infaliblemente antes de Todos los Santos del año 1723, a más tardar.

El retiro soñado de Felipe ya tenía un destino: el futuro palacio de La Granja. Allí donde el mundo iba a dejar, por fin, de dolerle.

26

Poco le duró el sueño… A la mañana, siguiente antes siquiera de tomar el habitual brebaje diario para estimular su vigor sexual, el rey profirió un grito desgarrador. Llamaba a Thomas Hatton.

Un grito como un trueno, que retumbó por todo palacio. Cuando el relojero de cámara entró en el salón privado en el que el rey solía pasar las horas con el reloj de *Las cuatro fachadas* lo halló fuera de sí, con los ojos desorbitados y enrojecidos. En ropa de cama. Temblando. Le costaba hacerse entender, pero a simple vista parecía haber ocurrido una tragedia. Y desde luego para el monarca lo era: había desaparecido el diminuto sol del interior de la esfera de vidrio que coronaba el reloj.

El reloj… sin el sol.
  Los días… sin el sol.
    La vida… sin el sol.

Todo lo demás estaba, la tierra y el trazado de la órbita solar, pero alguien había sustraído la pieza que representaba el astro dorado.

Felipe se dejó caer vencido sobre un sillón y tuvo que ser atendido por los criados mientras llegaban los médicos.

«Me han robado la luz de mi vida», fue lo último coherente que se le oyó decir antes de perder el conocimiento.

Tercera fachada: la luna

¡Ay de aquellos que pierden el día con la espera deseada de la noche, y la noche por el temor de la luz!

SÉNECA

27

El rey se hallaba en cama recuperándose del desmayo. Parecía dormido y, por lo que delataba la tensión de sus músculos faciales, sumido en los abismos de negrura que le empañaban el alma.

Sentada ante él, una confundida Isabel que no acertaba a entender que el robo resultara tan grave. La habitación estaba a oscuras. Eran ya las cinco de la tarde, llevaban así horas. Ella había permanecido en todo momento a su lado velando su sueño… o su desvarío.

Por fin Felipe despertó e Isabel ordenó que descorrieran los pesados cortinajes para que pasara un poco de luz, pero entonces…

—¡Nooo! ¿Qué hacen? ¡Están locos! ¡No hagáis eso! ¡No dejéis pasar la luz! ¡No! —Invadido por el pánico, se agarró temblando a su esposa—. ¡No permitáis que descorran las cortinas! ¡La luz del sol no puede tocarme!

La reina, asustada, salió de la habitación para buscar ella misma a los médicos, dirigiéndose a la sala en la que solían reunirse, donde, en efecto, los encontró.

Irrumpió alterada. «¡Algo tendrán que hacer! ¡Esto no puede seguir así!», gritaba.

Los hombres, que andaban enfrascados en una de sus habituales discusiones de órganos y enfermedades, enmudecieron. Por aquel entonces ya todos sabían del fuerte carácter de la reina, y la temían.

—¡Estoy harta de ver a mi esposo enfermo sin que nadie sea capaz de curarlo! ¡Exijo una pronta solución! ¡Ya!

El galeno de mayor edad intentó explicarle que no era sencillo determinar con exactitud su mal. Lo que sí podían diagnosticar, sin riesgo a equivocarse, era que el rey padecía una alteración en su mente que le llevaba a actuar de una manera poco procedente.

—Y luego está… ya sabéis… lo que os explicamos acerca de la bilis negra.

—La bilis negra —repitió boquiabierta la reina, sin acabar de creer que fuera eso lo que, de nuevo, le estuvieran diciendo.

Al médico le faltó por añadir:

—Y también lo de la melancolía…

—Lo de la melancolía… —repitió la reina con la misma incredulidad. Y cerró los ojos antes de gritar con todas sus fuerzas—: ¡Por Dios, ya basta, ya basta!

Una vez descargada su furia, siguió diciéndoles:

—¿Es que no sabéis qué quiere vuestra reina? ¿Tal vez no he sido lo suficientemente clara? ¡No tolero más divagaciones ni diagnósticos! Lo que quiero es que, de una vez por todas, se le ponga remedio al mal que está destrozando a mi esposo. —Miró a Attueil y se dirigió a él—: ¿También vos seguís considerando cierto lo de la melancolía?

El francés asintió con la cabeza, y la reina tuvo que aceptar la terrible evidencia de que él no avanzaba demasiado respecto del diagnóstico de los españoles.

Impotente, Isabel exclamó:

—¡Dios! Deben de ser los aires de España, que vuelven locos a todos.

—Chist… ¡No alcéis la voz! —exhortaba el rey a su confesor en voz muy baja, como si alguien pudiera estar escuchándoles—. Decidme, ¿habéis averiguado ya algo sobre Arnold Paole?

El padre hizo amago de levantarse para marcharse y evitar así la conversación, pero, con un gesto inusitadamente brusco y firme, el rey lo obligó a sentarse de nuevo. Entonces comenzó a referirle todo cuanto había averiguado por su cuenta. Así, contó al padre Daubenton que se trataba de un caso de vampirismo ocurrido hacía sólo cinco años en la villa serbia de Meduegna.

—¿Conoce la Iglesia algo más allá de que Paole era un joven soldado, un haiduque, muerto en accidente y que transcurrido un mes salió de su tumba y fue atacando a gente de su aldea?

—¡No sabéis lo que decís, majestad!

Como si no lo hubiera oído, Felipe prosiguió:

—Dicen que su víctima más joven fue un bebé de ocho meses, pero que pudo haber matado hasta a diecisiete personas.

—¿Qué locura es ésta? Vos no podéis permitiros la blasfemia.

—¿Es cierto que antes de morir había sido mordido por otro resucitado? Dicen que por un muerto que, al igual que después le ocurrió a él, también salió de su tumba. ¿Es eso cierto? ¿Lo es?

El sacerdote no daba crédito, estaba horrorizado. Pero peor fue lo que vino a continuación:

—¿Y si tuviera que ver con lo que me ocurre a mí? Esos seres a los que llaman vampiros no soportan la luz del día, viven durante la noche... —Felipe se iba alterando conforme avanzaba en su reflexión ante el religioso, quien lo escuchaba con pavor—. ¿Y si el ladrón del sol lo sabe y ha querido ensombrecer mi vida para siempre? —Hundió el rostro entre las manos—. ¡Yo no quiero morir, no quiero, padre, no quiero! ¿Podría yo ser uno de ellos, uno de esos vampiros? No me importaría si a cambio nunca ingreso en el mundo de los muertos.

—¡No digáis esas cosas!

—Pero aún hay más... —El rey seguía a lo suyo—. Estos seres del demonio sienten una irrefrenable atracción por la sangre... ¡Igual que yo!

—¡Ya basta! Eso es una estupidez, vos, majestad, no sentís ninguna atracción por la sangre —se atrevió a replicar el confesor.

Y entonces el rey rememoró que era el único monarca desde los tiempos del emperador Carlos V que había guerreado pisando el frente de batalla y que no podía evitar disfrutar entre los cuerpos ensangrentados de los muertos; disfrutar con el olor de la sangre mezclado con el de la pólvora.

—Recuerdo cuando, finalizada una batalla, regresaba agotado y cubierto de una sangre que no era la mía...

El padre Daubenton sintió náuseas.

—Tal vez por esa misma razón el ritual del toreo me parece fascinante, ¿a vos no os excita verlo?, sobre todo cuando brota la sangre del imponente animal.

Fue en su viaje de llegada a España cuando presenció por primera vez una corrida de toros. Sintió un inicial rechazo, posiblemente por hallarse ante algo desconocido y en buena medida brutal. Sin embargo, no tardó en ser atrapado por el festín de vísceras, sangre, carne herida y polvo del albero que tenía lugar en la plaza. La violencia del recién descubierto espectáculo le hizo sentir un placer que no identificaba con nada que le hubiera hecho experimentar algo similar. Era un placer primitivo y atávico que le abrió una nueva dimensión del goce íntimo. El mundo de los sentidos se presentaba para él en múltiples formas, muchas de ellas llevadas al extremo, como ocurría con el sexo que determinaba su vida. La irrupción de la sangre en su mundo sensorial supuso una atractiva novedad que, por momentos, se asemejaba a un yugo del que no podía liberarse. Pero ya se sabe que a veces lo que oprime o aprisiona a los seres humanos también puede causarles gran placer, sobre todo si se trata de almas atormentadas como la de Felipe.

Jamás había hablado de ello con nadie. Hasta ese día. Al galeno Attueil, la otra persona que conocía su malsana atracción, no se había atrevido a contarle esos episodios de su vida pasada, en los que podía radicar el origen de su extravagancia.

—Es tan vigoroso el duelo entre el toro y el torero como lo es el sexo. ¿No coincidís conmigo, padre?

Sabía que lo que estaba diciendo era pecado, pero el saberlo no anulaba su voluntad de seguir entregándose a ese retorcimiento dañino.

¿Podía haber algo más que torturara al rey? ¿No era ya suficiente...?

28

La reina decidió convocar al barón de Ripperdá para consultarle acerca del robo. A él le dijo, para justificar la cita, que su punto de vista acerca de cómo se orientaban las investigaciones sobre el posible paradero de la pequeña pieza del reloj de *Las cuatro Fachadas* podía ser de interés.

Eso en lo que concernía al barón. Pero... ¿qué se dijo a sí misma acerca del motivo por el que deseaba verlo? Pues que mejor no preguntarse. Y tenía razón, porque parecía que el holandés había pensado lo mismo. «Llamadme para lo que deseéis, mi reina, aunque tan sólo una excusa os pueda parecer», le dijo sobrevolando los pensamientos pecaminosos que llenaban el aire de deseo. Y aunque Isabel sabía que tenía razón, apeló a su rango de soberana para imponer su autoridad. Sin mucho afán, cabría añadir.

Ripperdá reconoció no intuir quién podría estar interesado en sustraer la pieza robada del reloj favorito del monarca.

—El sol del reloj fue robado al poco de llegar vos a la corte. ¿No es casualidad? —le provocó la reina.

—¿Habláis de robar un sol... pudiendo robar vuestro corazón? Creedme que ése es el robo que un hombre como yo cometería, y no el de la pieza de un reloj.

—¿Siempre sois tan lisonjero?

—Difícilmente se encuentra a una dama como vos, capaz

de robar el corazón de un hombre. Y no es lisonja, sino el halago que hace honor a la verdad.

Isabel sonrió sintiéndose eso, halagada y, sobre todo, cada vez más atraída por su persona. Tal vez fuera por ello por lo que no esperaba la noticia que Ripperdá estaba a punto de comunicarle aprovechando el encuentro.

Esa vez el aventurero sí se atusó la melena y se colocó bien el pañuelo que siempre portaba en el cuello, anticipándose a la inquietud ante la posible respuesta de la reina.

—Majestad… Voy a casarme en breve.

Tales palabras retumbaron con un eco que arañó el deseo que andaba flotando, hasta destrozarlo.

Isabel mantuvo la templanza.

—Vaya, qué sorpresa. —Utilizó la ironía para distanciarse del hecho—. ¿Quién es la privilegiada que os acompañará el resto de vuestra vida?

—Se llama Eusebia, majestad. Francisca Eusebia Jaraba del Castillo.

—¡Una de mis damas!

—Son muchas las que están a vuestro servicio, no lo notaréis. Además, pronto se reincorporará después de la boda.

En ese momento la reina no supo si le molestaba más la boda o el descaro mostrado por el barón al tratar de seducirla en el mismo momento en que le confesaba su intención de casarse.

—¿Y cómo un hombre que está a punto de contraer matrimonio se deja robar el corazón por otra mujer que no es la que será la suya?

La reina estaba enfadada.

—Me caso precisamente porque vos no podréis ser nunca mi mujer.

—¡Cómo os atrevéis!

—¿A qué, Isabel, a decir la verdad? No hay que temer la verdad, sino aceptarla, como yo lo hago. Soy viudo y jamás podré tener a la mujer a la que amo.

Hablaba con un tono melodramático que se salía del mundo de lo real, pero era su manera de ser y de decir.

—Marchaos de aquí, barón. Apartaos de mi vista. Y no volváis a atreveros a llamarme por mi nombre.

Guiada quizá por el afán de una absurda venganza tras lo que acababa de comunicarle Ripperdá, citó a su esposo a un encuentro íntimo, que a él satisfizo y envalentonó su espíritu. La posibilidad del sexo solía generarle esa reacción.

Cuando el rey entró en la cámara matrimonial se sorprendió de que Isabel estuviera sola, sin ninguna de sus damas, vestida únicamente con un *négligée* que dejó caer nada más verlo aparecer. Su carnosa desnudez despertó la concupiscencia latente en la piel de Felipe y, sin pérdida de tiempo, elevó su sexo a las alturas.

Solía ser él quien la convocara para un encuentro sexual a deshoras, sin atender a si el momento era adecuado o no. Pero que lo hiciera su esposa le causó una más que grata sorpresa.

Impaciente, Felipe le dijo que él necesitaba que entrara alguno de los ayudas de cámara para desvestirlo.

Isabel le replicó prendiendo una travesura en su boca:

—¿Y quién dice que tengamos que estar desnudos los dos...?

Le enseñó el pequeño cofre que contenía el que ya se había convertido en su juguete preferido: el dildo que él le había hecho descubrir.

Lo colocó en la mesilla, junto a la cama, se tumbó provocadora y separó lentamente las piernas mostrándole el camino que el dildo ya estaba siguiendo, puesto que Felipe no perdió ni un solo segundo en responder al desafío del caliente deseo.

Cuando el artilugio estaba a punto de culminar su trabajo Isabel aprisionó con sus piernas las caderas de Felipe al sentir el cambio del frío objeto por la estimulante calidez del miembro que estaba entrando en su cuerpo. Después de haberla excitado con el juguete, su esposo la penetraba con movimientos vigorosos e incesantes. Ya no pudo aguantarse más. Ardió en ella la lascivia que en todo momento permanecía, desde el instante en el que Felipe había abierto la puerta de la alcoba y se habían mirado.

Pero también ardió su orgullo. No hacía ni una hora que el barón de Ripperdá le había comunicado que en breve iba a casarse con la joven Francisca Eusebia Jaraba del Castillo.

Ripperdá se casaba… ¡Y tenía que hacerlo con una de las damas a su servicio!

Durante un rato retuvo a Felipe, impidiéndole que abandonara su cuerpo tocado por alguna invisible herida que se negaba a reconocer.

La luz de luna llena se colaba por todos los rincones de palacio. Ventanas, pasillos, pequeñas ranuras… No existía oscuridad aquella noche.

La reina, acompañada de Laura Piscatori y otras dos damas, iba camino de su cámara privada para retirarse.

La penumbra todo lo confunde; altera la percepción de lo que se cree ver. Sin embargo, la silueta de Ripperdá la distinguió con nitidez, acechándola. Sólo ella y Laura se dieron cuenta.

—Dejadnos solas —ordenó Isabel a las dos damas jóvenes.

En cuanto ella y Piscatori se quedaron solas, en mitad del pasillo, Ripperdá dio la cara. Estaban prevenidas al haberlo descubierto.

—Me sorprende que seáis tan atrevido.

—Tenéis que escucharme. Majestad, sólo pienso en vos. No puedo dejar de hacerlo.

—No juguéis con fuego, barón. No es acertado intentar estar en misa y al mismo tiempo repicando. Id con Dios.

Con evidente altanería, dio media vuelta y siguió su camino.

—Iré con vos a donde quiera que vayáis —pronunció Ripperdá contemplando los imponentes hombros de la reina.

—Creo que no os estáis tomando en serio el robo del sol del reloj.

Isabel escuchaba a su esposo con la sutil pereza propia de las mañanas tibias de la primavera.

—Y yo creo, sin embargo, que le otorgáis una importancia desmesurada. No es más que una pequeña pieza de un reloj. Por más valioso que éste sea, lo que han robado no es más que eso.

—¿Veis como no me entendéis?

—Siempre me esfuerzo por entenderos, bien lo sabéis. Pero exageráis este hecho.

—No es así. Si no aparece ese reloj será una catástrofe. Esa preciada pieza, que para vos increíblemente es una insignificancia, representa la luz de la vida.

—¡No es más que una pequeña bola de oro!

—Es más, mucho más… No podéis entenderlo porque a vos, amada esposa, el tiempo no os confunde ni tortura como a mí.

Isabel se conmovió y lo besó en la boca. Un beso profundo que a él le supo a gloria pero también a sima, enredado como estaba en su tormento.

—No acabáis de comprender la desolación que me causa la falta de luz.

—No digáis tonterías, Felipe. El sol sigue saliendo todos los días.

—Os equivocáis. Quien haya robado el sol del reloj de

Las cuatro fachadas se ha llevado la medida del tiempo y el espacio. Las raíces de la vida. Su esencia… Se ha llevado la luz del mundo…

Su esposa creía que todo era una exageración, y que esa interpretación del robo del sol de Hildeyard se debía a las alteraciones mentales que sufría el rey.

—De veras que intento comprenderos —le dijo Isabel con cariño—. Pero no es bueno que os enfrasquéis en tan malos pensamientos.

Impotencia. Eso sentía Isabel ante la evidencia del delirio de su esposo. Un delirio que parecía, a esas alturas, su estado permanente. Era tan difícil claudicar ante tal circunstancia, rendirse y asumir la pérdida mental de quien no sólo era su esposo sino que regía el devenir de un imperio… Claudicar, darse por vencido. No era ése el carácter de una Farnesio.

—¿Sabéis qué os vendría bien para salir de esos malos pensamientos? ¡Vamos al campo! A cazar. Salgamos de Madrid. ¡Está decidido! Partimos de inmediato hacia Segovia.

Felipe la rodeó con sus brazos y se enganchó a los labios de Isabel en un beso en el que se balanceó tiernamente su tristeza.

Fue el 7 agosto de aquel año de 1723 un día aciago en el que la muerte se presentó para cumplir con la ley de la vida. El confesor real, el padre Guillermo Daubenton, murió a los ochenta y tres años. Aunque pudo no ser la edad la razón de que tuviera que marcharse de este mundo. O al menos eso fue lo que atormentó al rey nada más conocer la noticia. Sintió el peso de la culpa cayéndole sobre la conciencia, lo cual era peor que la muerte misma.

Daubenton había tenido la pésima ocurrencia de escribir una carta al duque de Orléans, regente de Francia y contrincante de Felipe al trono de ese país, el suyo, contándole las intenciones de abdicar que tenía el rey. Pero la carta fue reenviada por el duque al soberano de España, quien montó en cólera al saber que había conocido sus secretas intenciones. La furia recayó sin paliativos sobre el anciano Daubenton, a quien de nada le valieron sus explicaciones de que su propósito no conllevaba mala intención. «¿No estáis contento de haber vendido lo que ha pasado por vuestra mano, sino que venís a vender a Dios por venderme a mí? ¡Retiraos y no volváis más a mi presencia!», bramó el rey, sin imaginar que precisamente esa reacción suya podría ser la causa de que nunca más volviera a su presencia. A la suya, ni a la de nadie, porque al darle Felipe la espalda, Daubeton se desplomó y ya no recuperó la conciencia.

El jesuita fue trasladado a su residencia, el noviciado de su orden en Madrid. En pocas horas dejó de respirar sin haberse despertado.

Fue un golpe tan duro para el rey que lo sumió en un nuevo episodio de retraimiento. Se convenció de que el padre Daubenton había muerto por el disgusto. Podría ser.

¿O tal vez espantado por las atrocidades oídas en confesión y que tenían que ver con historias de sangre y de vampiros que encarnaban uno de los tormentos del primer Borbón...?

Ésa era, sin duda, una de las peores etapas de la enfermedad del rey. Su vida se había oscurecido, y con ella, su alma. Felipe, sentado en su cámara privada vestido sólo con un camisón, observaba extasiado el reloj de *Las cuatro fachadas* que ya había pedido que le instalaran cerca. Era de noche. Rozó con la yema de los dedos la esfera que coronaba el reloj, en cuyo interior debía estar el sol dorado. Debía estar, pero no estaba. Y se echó a llorar.

29

Hacía bien el rey en estimar la crueldad del tiempo. Pasaba sin miramientos en las vidas de todos, niños y adultos, como un movimiento telúrico que dejaba la corte en un permanente estado de agitación.

El niño tímido, el pequeño príncipe, inmortalizado por Michel-Ange Houasse en un magnífico retrato, aunque todavía no se había hecho un hombre tenía ya obligaciones como si lo fuera. En aquel mismo mes de agosto de 1723, al príncipe de Asturias, Luis, coincidiendo con su dieciséis cumpleaños, y a su esposa, Luisa Isabel de Orléans, se les permitió por primera vez compartir la misma cama. Habían contraído matrimonio el 25 de noviembre de hacía dos años —casi al tiempo que Ripperdá se casaba con Francisca Eusebia— y ratificado solemnemente en una ceremonia en Lerma la tarde del 20 de enero de 1722. Pero en el momento en que se celebró la boda Luis sólo tenía catorce años e Isabel, doce, y el rey las consideró edades muy tempranas para la consumación del matrimonio. Además la salud del príncipe era extraordinariamente delicada. Sin embargo, para que el séptimo sacramento quedara oficialmente contraído debía ser consumado, así que se decidió organizar, dos años más tarde, una ceremonia ridícula tratándose de unos niños. Toda la corte se hallaba presente, cual si de un magnífico acontecimiento se tratara. Los cohibidos jóvenes fueron conducidos hasta el dormitorio de la princesa, donde se les invitó a introducirse en el lecho con-yugal. Durante largo rato permanecieron juntos, sin mover-se, mientras eran observados por los presentes, unos cuantos privilegiados que habían conseguido acceder a la cámara, ya que no cabía tanta gente como quería entrar.

Isabel y Luis enlazaron sus manos, posiblemente para no sentir el vértigo de precipitarse en un abismo. Cuando el rey lo consideró oportuno ordenó correr el dosel del lecho para dejar a los púberes esposos en intimidad y despidió entre quejas a la concurrencia. Hubo quien, dejándose llevar por un morbo estimulado por las circunstancias, al salir intentó atisbar, a través de alguna rendija, lo que ocurría al otro lado de las finas telas que encerraban el mundo íntimo de aquellas dos criaturas desorientadas ante los acontecimientos.

Al cabo de una hora el padre dispuso que el príncipe te-nía que abandonar el tálamo y retirarse a su aposento. Ha-bía transcurrido tiempo suficiente.

En realidad, el rey sólo vio en toda aquella grotesca re-presentación el camino hacia su abdicación. Su hijo Luis iba haciéndose hombre, el que heredaría su corona. Y quizá lo hiciera más pronto de lo que todos imaginaban. Porque cada vez se le hacía más fatigoso gobernar. Lo único que podía reconfortarle era la idea de que estaba construyendo una residencia en la que poder aislarse de sus tormentos cuando abdicara. Pero tampoco podía esperar más. Ansiaba el momento de verse rodeado de los fastuosos jardines dise-ñados para el palacio de La Granja, en San Ildefonso; de las estatuas, las fuentes, los bosques cercanos… en Segovia, le-jos de ese Madrid que tanto le pesaba en el ánimo.

Era tan imperiosa la necesidad de verse allí que no le importó el hecho de que el palacio todavía no estuviera ter-minado. Había llegado la hora de trasladar la corte. Se le tornaba imposible esperar más tiempo.

Al entrar en su alcoba privada, la reina encontró una enorme rosa roja sobre su lado de la cama. No era una rosa común. Su largo tallo y la intensidad del rojo la convertían en un ejemplar extraordinario y de belleza inigualable.

Pensó que sería de su esposo y sonrió. Nunca solía tener ese tipo de detalles. En ese momento llamaron a la puerta. Un criado traía una nota para ella:

> Vos, mi señora, sois esa rosa cuyo tallo devoraría, y bebería el zumo de sus pétalos hasta saciar el deseo que inevitablemente siento. La ley me ha convertido en un hombre casado pero esa misma ley no puede doblegar mi corazón a un sacramento. Vuestro siempre,

JOHAN WILLEM,
barón de Ripperdá

Enseguida llegó Piscatori, tenía que hablar con ella de un asunto importante, le dijo. Una vez más, Laura le iba a la reina con quejas sobre el marqués de Scotti por una tontería sobre el lugar en el que cada uno debía viajar en la expedición que se estaba preparando para trasladarse a Segovia.

La reina guardó la nota con disimulo en el interior de su escote y, sin concederle demasiada importancia, más enfrascada en las palabras de Ripperdá que en las nimiedades de dos sirvientes enfadados, mandó llamar al marqués de Scotti y despidió a Laura para poder reprenderle con discreción, sin la presencia de su acusadora dama.

—Escuchadme bien, marqués, lleváis años a mi servicio y estoy satisfecha de vuestro trabajo y, sobre todo, de vuestra lealtad. Pero mi paciencia tiene un límite. Confío en que sea la última vez que me viene nadie con problemas que más parecen de niños. Y para zanjar el que nos ocupa, si no hay más sitio para viajar, ¡id con los acemileros si es menester!

Pero también tenía un límite la paciencia del marqués. Annibale Scotti se dedicó a escribir a sus contactos en Parma medrando a fin de que pudiera hacerse algo para erosionar la confianza de la reina en la Piscatori.

Las guerras encubiertas dentro de casa son las peores.

Antes de emprender el viaje, la reina, que era quien seguía tomando las decisiones en la corte, dio la orden de registrar de arriba abajo el palacio en busca del sol robado. Pero ni rastro. Reunió a sus colaboradores Scotti y Piscatori, que no se veían las caras desde el último rifirrafe, para saber cómo seguían las pesquisas sobre el robo. Infructuosas. En realidad lo hacía por su esposo. Ella daba el asunto por zanjado, sobre todo por la falta de interés que tenía.

La ausencia de novedades no le preocupaba. Aunque sí despertó su curiosidad un comentario de Scotti:

—Quien lo haya hecho desde luego era conocedor de las intimidades de sus majestades y de las consecuencias que podría acarrear el robo, como así está siendo para el rey.

—¿Sugerís que el ladrón es alguien cercano al rey y a mi persona? —preguntó intrigada la reina.

—Eso es lo que digo, majestad… —respondió con convencimiento Scotti—. Seguro que es alguien que os conoce bien…

Piscatori medió aportando otra posibilidad tal vez igual de inquietante:

—¿Podría ser el ladrón alguien interesado en que el rey dejara de serlo?

A la reina entonces se le ocurrió por primera vez que pudiera tratarse de una ladrona.

El improvisado viaje alteró el otoño en la corte. Las idas y venidas del personal fueron un trasiego que descuadró el habitual devenir de la vida en palacio.

Aprovechando el caos y con la excusa de que le traía unas telas a la reina para que se las pudiera llevar a Segovia, Ripperdá consiguió verla. Su intención, como mucho se temía Isabel, era bien distinta.

—No imagináis la pena que me causa vuestra partida, señora.

Desde que Ripperdá había contraído matrimonio, la reina había establecido distancia con él; un muro de indiferencia del que lo que más preocupaba al aventurero era que mermara su ascendente posición.

Isabel se limitaba a escucharlo mostrando cierta displicencia.

—Os ruego que me llevéis con vos...

—Y también a vuestra esposa, claro —dijo Isabel casi a modo de sentencia.

—Eso sería como ordenárais, majestad, con tal de estar cerca de vos.

—Pues no va a ser posible incluiros en la comitiva.

—¡Pero por qué!

Al barón le estaba saliendo mal la jugada.

—¡Porque yo lo ordeno, y punto!

—Disculpad mi ímpetu, señora, pero es que la sola idea de dejar de veros durante un tiempo que se presenta incierto...

—Incierto es lo que vos pretendéis de mí, barón.

—No, no es incierto. Bien conocéis lo que pretendo.

—¡No sigáis! Vos sois un hombre casado y padre de familia. Vuestro deber es centrar toda la atención en vuestro hijo... y por supuesto en vuestra esposa, ¿no os parece? Cuando un hombre se casa sólo tiene ojos para su mujer. Es así como funciona. Seguro que a vos también os ocurre, ¿verdad? —Y sin dejar que respondiera—: ¡Marchaos ya!

Se había impuesto como reina sobre aquel hombre. Como mujer, todavía se preguntaba por qué lo había echado de esa manera. Pero eso debía de importarle poco. Y si le importaba, desde luego lo disimulaba muy bien.

30

Palacio de La Granja de San Ildefonso, Segovia,
10 de septiembre de 1723

Las obras proseguían sin que fuera impedimento para que la familia real comenzara a vivir en el nuevo palacio. La reina comprendió que, estuviera como estuviese el edificio, tenían que instalarse allí sin más dilación porque estaba en juego la salud del rey.

La corte que se había trasladado hasta el nuevo destino era reducida, la precisa para llevar en la distancia los asuntos de gobierno y atender a la real familia en sus necesidades. La alegría que parecía flotar en el aire como invisibles nubes alcanzó el ánimo del rey, permitiéndole que asomara a su rostro la sonrisa borrada por el tiempo y la angustia. Entre los jardines a medio construir se propuso desterrar los fantasmas que le atenazaban y encarar el futuro con mejor disposición. Por fin había encontrado el remanso con el que soñaba para alcanzar la paz, y, por otro lado, su hijo Luis iba camino de poder sucederle en el trono. Todo parecía encarrilado.

El día en el que poder liberarse del yugo de su destino estaba más cerca que nunca.

La reina, en cambio, una vez que hubo pasado la locura del asentamiento en un lugar donde todo era nuevo, empezando por el sitio en sí mismo, no halló ninguna satisfacción ni atractivo en lo que entrañaba la novedad. El palacio se hallaba completamente aislado. «¿Dónde está aquí la civilización?», se preguntaba durante sus largas charlas con Laura Piscatori, quien, por cierto, había empeorado su relación con el marqués de Scotti. Esas conversaciones, yendo de una fuente a otra de las muchas que se estaban levantando diseminadas por los extensos jardines de aquel palacio en los que poder desplegar confidencias, representaban la única distracción para Isabel. El excesivo frío impedía que pudieran salir a cazar, actividad que apasionaba a los reyes pero que de momento no era posible.

Combatía con dificultad el cansino letargo de las horas.

En un gélido atardecer de invierno, Isabel se sentó ante su escritorio, empapó la pluma en el tintero y comenzó a escribir una carta al barón de Ripperdá… De tanto en tanto levantaba la mirada para apreciar, a través de los cristales de la ventana, la hermosa vista que se iba apagando con los últimos suspiros del día.

Isabel no se adaptaba a La Granja. Describía el lugar a menudo como un «desierto, con ciervos y aburrimiento». Ante lo que Laura asentía. Pero no eran las únicas que pensaban de ese modo. En aquel diciembre de 1723 el embajador británico William Stanhope se quejaba de que la corte estuviera en La Granja, por la incomodidad que representaba. «Entre San Ildefonso y Madrid casi no hay comunicación, y las respuestas a las cartas escritas en Madrid para las Indias llegan casi al mismo tiempo que aquellas de San Ildefonso», comentó Stanhope en una de sus misivas a un miembro de su gobierno.

La carta de Isabel dirigida a Ripperdá, sin embargo, no tardó tanto en llegar a su destinatario. El barón la abrió con esperanza. Una carta personal de la reina. No cualquiera era merecedor de recibirla.

En ella se expresaba de una forma correcta pero no distante. Era breve y directa.

Ripperdá supo leer lo que no estaba escrito.

Se aproxima la Navidad y sería bueno que la pasarais en San Ildefonso. Os ruego que dispongáis todo para emprender viaje con la mayor brevedad y, así, poder participar en los preparativos de tan señaladas fiestas.

Vuestra presencia ayudará en dicha tarea y en algunos otros menesteres…

Ya os prevengo de que la vida en esta nueva ubicación de la corte transcurre lenta y descuidada.

Espero que no tardéis… en obedecer mi orden.

Las palabras se movían de forma similar a como discurría la relación entre Isabel y Willem. Nadando en aguas de seda y lodo.

31

San Ildefonso no resultó el remedio que se esperaba para los males del rey. Transcurridas las primeras semanas y superado el efecto beneficioso de la novedosa ilusión, entró en una pendiente de decaimiento que alarmó a la reina y a sus más estrechos colaboradores.

Para cuando se fue aproximando la Navidad, la apatía y el desánimo eran absolutos. Apenas se relacionaba más que con un reducido número de personas de su círculo más cercano y se negaba a interesarse por ningún asunto de Estado. Se descuidó tanto que llegó a pensarse que lo que buscaba era la muerte.

Isabel conocía cuál era para su esposo la manera de combatirla. Le incitó a recuperar las prácticas sexuales para intentar mitigar el lamentable cuadro que presentaba. Pero, tratándose de Felipe, tampoco el sexo se libraba de los efectos anómalos de su inestable comportamiento.

Acabado el almuerzo le propuso que se retirasen juntos a la alcoba, en un día como cualquier otro. Felipe había comido poco. A pesar de que seguía desanimado le gustó la idea de que la reina se le insinuara. En eso no tardó en reaccionar. Respondió con el ímpetu que a ella le resultaba tan conocido y grato. A Felipe se le desató tal furor que ni siquiera se entretuvo con preámbulos en los que habitualmente se empleaba a fondo y con éxito. Blandía su desesperación en el cuerpo de su esposa, en las profusas carnes en las que, al perderse, se sentía renacer.

Algo, sin embargo, se torció. Porque cuando ya estaba dentro del cuerpo de Isabel los demonios se apoderaron de él:

—¿No lo estáis sintiendo? ¿No os quema? ¡Os arden las entrañas por mi culpa!

Ella, a punto de alcanzar el éxtasis, no le hizo caso.

—¡Dios! ¡Dios! Mi miembro, Isabel, se ha convertido en un potente rayo de sol que os está abrasando por dentro! No puedo haceros esto, no puedo.

Empezó a realizar violentas sacudidas que llenaron de miedos el interior de su esposa, en lugar de lo que él debía verter como hombre. Era tal la furia desatada en Felipe que, sin pretenderlo, su fuerza estaba haciéndole daño. Ella se revolvió pidiéndole nerviosa que se apartara, pero él se resistía.

Tras un absurdo forcejeo entre ambos, y con gran esfuerzo, al fin salió y fue más fácil empujarlo hacia un lado.

Asustada, Isabel tardó en acompasar la respiración, mientras él no decía nada y dejaba escapar la mirada clavándola en el techo. Nunca antes la reina había sentido pavor junto a Felipe.

El resto de la tarde fue para Isabel un divagar entre los recovecos de la incertidumbre y los temores más profundos. El dolor físico que le acababa de ocasionar su esposo en el lecho era menos grave que el temor a que su desequilibrio invadiera su vida íntima, o, peor aún, a que fuera difícil extirparlo de su mente.

Estuvieron evitándose durante esas horas posteriores. Llegado el momento de ir a arreglarse para la cena, todavía afectada e intentando superar el susto, la reina entró en su cámara privada y se quedó clavada en el umbral.

La vio... con sorpresa, maravillada... La vio... yaciendo sobre el fondo blanco de la sábana... roja como la sangre que daba vida a un organismo, pero que también alimentaba el espíritu.

Una hermosísima rosa roja, sobre su cama. El corazón le dio un vuelco y se vistió con rapidez para acudir lo antes posible al comedor, donde su esposo ya charlaba animadamente con Johan Willem de Ripperdá. Isabel se templó antes de dar un paso. Intervino en la conversación y preguntó al barón por su esposa.

—Ha preferido no viajar, últimamente no se encuentra muy bien de salud —respondió el holandés.

—Vaya, así que habéis venido solo... —comentó el rey con cierta sorna—. ¡Habrá que ataros en corto para que no hagáis estragos entre las féminas de palacio, barón —bromeó.

La copa de vino que sostenía Isabel fue en busca de la de Ripperdá y se juntaron en el aire. Una tercera se les unió. Era la de Felipe, felicitándose porque por fin pudieran estar viviendo ya en San Ildefonso.

—Es digno de un brindis, ¡y hasta de veinte!, ¿no, barón?

Su buen humor aumentaba.

—Por supuesto, majestad. ¿Por qué otra razón, mejor que ésa, podríamos sino brindar?

Pero no miraba al rey cuando lo dijo, sino a la reina.

Siguieron conversando sobre asuntos de poca trascendencia, hasta que Felipe comentó:

—Barón, ¿vos no habéis oído ningún rumor que vuele últimamente por la corte sobre el robo del sol de mi reloj, el de *Las cuatro fachadas*?

Ripperdá se extrañó de que sacara el tema sin venir a cuento.

—Lo cierto es que no, majestad.

—Fue un robo muy extraño...

Lo dijo cabizbajo, como reflexionando acerca de tal extrañeza.

—Lo es, sin duda.

—¿Creéis que el ladrón se halla en la propia corte?

La reina fue directa.

—Lo desconozco, señora.

—Pero vos sois un hombre de mundo… de mucho mundo, afirmaría yo… Seguro que vuestra intuición algo os dice.

Al barón no se le escapó que el tono empleado por la reina había sido pura provocación.

—Lo que mi intuición me dice es que siempre el robo de una joya es lamentable, pero lo es menos cuando hay otras muchas a su alrededor que le hacen sombra.

El holandés le seguía el juego.

—Eso es precisamente lo que ha ocurrido al faltar el sol —terció el rey refiriéndose a algo distinto de lo que ellos estaban hablando—. El mundo parece haberse quedado en sombras, en una penumbra permanente que sólo remitirá si ese sol es recuperado. Es una desgracia que no aparezca.

Y apuró de un trago el resto de la copa de vino.

—Ese sol del reloj no puede seguir desaparecido por más tiempo. ¡Id a buscarla y traedla aquí! —ordenó la reina a voz en grito.

A quien quería ver de tan expeditiva manera era a la princesa Luisa Isabel de Orléans, esposa del príncipe Luis, hijo del rey, que no suyo. Siempre era un matiz importante para Isabel de Farnesio.

Pensó que si había alguien con claros deseos de que don Felipe abandonara el trono era ella, ya que en ese caso quien le sucedería sería el príncipe, su esposo, con lo que la de Orléans se convertiría en reina consorte.

La joven Luisa Isabel no tenía muchas ganas de mantener una conversación con la reina, y no se molestaba en disimularlo.

Cuál fue su sorpresa al comprobar que no se trataba de

una charla de rutina con su suegra sino prácticamente un interrogatorio sobre el hecho, al parecer grave, pensó, de la sustracción de la pieza del reloj favorito del rey.

—¡Ja, ja, ja!

—¿Cuál es el motivo de vuestra mofa, princesa?

La reina ya empezó a interrogarla enojada por esa reacción.

—¿De veras que me habéis convocado para preguntarme sobre ese dichoso robo? ¿A mí...? —Soltó otra sonora carcajada—. El caso es que me suena, pero remotamente. ¿Cuánto hace de eso?

—¡Os ordeno que guardéis la compostura! Estáis ante la reina, ¿o es que debo recordároslo?

—Estoy ante mi suegra, majestad.

La princesa remató su tono sarcástico con una ridícula reverencia con la que consiguió sacar de sus casillas a la reina.

—¡Ya basta de tonterías, jovencita! —gritó Isabel.

La de Orléans dio un respingo asustada.

—¿Cuántas veces habéis entrado en el salón donde se encuentra la mayor parte de los relojes del rey?

—Creo que nunca.

—¿Creéis?

—Vale, nunca,

La joven no estaba midiendo las consecuencias de su insolencia.

—¡Tomad! —Isabel le extendió un ejemplar de la Biblia—. Juradme que no habéis cogido el sol del reloj de *Las cuatro fachadas*.

—¿El reloj de qué...? —preguntó con una explosiva mezcla de asco e ignorancia.

—¡De *Las cuatro fachadas*! —El huracán que salió de la boca de la reina impresionó a Luisa Isabel—. ¿Pero es que me tomáis por tonta? ¡Vamos, juradme que no lo habéis cogido! ¡Vamos!

—¡Pues claro que no! —chilló la princesa con ganas de

llorar—. ¿Para qué iba yo a querer esa dichosa pieza que no sirve para nada?

—Que no sirve para nada, ¿decís? —Isabel, semejándose a un león furioso, avanzó hacia ella amedrentándola—. Claro que sirve. ¿Queréis que yo os lo diga?

La joven retrocedía en la misma medida en que la reina avanzaba.

—Es de toda la corte conocida la opinión de algunos médicos que dicen que desde que el sol desapareció el rey no sale de una tenebrosa oscuridad que podría llevarle a arrastrar su ánimo hasta el punto de no ser capaz de continuar gobernando. ¿Me seguís?

La princesa ya se aguantaba las lágrimas que empujaban en la almendra de sus ojos.

—Y si eso ocurriera, que no va a ocurrir, ya os lo garantizo..., ¿quién se beneficiaría de su renuncia?

Dejó un espacio para que su nuera recuperara el aliento. Ya se iba notando en ella una suerte de hipillo ahogado por la contención del orgullo juvenil.

—¿No imagináis quién saldría beneficiado de la abdicación del rey? Lo cual es lo mismo que preguntar por quién podría estar interesado en que ese maldito sol no apareciera nunca.

—No...

—No, majestad —la reconvino cruelmente la reina.

—No, majestad...

La princesa, al borde de la antesala del llanto.

—¿Quién sino vuestro esposo? Sí, ¡el príncipe de Asturias! Él accedería al trono en caso de que el rey renegara de él. Pero... ¿sabéis qué ocurre, incauta princesa? ¡Pues que el rey don Felipe jamás renunciará al trono español!

Luisa Isabel de Orléans se sintió acorralada, y lo estaba al menos físicamente, porque ya no había más espacio para seguir retrocediendo, y tenía a la oronda reina delante de sus narices a punto de aplastarla.

—¡Decidme de una puñetera vez dónde habéis guardado el sol!

Casi la dejó sorda.

—Yo no he sido, yo no he sido, yo no sé nada...

Hablaba con los ojos cerrados y moviendo la cabeza de un lado a otro como si hubiera enloquecido.

Al final acabó tan intimidada por la reina que se echó a llorar, aunque eso sí, insistiendo una y otra vez en que ella no había robado nada.

Isabel aflojó un poco y retrocedió unos pasos para decirle en un susurro amenazante:

—Nadie puede engañar a una Farnesio, ni siquiera vos, niñata, por muy princesa que seais, así que entregadme cuanto antes el sol y esto quedará entre nosotras...

Luisa Isabel arremetió a llorar estrepitosamente. Tal era el berrinche que estaba presenciando la reina que acabó entendiendo que la joven ilusa no parecía tener nada que ver con el robo.

No pudo hacer otra cosa que permitirle marchar.

La princesa se alejó, sorbiéndose los mocos y mascullando en su huida por los pasillos de palacio.

—Depresión.

—De... pre... ¿qué? —dijo la reina, incrédula.

Los médicos la habían convocado para darle una importante noticia: ya creían saber lo que en verdad asolaba gravemente al rey.

—El mal que lo aqueja responde al nombre de depresión.

—¿Alguien puede explicarme de qué vá todo esto?

—Se ha utilizado el término latino *depressus*... —quien hablaba era Attueil— para determinar el diagnóstico cuando un hombre se derrumba.

—Cuando se siente hundido —añadió otro de los médicos.

—Empujado hacia abajo —dijo un tercero.

—Por una fuerte presión que le hace desplomarse. Eso es una depresión —de nuevo Attueil, cerrando el círculo.

Pero la reina interrumpió secamente la aclaración coral para pedir a todos explicaciones de por qué habían tardado tanto en establecer un diagnóstico. En respuesta, los galenos dieron cuenta de que habían tenido que estudiar a fondo las últimas novedades sobre la dolencia, averiguando que su colega británico Thomas Willis había sido el primero en rechazar la teoría hipocrática de los cuatro humores.

—Consideraba Willis que la melancolía era una suerte de locura sin fiebre ni furia.

Christian Attueil intentaba relatarlo sin apasionamiento para evitar que la reina saltara encolerizada, como ya ocurriera en otras ocasiones. Aunque preveía que lo que venía a continuación no iba a gustarle demasiado.

—En sus estudios, que he de deciros, majestad, están considerados de escrupulosa seriedad médica y de un gran rigor científico, emparenta locura y melancolía. —Se detuvo unos segundos creyendo que Isabel volvería a saltar, pero no hubo reacción, de momento—. Como el humo y la llama, se reciben mutuamente y la una da paso a la otra. Eso es lo que dice.

La reacción de la reina era imprevisible en aquel instante. Miraba muy seriamente a Attueil, y después al galeno más anciano cuando ofrecía un conocimiento más: Willis había publicado en 1672 un tratado en el que, si bien mantenía que los síntomas de la melancolía eran válidos, no así su afectación a la conducta, porque la clave estaba en la conciencia. En definitiva, en la mente, en algo intangible hasta entonces.

—Eso nos llevó hasta otra autoridad británica de la materia: sir Richard Blackmore, médico de cámara de su majestad el rey Guillermo de Inglaterra —siguió explicando Attueil.

Hacía tan sólo siete años que Blackmore había dado un gran paso al considerar que la melancolía no era sino una grave enfermedad llamada depresión. Era la primera vez que ese término se usaba en medicina. Los remedios de una y otra enfermedad curiosamente coincidían, e iban «desde la apelación a los santos hasta las drogas», tal como describía Burton en su obra monumental *Anatomía de la melancolía*. Asimismo incluía «la dieta, el aire, el ejercicio, los amigos, la música y otros aspectos de la vida que se pueden corregir».

Laura Piscatori se hallaba presente acompañando a la reina, pero no pronunció palabra. Al terminar los galenos su exposición, ambas mujeres abandonaron la sala con paso firme. En el corredor, la reina dijo a su fiel dama:

—¡Eso son memeces de mediquillos españoles! Empiezo a temer que en tanto no se resuelva el robo del sol del reloj de Hildeyard, el rey no volverá a su vida normal.

Como si la vida de Felipe V hubiera sido normal en algún momento.

Aquella primera Nochevieja en el palacio de La Granja, al tiempo que palidecía aún más el ánimo del rey hasta descender a la apatía absoluta, repicaron las campanas para dar la bienvenida a un nuevo año que se estrenaba teñido del blanco de la copiosa nieve que caía en el exterior.

Para el rey había motivo de celebración. Era la primera Navidad que pasaba en el que se había convertido en su lugar más deseado del mundo. Una privilegiada fortaleza construida por él mismo, hecha a su medida, en la que encerrarse apartado de los mundanos pesares de una vida impuesta que, precisamente en este sitio, encontraba un resquicio para el reposo de su atribulado espíritu.

Muy distinto lo veía, sin embargo, la reina. Tanta paz la desquiciaba y también le causaba un aburrimiento atroz.

Tras las campanadas se había citado clandestinamente con Ripperdá en un punto discreto aprovechando la algarabía de la celebración. No fue fácil. Optaron por aprovechar un rincón en la zona inconclusa del palacio, la que todavía estaba en obras, porque hasta allí no se acercaba nadie de noche, y menos aquella tan señalada del fin de año.

Nada más verse, los primeros pasos fueron similares a los de una danza invisible trazada en el espacio etéreo de la voluptuosidad contenida.

El barón tomó la iniciativa.

—No podía soportar ni un minuto más sin estar cerca de vos, Isabel.

—Volvéis a llamarme así. —La reina bajó la guardia pero fue por tan breve espacio de tiempo que ni lo pareció—. ¡Y no deberíais, porque soy vuestra reina!

—Sí, mi reina... mi reina... lo sois...

A Ripperdá se le desbocaron las ansias e intentó abrazarla sin remilgos ni ceremonias.

—Oh, Willem... —No se resistía a la costumbre, surgida en ella de forma espontánea, de llamarlo por su segundo nombre—. Conteneos.

—Es mucho lo que me pedís teniéndoos tan cerca. ¡Y más que quisiera teneros! Vayamos a mi aposento, allí estaremos a resguardo de miradas ajenas.

—No... Es una temeridad.

Isabel se debatía entre el sí y el no. Y en la resistencia soltaba la rienda del dejarse llevar desoyendo la llamada de la prudencia.

Él fue a hundir la boca en los mullidos surcos de su cuello, pero la reina reaccionó a tiempo de evitar la catástrofe de unos hechos consumados que posiblemente les condujeran al inapropiado espacio de lo prohibido.

—Os lo ruego, Isabel, mi reina, mi señora, como queráis

ser llamada por mí, pero mujer al fin y al cabo entre estos brazos que tanto desean aprisionaros y haceros suya...

—No puedo permitiros que...

—¿Qué...? ¿Qué es eso que no vais a permitirme...? —La boca de Ripperdá estaba ya tan cerca que su aliento nublaba las palabras—. Vayamos a donde podamos gozar de mayor intimidad que aquí.

—No... no, eso no es posible.

Isabel intentaba salir de la dulce prisión de aquellos brazos que sentía como un soplo fresco de aire que llevaba el perfume de lo furtivo.

—¿Por qué os negáis si lo deseáis tanto como yo?

—No puedo. No es posible... Willem, os hablo muy en serio.

Ripperdá reconvino y aflojó el cerco. Vio preocupación en su rostro, el mismo que pretendía besar con denodado interés.

—¿Qué os ocurre?

Isabel respiró hondo.

—El ambiente... Vos no lo notáis, nadie lo nota. Sin embargo, barrunta algo que... no sé, pero no presagia nada bueno.

—¿A qué os estáis refiriendo?

A Ripperdá lo había desconcertado la afirmación.

—Pues... no lo sé bien, Willem, pero el caso es que siento que esta noche no debería perder de vista a mi esposo.

—Oh, vamos, eso se llama remordimientos.

—Nada tiene que ver con los remordimientos, os lo aseguro. Aun así, no insistáis.

Ripperdá ya lo estaba haciendo. Insistía. Sus manos enlazaban la cintura de Isabel y sus labios buscaban acomodo en la frágil negativa que les separaba.

Por fin se besaron. No hubo más opción. Un profundo y prolongado beso rebosante de la intensidad del tiempo que lo atesoró.

Ripperdá volvió a preguntarle entre susurros por el motivo de su preocupación, pero ella no quiso desvelárselo. Volvió a besarlo y se escapó de sus brazos para emprender la huida.

En el último momento, ya alejándose, se volvió, moviendo con gracia el vestido, y añadió como despedida, soltando un gesto travieso:

—Ah, barón, nunca os he dicho que no hay en todo el reino rosas más bellas que las vuestras...

32

Tenéis que levantaros! Lleváis aquí metido una semana y
esta situación ya es insostenible. ¡Levantaos!

La reina intentaba denodadamente que su esposo le hiciera caso y abandonara la cama. Pero al descorrer las cortinas de la cámara, Felipe, no sólo se atrincheró en el lecho,
sino que emitió unos tremendos alaridos negándose a que
entrara la luz.

—¡El sol! ¡El sol! ¡Nooo! —gritaba cubriéndose la cara
con las sábanas.

—¡Pues claro que hay sol, si es de día!

Desesperada, Isabel comenzó a tirar de las mantas y las
sábanas para destaparlo y ver si de esa manera acababa levantándose, pero, con una reacción delirante, Felipe se afe-
rró a ellas y no las soltaba.

Tras un intenso forcejeo, el voluminoso cuerpo de la reina acabó en el suelo. Isabel no podía más con esa mala jugada no escrita del destino.

La reina tuvo que salir de la habitación. Se ahogaba. Sentía que se le estrechaba el pecho hasta impedirle el paso del
aire. Algo grave estaba ocurriendo. Cerró los ojos y vio invisibles buitres negros revoloteando en círculos sobre sus
cabezas, al acecho.

Llamaron a toda prisa a Laura Piscatori, mientras la reina se desplomaba. Y aunque sus damas intentaron sostenerla para evitar que cayera, cuando Laura llegó la encontró sentada en el suelo apoyada contra la pared y diciendo sin parar: «No... No... No...». Apretó los puños con todas sus fuerzas y aulló: «¡Noooo!». Hicieron falta refuerzos para levantarla y conducirla a su alcoba. En el camino, los galenos pretendían tomarle el pulso pero ella se resistía como una hiena atacada: «¡Dejadme en paz! ¡Soltadme!».

Se derrumbó sobre la cama. Echó a todos menos a Piscatori.

—No puede ser, Laura, es imposible, no puede ocurrir lo que me temo...

—¿Qué os ha sucedido, señora?

La reina se ocultaba el rostro con las manos.

—Lo he visto en sus ojos. Ya no puede más. Mi esposo se ha rendido en su lucha consigo mismo. —A Isabel se le atragantó una lágrima en los ojos y el desconsuelo, en la garganta—. Los fantasmas de su mente, la melancolía, ¿acaso la locura?, todo ello le ha podido. El rey ha sido vencido por lo peor de sí mismo, por lo más oscuro. Saturno... —Pronunció el nombre en voz tan baja que Laura apenas lo oyó—. Las estrellas se le apagan, no sólo el sol.

—¿Y qué significa todo lo que estáis diciendo? No os entiendo.

Isabel la miró con los ojos vidriosos.

—Hace tres veranos firmamos en El Escorial un documento en el que el rey expresaba su voluntad de abdicar. No iba a ser algo inmediato, como se ha demostrado, pero sí un firme compromiso que hemos renovado cada mes de julio hasta hoy, a la espera de que la decisión se ejecute.

—¡Y vos lo habéis apoyado! ¿Lo habéis hecho? —Piscatori preguntaba con verdadero asombro.

—Lo rubriqué, sí, aun siendo consciente de la trascendencia que ello suponía. Pero estampé mi firma para acompañarlo, al entender que si me negaba a hacerlo sería peor para su ánimo. Ya sabéis lo mucho me que necesita siempre mi esposo en cada paso que da.

—Sin duda, majestad, pero es que ese gesto vuestro… fue algo muy comprometido. —Laura hizo una pausa para observar a su señora, que tenía la mirada más de tristeza que de preocupación—. Y creéis que para el rey ya ha llegado el momento, ¿verdad? ¿Es eso lo que ocurre?

Incapaz de responderle de palabra, se limitó a asentir con la cabeza.

En ese momento alguien golpeó la puerta con los nudillos para que le abrieran. Lo hizo Piscatori y se encontró con Ripperdá, que acudía al enterarse de lo ocurrido.

—Vaya, ¡qué sorpresa! —dijo Laura con sarcasmo—. Aquí las novedades vuelan, o es que algunos tienen muy abiertas las orejas.

—Dejadle pasar. Y os podéis retirar. Cuando os necesite os haré llamar.

—¡Pero señora…!

—Ya me habéis oído.

—Majestad… —El barón cayó a sus pies—. Os veo muy afectada. ¿Qué es eso tan grave que ha sucedido?

—No puedo deciros nada, barón. No debo hablaros de lo que va a pasar.

—¿Lo que va a pasar…? —repitió intrigado Ripperdá—. ¿Podéis explicaros?

—Mi esposo está mal. Pero lleva así tanto tiempo que nos hemos instalado en una acostumbrada anormalidad. Sin embargo, hace días que veo algo extraño en sus ojos. En su mirada se prolonga una oscura sima en la que es imposible adentrarse. Mucho me temo que está a punto de producirse un hecho que nadie desearía y que él lleva años preparando. Algo tremendo y posiblemente indeseable. Pero no puedo contaros de qué se trata. Creo que nadie más que él debe de saberlo, y eso me da miedo porque hace tiempo que su mente dejó de estar preparada para funcionar por sí sola. Me necesita en todo momento. Sólo espero que desista de sus intenciones.

—Pero vos no podéis pensar por él.

—¡Claro que puedo! —Los altibajos de su tono de voz delataban la desesperación en la que Isabel estaba sumida—. Disculpad, barón...

—Que en absoluto os preocupe sinceraros conmigo.

Como Isabel no era mujer que se abrazara a la derrota, y mucho menos que mostrara sus debilidades, recondujo rápidamente para dejar claro a Ripperdá que, por más graves que fueran los hechos, él no debía excederse más allá de su condición de servidor de los reyes.

—No me sincero, sólo respondía a vuestra curiosidad acerca de lo ocurrido.

—Pero si lo que teméis que pueda producirse finalmente llega, ¿afectaría al normal devenir de la corte? Sabed que, pase lo que pase, tendréis siempre mi lealtad y mi apoyo. Contáis con ello, ¿verdad?

—Creo, barón, que lo que en estos momentos más os importa es lo que pueda suceder con vos. Es muy egoísta por vuestra parte, cuando lo que podría estar en juego es la corte entera.

—Me habéis malinterpretado... —De repente Ripperdá cayó en la cuenta del alcance de lo último que había dicho la reina—. ¿Es posible que pueda estar en peligro la corte?

—Esta conversación se da ya por concluida.

El holandés hizo el amago de aproximarse físicamente demasiado y se encontró con la firme reticencia de la reina.

—Pero, Isabel, pensé que la otra noche...

—¡Soy vuestra reina! No lo olvidéis jamás, barón. Sea cual sea la circunstancia en la que nos veamos, no volváis a llamarme por mi nombre, es impropio de un súbdito.

Sí, estaba claro que su intención era colocar las cosas en su lugar correspondiente, y así lo hizo. Aunque cuando Ripperdá abandonó la estancia Isabel se desplomó de nuevo; esa vez de la atalaya de su esmerada fortaleza.

Durante las horas siguientes el movimiento de colaboradores de toda índole entrando y saliendo del despacho del rey fue incesante. Hasta que cayó la noche y despertaron los fantasmas del miedo y de lo inevitable.

Isabel pasó ese tiempo sola en la antecámara de la alcoba real. Llevó puesto el camisón toda la tarde. Sabía que no querría salir de allí hasta que llegara el momento de acostarse, ni tampoco ver a nadie. Ni siquiera a sus hijos.

Hasta que por fin llegó el rey. Esa noche la reina no le acompañó en la cena, en la que él apenas había probado bocado. Lo vio entrar arrastrando el preámbulo de una tragedia que habría de consumarse en breve y que iba a ser el pórtico de su liberación.

Buscó consuelo en ella abrazándola. E Isabel le correspondió. Felipe lloraba entre espasmos, emitiendo grititos ahogados, como un niño, mientras ella trataba de calmarlo. Y cuando ambos se miraron de frente, cuando los ojos se colocaron en la línea del abismo, Isabel supo que su esposo ya no podía más con su vida y que esa vez iba en serio. Solo entonces le dijo:

—No hay nada que temer, mi amado Felipe… Tranquilo, todo va a pasar y se aliviarán vuestros males. Tranquilo…

Él se fue a dormir. Pero ella quiso quedarse un rato más a solas.

A medianoche reinaban Isabel y el silencio. Entró sigilosa en la alcoba matrimonial, donde hacía rato que su esposo dormía. Veló su sueño, el único que iba a ser posible esa madrugada. Su cabeza daba vueltas y vueltas a la espera de que el amanecer por fin llegara y despejara los nubarrones de tormenta. Aquella noche la luna abrigó el sueño que no acababa de presentarse para Isabel. La incertidumbre se abría paso a empujones sobre la creencia por parte de Felipe de que las tempestades de su mente y de su alma iban a ceder lugar a la calma, y que por fin hallaría la paz tan largamente anhelada.

Nada podía hacerse ya. A esas horas la suerte estaba echada.

La suerte, o la desgracia.

El alba anunciaba la llegada del 10 de enero de 1724. Una fecha que iba a clavarse en la historia.

Al despertar, el Reino de España, y Francia, y Europa entera se estremecieron con la inesperada abdicación del nieto del poderoso Rey Sol. Nadie podía imaginar que don Felipe de Borbón iba a renunciar al trono español.

Recién levantado, el monarca acudió a la sala de sus relojes. Se sentó delante del de *Las cuatro fachadas*. Abrió la fachada principal y tocó con delicadeza la pequeña bola, brillante y pulida, del lado derecho. Volvió a cerrarla. Se quedó observando atentamente la cúpula y la esfera del universo que coronaba la parte alta del reloj. El hueco del sol no podía suplirse con nada. En cambio, el hueco gigantesco que llevaba en su corazón estaba a punto de taparse con la decisión que iba a anunciar en breve. Con ella se cerraría por fin ese vacío que se llenaba permanentemente de tristeza y de malos pensamientos.

Rodeó con los brazos el contorno del reloj, reposando su cara en el frío cristal de la esfera. Y soñó con el día de mañana.

Antes del mediodía, en presencia de la reina y de su nuevo confesor, por primera vez un español, el padre Gabriel Bermúdez, firmó el decreto en el que cedía la corona a su hijo Luis. Acto seguido comunicó por escrito su decisión al Consejo de Castilla.

A pesar de la densidad de emociones y consecuencias derivadas de un hecho de la mayor trascendencia como era la inesperada abdicación de don Felipe, la jornada pasó con rapidez para los reyes, aunque seguramente por razones diferentes para uno y otro.

Cuando volvieron a reencontrarse por la noche eran dos personas distintas. Sus vidas habían cambiado. Tanto que requirieron del silencio durante muchos minutos para darse tiempo a reconocerse en la nueva circunstancia. «He hecho lo que tenía que hacer», dijo Felipe a su esposa, «ahora podremos vivir en paz». Ella respondió un lacónico y esforzadamente condescendiente: «Claro». Sin embargo, la vida que se les presentaba no era la que la italiana había soñado en España. Perder la corona suponía uno de los mayores reveses imaginables para Isabel de Farnesio.

No, definitivamente, para la reina la abdicación de su esposo no iba a suponer vivir en paz.

33

El Escorial, 14 de enero de 1724

El infante Luis, hijo primogénito de Felipe de Borbón y de María Luisa Gabriela de Saboya, quiso ir a visitar a su padre al enterarse de su abdicación, pero éste no se lo permitió. Permaneció en El Escorial a la espera de que llegara el documento que certificaba la decisión ejecutada por su progenitor. Fue José de Grimaldo el encargado de entregárselo en mano. El más que fiel secretario de Estado era una de las personas a las que más había costado asumir la decisión que venía fraguándose en la maltrecha mente del soberano. Antes de partir hacia El Escorial, Grimaldo le había prometido abandonar su cargo tras la abdicación para alejarse de las tareas de gobierno y acompañar a la familia real a su retiro en La Granja. Tal era su fidelidad. Y no cabía duda de que a Felipe le reconfortó saberlo.

Junto con el documento de abdicación entregó al joven Luis una carta manuscrita, de puño y letra de su padre.

Consejos. Recomendaciones para una nueva vida.

Y el corazón del rey, echando a volar al abrirse el puño del destino.

Un día más tarde el joven aceptó en una ceremonia solemne la cesión de la corona, que suponía hacerse cargo de la monarquía heredada de su padre. Una gran tarea abarrotada de responsabilidades que desempeñaría acompañado por su esposa. La atolondrada Luisa Isabel parecía la más contenta por el cambio de rumbo.

El acceso al trono del príncipe de Asturias se produjo el 9 de febrero. Fue proclamado rey como don Luis I. Tenía diecisiete años, los mismos que su padre cuando abandonó su amada Francia para reinar en un país extraño entonces. La delgada y alta figura de Luis destacaba entre el boato y las formalidades. Nunca fue un chico fortachón. Al contrario, su fragilidad física resultaba conmovedora.

La escasa belleza de su rostro se disimulaba bajo el rubio de su hermosa cabellera y de una triste sonrisa con tendencia a deshacerse demasiado rápido. El resultado era una expresión agradable que invitaba a la familiaridad y la cercanía.

Su carácter contrastaba con el de su esposa, la caprichosa y voluble reina Luisa Isabel de Orléans. Maleducada, estúpida e ignorante hasta el extremo, no fue capaz de comportarse correctamente ni siquiera el día de su proclamación como reina consorte. La salvó el que los reyes salientes estuvieran centrados en otros asuntos en fecha tan notable.

En el caso de Felipe, sus pensamientos volaban hacia un cielo de libertad, limpio de angustias y de barreras en el alma.

Siguiendo la tradición, en la plazuela del Palacio, en el corazón de Madrid, se realizó el levantamiento del pendón real y los nuevos reyes fueron aclamados. Haciendo gala de su orgullo, Isabel de Farnesio se tragó las lágrimas y apretó los puños mientras presenciaba los actos oficiales.

Ripperdá se dio cuenta del estado de ánimo de la ya reina madre. Desapareció durante unos minutos y al regresar hizo todo lo posible por aproximarse a ella para decirle sin que nadie más lo oyera: «Creo que os convendría un pequeño descanso en vuestra cámara privada». Ella, desconcertada por los acontecimientos, creyó que le estaba proponiendo que fueran juntos y se dispuso a reprenderle, pero Ripperdá, listo como era, se anticipó: «Oh, no creáis lo que no es. Sólo miro por vuestro bienestar. Os vendría bien retiraros siquiera sea unos minutos. No será necesario más. Os lo ruego, id a vuestra alcoba… Comprendo cómo os sentís, y que no me contaráis nada», tras lo cual le besó la mano y se alejó.

Intrigada por las palabras del barón, Isabel se dirigió a su cámara acompañada de Piscatori. Le picó la curiosidad. El hábil barón sabía cómo conseguirlo.

Nada más entrar, sobre las blancas sábanas destacaba el rojo intenso de una rosa sobre el lecho, en el lado en el que ella dormía. Junto a la flor, una nota:

Ahora que no sois reina dispondréis de más tiempo y libertad para atender un corazón en el que seguiréis reinando.

Se acercó a cogerla. Acarició el bermellón capullo y cerró la mano estrujándolo hasta destrozarlo. Metió la nariz en la abundancia de pétalos para inspirar el embriagador olor pleno de sugerencias evocadoras.

Concluida la ceremonia, el recién coronado rey quiso estar solo y salió a caminar escoltado a poca distancia por su guardia real. Lejos del barullo popular. Hacía mucho frío. Estuvo paseando por los jardines del Retiro, desérticos en aquellas gélidas horas de invierno. Sin pretenderlo, una gitana lo asustó al salirle al paso inesperadamente con intención de leerle la mano. Al principio, al rey no le hizo ninguna gracia. Pero la charlatanería y simpatía de la gitana acabaron por convencerle y se la leyó.

Ojalá no lo hubiera hecho, pensó al conocer el dictamen: «Corona de espinas, sueño de muerte, será tu reinado». Y desapareció tan sigilosamente que el joven Luis se preguntó si en realidad la gitana había estado allí.

El cielo se encapotó y arreció el viento helado.

En palacio, Isabel le hablaba con dureza a su esposo de la nueva reina. Y es que Luisa Isabel de Orléans era un prodigio de defectos y despropósitos que difícilmente encajaban en una corte.

Cuando llegó a España con doce años apenas sabía leer ni escribir. Poco partido había sacado a su infancia en el palacio de Versalles, más allá de perder el tiempo.

—¿Qué creéis vos que se puede esperar siendo hija del libertino duque de Orléans? —exclamó indignada Isabel.

—Vamos… Hay que ser condescendientes, es todavía muy joven —comentó el rey transigiendo.

—Felipe, ¡me sacáis de quicio! ¡No es un problema de su juventud sino de su cabeza de chorlito! Y de su nula educación. ¿Es que acaso no la habéis visto hoy? ¿Es ése el comportamiento que se espera de una reina?

Se estaba refiriendo a sus salidas de tono, sus histriónicas risas a destiempo, las libertades que se tomaba con los lacayos en definitiva, la falta de respeto al protocolo imperante.

—Desde que llegó a Madrid ha rechazado cualquier norma básica de conducta y, por supuesto, las costumbres protocolarias españolas. ¿Sabéis qué decía de ella su propia abuela? Pues que es la persona más desagradable que ha visto en toda su vida. ¡Imaginaos! Carece de educación, ¡y de todo! Ni siquiera había recibido los sacramentos básicos. No es posible que no lo sepáis.

—Son cosas sin importancia —dijo Felipe con paciencia para atenuar el berrinche de su esposa.

—¿Sin importancia? ¿Os parece poca cosa que para casarse haya tenido que recibir antes el bautismo, la primera comunión y la confirmación todo de golpe? ¡Por Dios santo, Felipe! ¡Abrid los ojos!

—Amada Isabel, habrá que darle tiempo…

Tiempo se le dio, pero la situación no mejoró. Luisa Isabel solía emborracharse, su comportamiento a la mesa era impropio de cualquier persona con un mínimo de educación, eructaba y pedía a gritos que le sirvieran, no cumplía con sus obligaciones, tampoco guardaba las formas en ninguna circunstancia y permitía que la tutearan sus criados. Aunque eso no era lo peor, ya que además jugaba indecorosamente con ellos. ¡El colmo! El día en que se paseó en ropa de cama por los pasillos y jardines de palacio —«¡Va en *robe de chambre*! ¡Se ha vuelto loca! ¡Es intolerable!»—, su esposo, el rey Luis, tomó una drástica decisión.

34

Palacio de La Granja, San Ildefonso, Segovia

Jugaba con el pezón como si fuera un botoncito. Lo mordisqueaba delicadamente alternando con la acción definitiva de su lengua. Después sus dedos se emplearon en acariciarlos con tanta suavidad que Isabel no habría distinguido con qué lo estaba haciendo. Pero sí fue, sin embargo, nítido el placer que llegó a sentir cuando, de nuevo, la boca de Felipe los hizo suyos para rematar la hazaña de conseguir de esa manera que ya no pudiera resistirse a lo inevitable, a lo que más se ansía en pleno acto sexual.

Cuando Isabel alcanzó el orgasmo él asaltó sus entrañas utilizando todas las armas con las que la naturaleza había dotado su cuerpo. Embistió el placer que ella estaba sintiendo en mitad del ascenso, con el lujurioso fin de no permitirle descender de la cima, no apearse de la carnal convulsión reiterada. De aquel clímax sobrevenido al asalto, inesperadamente. Como era costumbre en Felipe.

Pensaban que al regresar a La Granja recuperarían la incipiente tranquilidad que habían comenzado a disfrutar. Sin embargo, era demasiado pronto para soltar el amarre de los asuntos de un Estado poderoso y extenso como era España. Pero sobre todo resultaba más difícil cortar ese cordón umbilical debido a la torpeza y la incapacidad de los nuevos soberanos para hacerse con el gobierno. Y, peor aún, el comportamiento libertino, procaz y escandaloso de la nueva reina parecía conducirles al suicidio de la monarquía borbónica en un país acostumbrado a la austeridad de formas y de pensamiento enraizadas con la dinastía Habsburgo.

En la distancia, los reyes padres tenían que atajar semejantes dislates si no querían volver a ocupar el trono cedido. Lo cual no habría desagradado a Isabel de Farnesio. Pero para Felipe ya era un martirio pensar en tal posibilidad.

Ni dos meses habían transcurrido cuando el joven rey Luis le confesó a su padre la impotencia que sentía al no poder controlar a su esposa. Estaba desesperado. Le contó en una carta que mil veces preferiría vivir en el infierno, o padecer años de galeras, antes que seguir junto a «una loca descerebrada que se exhibe sin pudor y me deja en ridículo a diario. A mí y a vos, padre, porque mi lamentable esposa está manchando con su comportamiento el nombre de los Borbón».

«Corona de espinas... será tu reinado.» Palabras de la gitana que encontró en el Retiro el día de su entronización. Palabras que tomó por las de una loca.

Locura era, entonces, su reinado.

«Corona de espinas...»

Preocupado, don Felipe había puesto en marcha su red de informadores para conocer al detalle las barbaridades cometidas por su nuera. Y sin duda que era para que la peluca se le cayera del susto. Supo que el famoso incidente de pasearse en ropa de cama, que había colmado el enorme vaso de la paciencia del joven don Luis, consistió en querer coger fruta de un árbol, para lo cual se encaramó a una escalera y, a punto de perder el equilibrio, llamó procazmente a un hombre para que desde tierra la sujetara por las piernas, con el pequeño detalle de que debajo del ligero salto de cama que vestía como única indumentaria no llevaba ropa interior. Fue inevitable. Aunque no quisiera, el hombre se encontró con las intimidades de la reina estampadas en la cara. Aquello se convirtió en uno de los mayores escándalos en muchísimos años. Pero no el único. Las tabernas y casas de bebida de determinadas zonas de Madrid eran testigos de su afición al aguardiente y a la cerveza. Tal vez eso explicara que se hubiera presentado borracha en varias ocasiones a la cena en palacio ante el estupor de su esposo.

Y hasta París llegaron también los desvergonzados ecos de los juegos privados de Luisa Isabel en su cuarto acompañada por varias camaristas, sus criadas más distinguidas, ¡todas desnudas! A algunas, y a pesar de su sorprendente juventud, las había pervertido haciéndolas participar en pecaminosos juegos lésbicos.

En los salones de Versalles se hablaba de depravación en la corte borbónica española, mientras que en San Ildefonso se discutía acerca de cómo acabar con ella. El problema era que para acabar con la depravación era necesario acabar con la joven reina, y, claro, eso no entraba en los planes de la monarquía. Así que lo que la situación requería era una enmienda total y absoluta de su comportamiento.

Decidieron invitar al joven matrimonio a La Granja para atajar el asunto de cerca, con el iluso convencimiento de que podrían meter en cintura a la rebelde Luisa Isabel. Sin embargo, los tres días que los reyes pasaron en La Granja sólo sirvieron para constatar que la joven era, como sostenía su esposo, una descerebrada e irresponsable, y que su aparente ingenuidad —aunque es posible que también lo fuera en el fondo— la llevaba a no ser capaz de comprender la gravedad de su intolerable comportamiento y las consecuencias del mismo. «¿Es posible que sea tan tonta?», se sorprendía Isabel de Farnesio. Y sí, claro que era posible. «Tonta para unas cosas… y demasiado lista para otras», se corregía a sí misma refiriéndose a los comentarios de lo que ocurría cuando se encerraba con sus camaristas.

Tan posible como el correctivo que definitivamente decidieron que deberían aplicarle. Felipe lo vio con una clarividencia fuera de toda duda la tarde en la que, desde la ventana de la antecámara de sus aposentos privados, contempló con estupor cómo Luisa Isabel de Orléans, reina de España, correteaba por los jardines de La Granja medio desnuda, dejando a la vista de cualquiera las piernas y las partes más íntimas de su cuerpo, que no había tenido la decencia de cubrir con la oportuna ropa interior.

—Deberíais volver a ocupar el trono.

Isabel acababa de entrar.

—Eso es una locura.

—Locura es que permitáis el desgobierno de vuestro Imperio.

—Como siga así… ¡ordenaré que la encierren en un convento! —clamó Felipe refiriéndose a Luisa Isabel.

—¿Y también encerraréis a vuestro hijo?

—¿Cómo decís…?

El rey no entendió la pregunta de su esposa.

—Pues que ella no es la única que da que hablar en la corte. Ya sabéis que las lenguas son largas, y ambos, vuestro hijo y su esposa, lo están sirviendo en bandeja.

—¿Qué estáis insinuando?

La expresión de Felipe era de severidad.

—Esa atolondrada no es la única que tiene un comportamiento vergonzoso y vergonzante.

—¿Insinuáis que el rey también lo tiene? ¿Mi hijo?

—No lo insinúo, lo afirmo.

—¿Cómo os atrevéis…?

La indignación crecía en Felipe en la misma medida que lo hacía el temperamento de Isabel.

—¿Atreverme…? ¡Atreverme, decís! ¿Quién, sino, debería haceros abrir los ojos? Os escandaliza el descaro de vuestra nuera, pero mantenéis una venda para no ver los desmanes de vuestro hijo, que, sin embargo, todo Madrid conoce.

—¡Eso es mentira!

—¡Eso sí es un atrevimiento por vuestra parte! —gritó Isabel—. ¡Yo jamás miento!

No mentía, pero sí gritaba a gusto. En discusiones fuertes emergía lo peor de su carácter parmesano, brazos en jarra y gritos desmesurados, sin importarle quién estuviera presente. No se amilanaba ni siquiera ante las réplicas de su esposo, quien solía acabar con el alma encogida.

—Decidme qué cosas son esas que hace Luis para merecer una reprobación.

El tono de Felipe iba bajando, siempre ocurría en esas peleas con su esposa.

Isabel le relató detalles de la vida nocturna del joven rey. Solía salir de palacio a altas horas de la noche acompañado de cortesanos de su confianza para visitar los peores tugurios de la villa, en los cuales encontraba a mujeres de mal vivir con las que mantenía sexo ocasional.

—Aun pareciéndome grave —concluyó Farnesio—, no lo es tanto como su desinterés por los asuntos de Estado.

Felipe se quedó pensativo, asimilando las malas nuevas. Y posiblemente optó por la peor de las reacciones: acusar a Isabel.

—¿Habéis estado espiando a mi hijo?

—Espiar es otra cosa distinta. Mi deber como vuestra esposa que soy me obliga a averiguar lo que puede perjudicar a la corona española.

—No, vos no hacéis eso, esposa mía. Os duele, ¿verdad?, que gobierne un hijo que no es vuestro. Pero el destino no puede cambiarse.

—¿A no? Pues vos lo habéis hecho, ¡y muy a mi pesar! Habéis dejado de reinar en contra de lo que estaba escrito.

—Eso no es ahora lo sustancial. Me defraudáis, Isabel. Habéis sometido a una intensa vigilancia a mi hijo, que ahora es rey. ¿Acaso tenéis vuestra propia red de espías? ¿Quiénes están a la cabeza, vuestro fiel marqués de Scotti? O no... Ahora entiendo. —Cayó en la cuenta—. Claro, es el holandés. El barón de Ripperdá está a vuestro servicio en tan indigna misión.

—¡Estáis delirando! —Isabel había entrado en la fase de furia—. Y no pienso seguir escuchando más sandeces.

Airada, abandonó la estancia lanzando al aire exabruptos a los que Felipe ya no atendía. Afectado por la terrible discusión, mandó llamar a Luis. Fue breve pero contundente. Su paciencia se había acabado.

—Ordenaréis encerrar a vuestra esposa al otro extremo de Madrid, lejos del palacio del Buen Retiro, en el inhóspito y viejo Alcázar. Es lo que merece. Espero que al menos en esto sepáis estar a la altura.

Desvió su mirada hacia el jardín, en el que apenas quedaban rastros de la desnudez de Luisa Isabel.

Fue a ver a Thomas Hatton. No quería hablar con él, sino estar cerca de sus relojes. Le pidió varios de mesa, entre ellos el de *Las cuatro fachadas*, y se puso a juguetear. Lo único importante era que estaba a salvo de todo. Porque ya no reinaba.

Eso era lo verdaderamente importante.

Al día siguiente, y aunque el vendaval de la bronca había sido barrido, Isabel buscó a su esposo por los pasillos de palacio para hacer las paces. Se habían estado evitando durante toda la jornada.

Nadie sabía decirle dónde se hallaba. Hacía rato que andaba desaparecido, algo extraño en él. Ella sólo deseaba saber si esa noche se irían a la cama pronto. El día antes, cuando nada presagiaba la agria disputa que acabaron teniendo, Felipe se le había insinuado y tenía intención de corresponderle. Le gustó pensar que fuera posible apaciguarlo en la cama, de cualquiera de las maneras en las que se amaban y que ya se habían convertido en imprescindibles también para Isabel.

Por fin un galeno pudo decirle algo acerca de su incierto paradero. La última vez que lo había visto había sido en una de las salas donde solían realizar sus experimentos científicos y a la que no le daban mucho uso porque se les quedaba pequeña la mayoría de las veces. Así que podía decirse que prácticamente estaba abandonada.

Se ofreció a acompañarla y una vez allí la dejó a solas, con su dama, para proseguir su camino, sin imaginar lo que le aguardaba al otro lado de la puerta que en ese instante ya se estaba abriendo. Dante no habría propiciado un escenario peor que el que se mostraba ante los ojos de la atónita Isabel.

Vio a su esposo llevarse a la boca un cuenco repleto de sangre que bebió a pequeños sorbos. La imagen de los restos de aquella sangre oscura y densa deslizándose por las comisuras de los labios que tantas veces había besado le revolvió las tripas.

Sin remedio vomitó tras la puerta.

35

Luisa Isabel no dejó de llorar durante las casi dos semanas que duró su encierro. Al rey, en cambio, se le vio feliz y más contento de lo que jamás había estado. Decían las malas y afiladas lenguas —«largas», afirmaba Isabel de Farnesio— que el joven e inexperto monarca aprovechó el tiempo para adquirir experiencia en las artes amatorias que no conseguía disfrutar con su esposa. Las noches se estiraron en los peores callejones de Madrid. Luis no conseguía levantarse, en aquellos días, antes de la hora del almuerzo.

Cuando su padre lo convino se suspendió el castigo a la reina, con su promesa de que cambiaría la conducta. El lamentable capítulo se cerró haciendo pública ostentación de la enmienda. El pueblo pudo presenciar cómo el rey recibía a su arrepentida esposa deshaciéndose en manifestaciones de cariño en el conocido como Puente Verde. Allí se cruzaron las carrozas. La de ella procedía del Alcázar. La de él iba de camino al palacio del Buen Retiro tras una agotadora jornada de caza. Se fundieron en un abrazo que el pueblo aplaudió.

Un mes más tarde, en mitad de un insoportable agosto, la incertidumbre de la enfermedad se cernió sobre palacio. Luis contrajo la viruela.

—Os echaba tanto de menos... ¿Por qué no me habéis llamado hasta ahora?

—Porque supuse que seguramente estabais muy ocupado en vuestra esposa y en traer hijos al mundo.

El barón de Ripperdá había acudido solícito a la llamada de Isabel de Farnesio. Llevaba una peluca distinta. Más juvenil. La reina hizo ver que esa muestra de coquetería la dejaba indiferente.

—En nada ni en nadie es de tan buen grado ocuparme como de vos...

—No os he llamado para que me expreséis vuestro sentir, sino para hablar de los asuntos que sabéis que preocupan a don Felipe y a mi persona.

A ella le interesaba seguir contando con el barón. Caído en desgracia Alberoni, consideraba que, dado el conocimiento de las cancillerías europeas del que presumía el aventurero holandés, éste serviría como su mejor apoyo para sus aspiraciones matrimoniales a las principales casas reales del continente.

—Las mejores alianzas entre Francia y España se irán sellando en un altar, majestad, como ya ha empezado a ocurrir.

El matrimonio del entonces todavía príncipe Luis con Luisa Isabel de Orléans, hija del regente duque de Orléans, se había acordado al mismo tiempo que el del futuro rey Luis XV con la infanta María Ana Victoria, hija de Felipe V y de Isabel de Farnesio. Era una niña de apenas cuatro años cuando Mariannina —así la llamaban familiarmente— cruzó la frontera para acabar de criarse en la corte de su futuro esposo.

—Y yo me afanaré para que tales alianzas sigan siendo una realidad —concluyó con firmeza el barón de Ripperdá.

—Seguro que con vuestra habitual entrega no será difícil conseguirlo.

—Vos sabéis a qué me gustaría entregarme con más ahínco. —El barón no se atrevió a dar un paso para aproximarse más a ella al hallarse presentes varias damas de Isabel—. Señora, si vos quisierais…

—Claro que quiero…

A Ripperdá se le iluminó la expresión del rostro. Pero Isabel no había terminado la frase.

—Quiero que comencéis a trabajar en firme para que nuestros objetivos se cumplan.

—Así lo haré. Pero os ruego que atendáis algún objetivo… digamos más personal.

El barón bajó la voz para intentar el grado de confidencia con Isabel, pero de nada le sirvió. No estaba dispuesta, por esa vez, a permitirle ninguna confianza.

Por esa vez.

❧ ❧

Hoy no ha sido un buen día. Voy a acostarme porque estoy ronco, he tenido esta mañana un pequeño desvanecimiento, pero estoy mejor, ya en la cama. Termino suplicando a Vuestras Majestades me crean el más sumiso de sus hijos.

LUIS, Rey
Madrid, 19 de agosto de 1724

Lo que en un principio parecía una simple viruela se complicó con mucha rapidez. En cuestión de días sus fuerzas flaquearon hasta hacerle temer lo peor. Los galenos trataban de infundirle ánimos, pero él sabía que la vida se le estaba yendo por los poros de aquellas infectas pupas que colonizaron su joven piel.

Esa misma piel en la que sintió la muerte avanzando. Fue el último aviso. El 30 de agosto pidió hacer testamento para devolver a su padre lo que le había otorgado en su abdicación: los plenos poderes del reino. De nuevo, la corona volvía a Felipe V.

La maldita corona.

Aquella misma noche, mientras en Madrid se iba apagando poco a poco la breve vida de Luisillo, como se le llamaba popularmente, Isabel y Felipe en San Ildefonso retozaban desnudos con las ventanas abiertas para poder soportar el calor del verano y las calenturas corporales de su pasión.

Felipe se dejaba llevar, en aquel tiempo, por mareas de placenteros deseos libidinosos, viviéndolo como el símbolo de su nueva vida, su retiro voluntario y dichoso en el que imperaba la tranquilidad, la caza y los juegos amatorios, para los que ahora tenían todo el tiempo del mundo. A veces buscaba subirse a la cresta de elevadas olas cuando su ánimo le pedía un sexo más salvaje. Y esa noche, en su lecho, se desató un oleaje.

—¿Qué os parece si representamos un *Impávido*?, ¿os gustaría, Isabel?

Estaban ya desnudos. Su esposa sonrió mordiéndose el labio inferior. Y asintió con movimientos cadenciosos de cabeza, para después añadir:

—Mañana mismo lo podéis ir solicitando.

Felipe se aproximó para susurrarle al oído:

—¿Y por qué esperar a mañana…? —Pasó la lengua por su cuello y después le mordisqueó el lóbulo de la oreja mientras seguía hablándole—. Yo me estaba refiriendo a un *Impávido* más privado, sólo entre vos y yo… —Notaba que el deseo de Isabel se derretía entre las palabras de la proposición, y repitió—: Vos y yo… ahora. No hace falta mesa…

Entonces Isabel trazó con sus dedos un recorrido por la piel masculina para después descender con los labios por el cuerpo de Felipe hasta alcanzar la meta donde en realidad todo comenzaba. Ya conseguida, sosteniendo en su boca el triunfo, se entregó ufana a la petición que él acababa de hacerle, ajeno a la fatalidad desencadenada a esa misma hora lejos de allí. Una desgracia destinada a poner del revés la realidad.

A las dos de la madrugada moría el rey Luis I. A los pies

del lecho, su alocada esposa, que no se había separado de él desde que había contraído la viruela, lloraba sin consuelo. Era el 31 de agosto de 1724, un día terrible para todos. Luis, el frágil hijo que falló en el intento de aliviar a su padre de la carga de gobernar, tenía diecisiete años y su reinado apenas había cumplido los ocho meses. Otra mala jugada del destino.

Un desacierto. ¿Estaría riéndose Saturno al ver descoladas las piezas de la monarquía?

«Sueño de muerte… será tu reinado.»

El padre Bermúdez entró en la sala principal donde los relojes custodiaban la medida del tiempo. Había silencio y extrañeza en el ambiente; la misma extrañeza que le causaba haber sido convocado por el monarca en ese lugar y no en el confesionario. Pero pronto la duda fue despejada. No deseaba confesarse sino hablar, desahogarse del nudo que volvía a estrangular su alma atormentada. Una vez más, el tiempo y el trono regresaron a su mente en forma de obsesión.

El rey, al que encontró taciturno, le recordó que el segundo hijo con Isabel, el infante Felipe, vivió no más de siete días, y que el tercero, el infante Felipe Pedro, tenía siete años cuando murió. Y ahora su hijo Luis fallecía superados los los siete meses de reinado.

—Es un número cabalístico, seguro que tiene algún significado, debe de ser una señal, algo nefasto que me ronda y amenaza.

—No debéis pensar así, majestad. Todo es voluntad de Dios, nada más.

—¿Nada más? ¡Claro que hay más! ¿Y cómo va a ser voluntad de Dios que mi alma siga sufriendo y oscureciendo en abismos de los que no es posible salir? Vos no podéis entenderlo, padre, pero tal vez sea una maldición que fallezca otro hijo. Un hijo que me podría haber aliviado de por vida de sustentar el gobierno de un extenso reino. ¿Qué voy a hacer ahora…? ¡Qué voy a hacer! —preguntaba desesperado.

—Tenéis que calmaros. Comprendo que la muerte de don Luis os nuble el entendimiento.

—No es el entendimiento, es mi vida la que está nublada. No hay nada peor que vivir sin luz, padre, nada peor.

—La luz de Dios nunca se apaga para sus siervos —respondió el padre Bermúdez en un vano intento de reconfortarlo.

—Ni siquiera con Dios se puede comparar la luz del sol, la que da la vida que precisamente a mí me falta ahora.

—No digáis eso, majestad, pues a blasfemia podría sonar. Vos tenéis y tendréis una larga vida porque Dios así lo ha dispuesto para que os ocupéis de un importante reino como es el de España, una digna y privilegiada tarea.

—¿Digna y privilegiada…? ¿Qué privilegio puede ser la prisión del alma?

—En peores cárceles se condenan a los herejes que colocan en el sitio equivocado el nombre de Dios. Vos no podéis ponerlo en duda, sois rey y buen católico.

—No hay peor cárcel que esta en la que yo vivo. Estoy convencido de que sin el sol robado del reloj de Hildeyard ahora me resultará más difícil, ¡más aún!, tener que reinar.

No bien mencionó la palabra «reinar» se activó el mecanismo de uno de los relojes, cuyas notas musicales, a pesar del tono alegre y aflautado, retumbaron sin embargo en su cabeza como el martillo de una fragua golpeando el hierro incandescente de la desesperación y la incertidumbre.

36

Lo inevitable siempre acaba llegando. Precisamente por eso, porque no está en nuestra mano evitarlo por más que nos vaya la vida en ello.

¿Qué extraña y perversa conjunción de estrellas podría propiciar el descalabro de un destino que Felipe ya había conseguido cambiar de dirección? No estaba dispuesto a aceptarlo. Cuando abdicó cumplió el sueño de regresar a la vida arrebatada por la corona. Ahora no contemplaba un viaje de vuelta.

Se le ocurrió la idea de que a su difunto hijo Luis le sucediera su hermano, el pequeño infante Fernando, de once años, único hijo vivo que quedaba del matrimonio con María Luisa de Saboya. De hecho, existía desde hacía tiempo una corriente política afín partidaria de que se produjera de ese modo la sucesión. Pero no contaban con la oposición de quien verdaderamente manejaba los hilos familiares y políticos de la corte española: Isabel de Farnesio. «Antes tendrán que pasar por encima del cadáver de una nacida en Parma, ¡el mío!», le dijo a Laura Piscatori al conocer que los simpatizantes de Fernando estaban organizando en Madrid una conspiración que podía dar al traste con sus ambiciones. Lo tuvo claro, y lo temió al instante. Vio latir el corazón de una posible rebelión contra su esposo y quiso herirlo de muerte para que el complot se desvaneciera sin ruido.

Fue tal la presión que ejerció sobre Felipe para que aceptara de nuevo reinar que el hombre se pasó un día entero en cama, a oscuras, sin más compañía que la de un criado encargado de abastecerle de agua. Nada más quiso.

Aislarse del mundo y de todos.

Si hasta entonces le había pesado la corona, ahora le pesaba la vida. Habría deseado no tenerla, no estar vivo, para evitar ser víctima de un dilema del que no podía escapar, a pesar de que era lo que más deseaba en el mundo.

La crucifixión de lo inevitable.

Una semana después de fallecer el adolescente rey Luis, su padre, don Felipe de Borbón, segundo duque de Anjou, firmaba el decreto que proclamaba su regreso al trono español.

Tras la firma Felipe se abrazó a su esposa mostrando la misma necesidad de cobijo de un niño que busca refugio en los brazos de un adulto. Isabel lo acunó amorosamente. Él se echó a llorar bañando con sus lágrimas el desconsuelo de quien no aceptaba la realidad y se sentía prisionero de su propia vida...

Durante la jura de Fernando como Príncipe de Asturias, el día 25 de noviembre, en una solmene ceremonia convocada por las Cortes de Castilla, el barón de Ripperdá llamó la atención de la reina. No dejaba de observarla, pero ella rehuía su mirada. Hasta que no pudo evitar corresponderle y entonces él le ofreció su corazón en la distancia llevándose la mano al mismo en un gesto cómplice. Isabel inspiró hondo. Llenó sus pulmones de aire y sus ambiciones, de esperanza.

Al acabar el acto los reyes se retiraron a su cámara privada. Se desvistieron en la antecámara y, aunque era temprano, entraron en el cuarto. Querían encerrarse solos.

Isabel fue la primera en verla. Una rosa roja, de impresionante hermosura y largo tallo, yacía sobre su lado del lecho.

—Es todo un detalle. Seguro que ha sido idea de vuestras damas, siempre tan solícitas y atentas a todo —comentó al rey al darse cuenta de la presencia de la flor.

Felipe estaba inquieto.

—Claro —dijo de inmediato la reina—, ¿a quién, si no, se le ocurriría algo así? Estoy de acuerdo con vos, es un gesto delicado que se agradece en momentos como los que estamos viviendo.

Pero la rosa no aplacó los nervios de Felipe, que tomó un cuchillo de una mesilla ante el estupor de Isabel.

—¿Qué estáis haciendo? ¿De dónde lo habéis sacado?

—Esta mañana ordené que lo trajeran. Eso es lo de menos. Tomad... —Felipe se lo extendió para que lo cogiera, pero ella se negó—. ¡Tomadlo!

Así lo hizo.

—Hacedme, sin miedo, un corte aquí.

Le ofrecía un antebrazo.

—Estáis delirando, Felipe.

—¡Vamos! ¿Es que acaso os habéis vuelto sorda de repente?

Se estaba violentando.

—¡No! ¿Cómo voy a cortaros un brazo? ¡Yo no estoy sorda, pero vos sí estáis loco!

Él le quitó el cuchillo de las manos y se profirió el corte a sí mismo. Su esposa no podía creer lo que sus ojos presenciaban.

Estaban desnudos y la sangre empezó a brotar sobre la clara piel de Felipe, que se hizo un segundo corte prolongando la misma herida. Se llevó el brazo a la boca y dio varios lengüetazos que la tiñeron de rojo.

—No sabíais nada de mi afición, ¿verdad?

A Isabel le sobrevino una vaharada del vómito que le produjo verlo beber sangre de un cuenco el día que lo encontró escondido en una de las salas de experimentación de los galenos.

—¿Qué es esta aberración?

—No lo sé, Isabel, es algo que se escapa a mi razón. Sólo sé que la sangre tiene algo que me atrae, es tan… tan roja, intensamente inquietante, tan cautivadora… ¿No os lo parece?

Soltó el cuchillo y la empujó hacia el lecho.

—No comprendo que no os guste.

Isabel se resistía a tumbarse. Pero la insistencia del rey y, sobre todo, el aturdimiento propio de lo muy inexplicable acabaron por doblegarla.

Los cortes del brazo de Felipe seguían sangrando. A él parecía no importarle a la hora de besar a su esposa y restregar su cuerpo contra el de ella. La impregnó deliberadamente de sangre, produciéndole un asco que apenas podía controlar mientras él, en cambio, disfrutaba.

—Esto es asqueroso… —se lamentaba con esfuerzo para hablar.

La situación estaba pudiendo con su fortaleza y su capacidad para resistir envites adversos.

—No… no lo es, mi amada Isabel… La sangre, como el sexo, es lo que nos mantiene vivos.

Los restos sanguinolentos de las manos que la acariciaban iban atrapando la consternada repugnancia que a Isabel le dolía en la epidermis. Nada podía detener a Felipe en su delirio. Ella tampoco. Así que acabó cerrando los ojos y entregándose pasivamente a su locura. Cuando Felipe apresó su boca comiéndosela a besos de saliva y sangre, ella ahogó una arcada en los sueños que ahora vagaban a la deriva.

37

Tan importante puede ser una pequeña pieza?

La reina quiso que Thomas Hatton le explicara dónde radicaba la gravedad del robo del sol del reloj favorito del rey. Ella seguía sin verla transcurridos varios años. Comprendía que a su esposo le doliera que hubieran sustraído una parte del reloj por el que había pagado mucho dinero y con el que pasaba las horas entretenido. Pero de ahí a que el mundo poco menos que se hundiera mediaba un abismo.

Un abismo tan profundo como aquel en el que se perdía su esposo cada vez con más frecuencia.

—El reloj de Hildeyard es mucho más que un entretenimiento. Es una verdadera joya, pero no solo como filigrana artesanal, que lo es sin duda. Es una máquina perfecta que además ha sido creada para deleite de los sentidos. Su sonería bien podría componer un recital. O qué decir de la armonía que esconde el repiqueteo de los horas. Pero su verdadera importancia tiene más hondura, más calado. Vos estabais delante cuando su majestad habló de lo que ha supuesto el paso de los minutos a los segundos.

—Lo recuerdo.

La reina, muy seria, seguía con verdadero interés las explicaciones de Hatton.

—El minuto había sido conquistado por el péndulo. Todos los relojes se regían por lo mismo. Pero el maestro Thomas Hildeyard se afanó en perseguir el segundo, un triunfo más del hombre sobre el tiempo. Y lo ha hecho para su sofisticado mecanismo valiéndose de compensaciones térmicas, ¡todo un logro!, de escapes más libres y reduciendo los roces. Ésos son los últimos avances científicos de la relojería, en los que la máquina de Hildeyard que ha adquirido don Felipe será un modelo a seguir. Y, por otro lado, están las piezas que son únicas y excepcionales, como el sol cuya órbita construida con un alambre de oro es el centro del universo que corona las cuatro fachadas del reloj. Debéis intensificar su búsqueda. No es la primera vez que os lo recomiendo, mi señora, pero es que deberíais hacerlo por el bien de vuestro esposo. Es imprescindible encontrar ese reloj.

—Ya veo… Hasta ahora no había hecho demasiado caso a este asunto.

—¿No os habéis dado cuenta de que el rey se comporta de una manera muy extraña desde que ese artilugio desapareció? —dijo Laura Piscatori, quien se hallaba presente en la reunión, junto con el marqués de Scotti, que permanecía callado atendiendo a todo cuanto se hablaba.

—¿Creéis que eso no es casualidad? —preguntó la reina a Hatton.

—Estoy convencido de que no lo es, majestad. ¿Podéis darme más datos acerca del cambio de su proceder?

Conforme iba relatando a Hatton, parecía que la reina reflexionara en voz alta sobre lo que le estaba ocurriendo a su esposo.

—Pues… lo cierto es que ha invertido el día y la noche.

—¿Qué queréis decir? —pidió Hatton que le aclarara.

—El rey está celebrando últimamente los consejos de gobierno a unas horas muy poco apropiadas, entre las once de la noche y las dos de la madrugada, y cena una vez que acaban. Para cuando se mete en la cama son las seis de la mañana.

—¿Se va a dormir a las seis de la mañana? —exclamó Piscatori.

—A veces incluso a las ocho. Y, claro, el día empieza para él a las dos de la tarde, asiste a misa a las tres y almuerza después.

—Así que la noche comienza a las ocho de la mañana… —recalcó parsimonioso Hatton.

—Así es.

—¿Y necesitáis más para reconocer que si a esa hora del día comienza la noche para el rey es porque ha perdido el norte del sol? No soporta la luz. Está empeñado en vivir de noche, disfrutando de una oscuridad que a la mayoría de los mortales aterra.

—¿Estáis diciendo, Thomas, que mi esposo no puede vivir de día porque han robado el sol del reloj?

—Posiblemente la ciencia no podría afirmarlo con tal rotundidad, pero los hechos veraces delatan que así ha ocurrido desde que el sol fue sustraído. No hay más verdad que ésa.

Una verdad que se le atravesaba a Isabel. Aunque se resistía a creer ciegamente que el relojero tuviera razón, decidió que había que buscar a toda costa y como fuera el sol del reloj de *Las cuatro fachadas*. No quedaba más alternativa que ordenar de nuevo su búsqueda, ya infructuosa en el pasado.

—Vosotros, Laura y Annibale, también contribuiréis. Cada uno por vuestra cuenta tenéis que averiguar sobre el paradero de ese maldito sol… ¡Y espero novedades, alguna pista al menos, pronto! Llevamos demasiado tiempo con este asunto.

Isabel se quedó pensando en las extrañezas que componían el rompecabezas de la vida. Que algo tan pequeño como el sol del que hablaban pudiera tener una influencia tan desmesurada. La ciencia, en efecto, tal como afirmaba Hatton, no podía explicar comportamientos anómalos como los de don Felipe. Pero cierto era, igualmente, que esa misma ciencia no conseguía curarlo. Había, pues, que intentarlo con la alternativa que proponía el relojero de su majestad.

Piscatori, que no se fiaba del marqués de Scotti, le advirtió:

—La orden de la reina no significa que tengamos que trabajar yendo de la mano. Andaos con cuidado, marqués, y no interfiráis en mi camino.

Annibale Scotti di Castelboco, hombre inclinado a la flema, tenía más capacidad que Piscatori para la templanza y sólo se alteraba cuando lo provocaban en exceso. Algo a lo que la dama de la reina era muy aficionada al ver en él a un contrincante.

—No temáis, Laura. Pero qué casualidad que yo también iba a pediros lo mismo. Cuanto más lejos de mí estéis, más posibilidades tendremos ambos de que nuestra empresa común triunfe.

—¡Sois un mal nacido!

A Piscatori le crispaban las respuestas del marqués, era mujer mucho más primaria.

—¡Ja, ja! No os sulfuréis de esa manera. Es bueno mantener siempre la calma...

—¡Una indemnización para esa inútil! ¡Ja! Es el colmo. La denegamos tajantemente. —La reina hablaba en nombre de su esposo a pesar de hallarse él presente—. Cuento las horas para dejar de verla en esta corte.

Muerto el joven rey Luis, Isabel consideró llegado el final para su esposa Luisa Isabel de Orléans. En su opinión, nada justificaba su presencia en España. Era la ocasión perfecta para quitársela de encima.

—¿Cómo voy a otorgarle una asignación a quien no tomaría ni siquiera como criada?

Con ese desdén daba por zanjado el asunto de una remuneración solicitada por la escandalosa princesa de Orléans para no quedarse sin recursos, lo cual resultaba indiferente a Farnesio. El rey no se pronunció en ningún momento.

—Adelante, barón…

Isabel daba la bienvenida a Ripperdá, convocado por los reyes para decidir la estrategia definitiva con la que afianzar la primacía española en Europa que había descalabrado el cardenal Alberoni.

—Ha llegado el momento.

Así de firme y de rotundo se pronunció el holandés.

—Majestad —se dirigió a don Felipe—, volvéis a recuperar el trono. Tenéis que aprovechar esa señal divina para demostrar al mundo que jamás el trono español dejó de perteneceros. Y ahora que lo ocupáis de nuevo ha llegado la hora de que este león que es España ruja en el Imperio y en el resto de los países que deberán acatar vuestra hegemonía.

El rey asintió complacido. Le gustaba lo que decía Ripperdá. La reina, siempre tan sagaz, lo quiso hacer evidente.

—Vaya, barón, habéis dejado satisfecho al rey, lo cual no es tarea fácil.

—De todos es conocida mi voluntad y predisposición a las causas más difíciles. Y cuanto más difícil es la causa con más ahínco me entrego a ella, no os lo podéis imaginar.

El caso era que quien mejor podía imaginarlo era ella.

El relojero de cámara, Thomas Hatton, no entendía la actitud de la reina. Pretender que el robo del sol del reloj favorito del rey había dejado de tener importancia, ¡una vez más!, le parecía negar lo que para el monarca suponía su falta.

—Pero, majestad, ¿es que no considerasteis nuestra última conversación? Pensé que, después de lo que hablamos sobre las alteraciones horarias que afectan al rey y su dificultad para soportar la luz, habíais convenido a intensificar la búsqueda del sol del reloj de Hildeyard.

Y así fue. Sin embargo, posiblemente por lo mucho que

le desbordaba el asunto, la reina se debatía entre el sí y el no sin cesar. Tan pronto ignoraba los efectos del robo, como decidía que era crucial el hallazgo del sol para intentar una mejoría en el estado de su esposo.

En esos momentos, y aunque estaba reciente la orden de reactivar su búsqueda, se encontraba en la fase de ignorar, de no aceptar que aquella dichosa pieza tuviera la importancia que pretendía el relojero de cámara. Isabel de Farnesio y Hatton mantuvieron una breve conversación en la que ella intentaba ordenarle que diera por finalizado el asunto y que se olvidara de ello para siempre.

Eso era. Borrar. Difuminar. Extinguir lo que carecía de importancia. Ésa era la manera que tenía la reina de quitar de en medio todo lo que suponía un estorbo para el devenir de la corte. Para el devenir tal como ella quería que fuera, claro. Pero a veces es difícil difuminar los contornos de lo que se afianza en los cimientos de la realidad. Y la realidad, en este caso, era que el rey había perdido la orientación al no tener el sol del reloj junto a él.

—Disculpad que no me muestre partidario de lo que proponéis, majestad. Creo que dar por terminada la investigación del robo del sol es una gran equivocación.

—Pues será así, Hatton, aunque no os guste. En estos momentos tenemos cosas más considerables de las que ocuparnos que la sustracción, hace tiempo, de la minúscula pieza de un reloj.

—Esa pieza es el sol, tan importante para vuestro esposo el rey.

—¡Como si fuera Saturno!

Podría haber pronunciado el nombre de cualquier otro planeta, pero no. Dijo Saturno. ¿Acaso tenía incrustada en su mente la posible locura del rey?

Nada más despedir a Hatton, Piscatori pidió hablar con la reina para explicarle que últimamente el marqués de Scotti, además de mostrar un comportamiento más que extraño, no dejaba de hacerle la vida imposible.

Pero lo más importante que quería contarle era otra cosa:

—He sorprendido a Scotti hablando con la camarera mayor, la condesa de Altamira, sobre el sol del reloj de *Las cuatro fachadas*. Estaban ocultándose, pero los pillé sin querer.

—¿Scotti y la condesa hablando del reloj? ¿Decían algo sobre el robo?

—Pues es que no pude entender lo que se decían porque hablaban en voz muy baja. Vamos, que más que mantener una conversación cuchicheaban para no ser oídos.

—¿Vos creéis, Laura, que la condesa podría estar implicada? Eso sería descabellado.

—¡A saber! Hay tantas cosas descabelladas que ocurren...

—Desde luego, ¡cuánta razón tenéis!

Ella misma había padecido en su propia carne las consecuencias de un hecho descabellado: la renuncia al trono de su marido.

—Pero ¿sabéis una cosa, Laura? Al final, todo vuelve al lugar en el que debe estar.

Sí, todo regresa a su lugar. La reina viuda Luisa Isabel de Orléans fue devuelta a París. Abandonó Madrid, no precisamente por la puerta grande, en una carroza enlutada que sólo iba a trasladarla hasta la frontera atravesando una primavera que vería por última vez. Por compañía, un séquito tan escaso que resultaba ridículo y, sobre todo, humillante; y treinta mulas en las que cabían todas sus pertenencias. Lloró durante el viaje. Y se acunó cantando mientras las sombras de los árboles del camino se proyectaban sobre los cristales del carruaje, para ir olvidando tanto desprecio. España ordenó que fuera la casa real francesa la que se hiciera cargo del trayecto entre la frontera y París, sin atender a la respuesta. Se sintió desamparada y tuvo miedo. No era más que una joven de pocos años, quince, y menos luces. Sin maldad pero también sin cabeza. Sobre todo, sin cabeza.

Como era de esperar, ardió Versalles. Un correo urgente del rey Luis XV para entregar en mano a los reyes de España se cruzó en el camino con la carroza de Luisa Isabel. El contenido de la misiva era explosivo y casi equiparable a una declaración de guerra. Los franceses no pensaban quedarse de brazos cruzados: la pequeña infanta María Ana Victoria, hija de Isabel de Farnesio y de Felipe, que había sido entregada a Francia con cuatro años como prometida del rey, iba a ser devuelta a Madrid inmediatamente. Quedaba así roto, de forma unilateral, el compromiso, y con ello toda relación entre ambas casas reales. Las razones que adujo Francia fueron que Mariannina, la «reina niña» que llevaba preparándose tres años para convertirse en esposa de Luis XV, era demasiado pequeña —siete años de edad— para consumar el matrimonio con el rey y tener hijos, lo que ponía en peligro la sucesión borbónica. Pero Isabel y Felipe sabían que la verdadera razón era devolver el desaire de haber rechazado a Luisa Isabel.

En reacción española a la reacción francesa de la decisión de España de retornar a la de Orléans —¡imparable escalada!—, Felipe ordenó la suspensión de relaciones diplomáticas y la expulsión de cónsules y embajadores del país ahora rival. Pero hubo más: la princesa Felipa de Orléans, mademoiselle de Beaujolais, que llevaba en España un año por ser la prometida del infante don Carlos, también fue expulsada. La echaron sin miramientos y la enviaron con prisas para que se uniera a la comitiva de su hermana, la viuda Luisa Isabel. Aquello fue el acabose.

El vendaval de crisis entre ambos países supuso el escenario idóneo para que Ripperdá comenzara a vivir el inicio del gran ascenso por el que tanto pugnaba desde su reingreso en la corte madrileña.

—Ahora sí ha llegado el momento —le dijo el monarca muy ufano al barón holandés—. Seréis enviado a Viena para negociar. El emperador no me reconoce como rey y es hora de poner fin a esa situación. Y también está pendiente la adjudicación de territorios de Italia a favor de nuestro hijo el infante don Carlos.

El infante que acababa de quedarse sin prometida.

—Majestad, me honráis con vuestra decisión.

—Además de honraros, confío en que cumpláis bien con vuestra misión. Es decisiva para nuestra monarquía.

—Nadie mejor que yo lo sabe, majestad, puesto que me dispongo a luchar por tan noble causa en mesas de negociaciones que, os aseguro, no se me resistirán.

—Así lo espero. Si no conseguís garantizarnos la sucesión de los ducados de Parma y de Toscana más os vale no regresar, barón. Ah, y una última cuestión de suma importancia: vuestra misión es secreta. Nadie puede enterarse del contenido y la razón última de vuestro viaje a Viena. Diréis que éste obedece a las necesidades de las Reales Fábricas de Paños españolas, para las que buscáis aprovisionamiento de máquinas y reclutamiento de operarios.

—Guardad cuidado, majestad. Soy persona de quien un rey como vos puede fiarse. Confiad en mí.

Antes de partir, Ripperdá quiso despedirse de la reina llevándole una rosa roja.

—Tomad, señora. No deseo que os falten en mi ausencia.

—¿Qué os hace pensar que las echaré de menos?

—No importa que no queráis reconocerlo, estáis en vuestro derecho.

—¡Nada tengo que reconocer!

A Isabel le salió el genio de su origen italiano.

Ripperdá sonrió sin darle importancia. Le aproximó la rosa a la cara en un alarde de atrevimiento. Isabel no se movió. Hasta que acercó la nariz a la flor para olerla y dejó escapar una sonrisa que voló audaz hasta el engreimiento del holandés.

Esa vez fue Isabel quien acortó distancia. Le dijo musitando:

—Cumplid bien con vuestro cometido, Willem, y seréis recompensado...

Los meses de abril y mayo de aquel año de 1725 resultaron vertiginosos. En Viena, entre diversión y mujeres de ínfima reputación, Ripperdá avanzaba en las negociaciones, que, como ya se temía, se presentaron dificultosas. Los puntos del acuerdo que más interesaba sacar adelante eran que el emperador don Carlos de Austria reconociera a Felipe V como rey de España, quien a cambio le entregaría los Países Bajos, de dominio español, así como que fueran admitidos los derechos sucesorios del primogénito de Felipe e Isabel de Farnesio, el infante Carlos, sobre los ducados italianos de Parma, Toscana y Piacenza. Con esto último se quitaría el mal sabor de los fracasos matrimoniales de la infanta María Ana Victoria y el infante Carlos.

Para sorpresa de todos, el 30 de abril Ripperdá logró al fin que se aprobara lo que parecía un milagro: el tratado de paz entre España y el Imperio.

Y mientras Ripperdá afinaba con los últimos detalles que rodeaban el acuerdo firmado entre España y Austria, en la frontera francesa se producía el desenlace de la afrenta por las devoluciones de las respectivas niñas, la viuda y las dos que no iban a convertirse en reinas, mademoiselle de Beaujolais y Mariannina, ni de España ni de Francia.

Luisa Isabel de Orléans, en el momento de asumir la irreversibilidad de su vuelta a casa en las humillantes condiciones en que lo hacía, recobró la esencia de su mala educación. Lo último que dejó en prenda en suelo español fueron tres

sonoros eructos como respuesta a los cumplidos que acababa de hacerle en su despedida el duque de Saint-Simon, responsable ante Francia de los asuntos relacionados con su
matrimonio.

La pesadilla acabó. Pero la ira derivada del insulto que
suponía que hubieran devuelto a España a Mariannina permanecía. Una noche, durante la cena, Felipe comentaba las
novedades recientes que le llegaban de Francia, entre ellas la
carestía de alimentos debida a las malas cosechas.

—No debemos dejar que la gente se muera de hambre.

A lo que Isabel contestó duramente:

—¡Sí, dejemos que todos los franceses mueran! ¡Todos!

Felipe agachó la cabeza sobre el plato para evitar que en
la mirada de Isabel se le clavara la añoranza de la tierra que
le vio nacer y contra la que ahora luchaba.

¿Por qué...?

Por qué tenía que enfrentarse a su amada Francia desde
un reino al que jamás quiso aspirar.

38

Era verano cuando llegaron a Madrid los textos de los acuerdos firmados en Viena. El rey no concedió importancia a leerlo, estaban firmados y era lo relevante. El calor y las dolencias estomacales lo martirizaban. Ahora le tocaba al estómago colocarse en cabeza de sus obsesiones.

—Me están matando, estos problemas digestivos acabarán conmigo.

—Los galenos dicen que no tenéis ningún padecimiento de estómago.

—¡Se equivocan! Quién mejor que yo para saber lo que siento. Y las molestias me hacen estar seguro de que padezco una grave enfermedad intestinal. ¿Si no por qué evacúo sangre?

—Bien sabéis que eso no es cierto.

—¿Os atrevéis a llevarme la contraria? Vuestra actitud me resulta incomprensible

Pidió que le llevaran una bacinilla a un rincón de la alcoba fuera del alcance de la vista de la reina. De la vista, que no del oído. Ni tampoco del olfato.

—Esto no es posible… No seréis capaz.

Lo era. Felipe se puso a hacer una deposición con toda soltura sin ninguna contemplación al hecho de que estuviera presente su esposa, quien tuvo que sentarse para evitar el mareo.

Cuando hubo culminado la hazaña, corrió presto a presentarle el maloliente botín sin limpiarse.

—¡Pero qué hacéis!

—Miradlo bien, ¡vamos!, comprobadlo por vos misma.

A la reina no le quedó más remedio que mirar el contenido de la bacinilla con enorme asco. Ni rastro de sangre en las heces.

—Ahí no hay sangre alguna. Ya os lo dije, estáis bien sano del estómago. ¡Retiradlo, por Dios!

—¡No es cierto! Me engañáis para que no me preocupe.

—Si retiráis eso tal vez pueda seguir hablando. —Isabel sintió náuseas—. Os doy mi palabra de que es verdad, no hay sangre.

Las náuseas seguían atacándola con fuerza mientras el rey, fuera de sí, no paraba de gritar:

—¡Son los galenos quienes se encargan de escudriñar los restos sanguinolentos de mis heces, apartándolos, para ocultarme la verdad! ¡Ellos mismos! Para que yo no lo vea. ¡Mienten!

Isabel no pudo aguantar más, salió huyendo perseguida por el espanto hacia su aposento privado y allí lloró sobre las faldas de Piscatori.

No lloraba de pena sino de rabia e impotencia.

39

Que el rey creyera que no hacía falta leer el contenido de los acuerdos firmados por el barón de Ripperdá en Viena, dada la confianza que en él tenía, no suponía que tampoco tuviera que hacerlo nadie. Los diplomáticos españoles dieron mil vueltas a los textos para estar seguros antes de emitir un veredicto demoledor: España había cedido en prácticamente todo aquello a lo que venía negándose durante años. En realidad, más parecía un acuerdo firmado por un Habsburgo, la dinastía reinante en España hasta que llegó de Versalles don Felipe, que por un Borbón.

Al margen de la letra firmada, el arrogante Ripperdá había ido proclamando a los cuatro vientos por los círculos de poder de Viena las estrechas relaciones que a partir de ahora España tendría con Austria. Llegó al absurdo de difundir públicamente la amenaza de que el rey español, junto con el emperador austríaco, estaba dispuesto a apoyar la causa de Jacobo Estuardo en su aspiración al trono británico. Igualmente se jactaba de que los ingleses acabarían devolviendo a España Gibraltar y Menorca, aunque tuviera que ser a la fuerza. Vamos, un comportamiento lo más alejado de la diplomacia. Y, claro, de tanto tocarles las narices, los embajadores ingleses y franceses terminaron por hartarse. Un completo disparate que, por momentos, recordaba al protagonizado por el cardenal Alberoni.

Ripperdá había salido de Viena autoproclamado como victorioso. Pero ¿su triunfo era también el de España? Porque, a tenor de lo considerado por quienes tuvieron que analizar los documentos firmados en la capital del Imperio, España salía muy mal parada. Sin embargo, era difícil convencer a la reina del peligro que representaba para sus intereses lo acordado por el barón holandés. Inusual en ella, pero lo cierto es que parecía no ver más allá de la melena del aventurero reconvertido en embajador español, ni de su soberbia.

El 11 de diciembre los reyes ofrecieron una recepción sin precedentes a Ripperdá. Acababa de llegar a Madrid y no tuvo tiempo siquiera de cambiarse de ropa. A Isabel, habitualmente exigente en cuestiones de etiqueta y protocolo, no le importó lo más mínimo que el barón no cumpliera con ninguna de las normas de representación. La fiesta se organizó por todo lo alto; la elegancia protocolaria, por todo lo bajo. Fue recibido y agasajado con una familiaridad y confianza, ¡y una indumentaria!, jamás permitida en presencia de los monarcas.

En esos días de diciembre se vivía en la corte lo más parecido a una realidad paralela. Así, mientras los diplomáticos no cejaban en su insistencia de lo cuestionable que resultaba el acuerdo firmado por Ripperdá, los principales interesados, Isabel y Felipe, lo trataban con honores de héroe por haberlo firmado. «¡Consiguió lo inalcanzable con el emperador!», clamaba el rey.

Nada más poner un pie en el lujoso salón en el que era recibido por lo más granado de los círculos cortesanos de Madrid, los aplausos inundaron la vanidad del barón. Muchas caras conocidas se le agolparon en una ceremonia de la confusión en la que el champán francés corría tan deprisa como las ganas de Ripperdá por encontrarse con la reina.

Al verla, en lo primero en lo que se fijó fue en su incipiente barriga. Ya había tenido tiempo de oír los rumores acerca de su embarazo. Se sonrieron. Volaron las palabras prohibidas que jamás serían dichas. Al menos en público.

—Sed bienvenidos, barón —dijo el rey.

—Gracias, majestad. —Ripperdá se dirigió a la reina—. Mi señora, es un placer volver a casa.

—El placer también es nuestro, barón —respondió Isabel—. ¿Habéis tenido un buen viaje?

—Sólo por el hecho de estar regresando a casa ya se puede considerar bueno.

—Desde luego que ésta es ya vuestra casa.

Isabel le regaló una sonrisa prolongada que se cruzó en el aire con el grito de don Felipe de que siguiera la fiesta.

Y la fiesta siguió. Y mientras lo hacía, la reina y el barón de Ripperdá volvieron a caer en la atracción de lo furtivo. Se buscaron al margen de la celebración, evitando ser vistos y que se notara su ausencia. Actuaron con discreción.

La necesidad de estar cerca les llevó a encontrarse en un lugar donde la clandestinidad estaba garantizada.

—Soñaba con vos —le dijo Ripperdá comenzando a acariciar su rostro.

—Barón, ha sido mucho el tiempo sin vuestra presencia —respondió la reina.

—Mucho no. Ha sido una eternidad. No podía más...

Le acarició la tripa.

—¿Pretendéis conmoverme, Willem?

—¿Acaso no os emociona que haga esto?

—Vos y yo nos parecemos en algo. Las emociones no son el bastión fundamental de nuestras vidas. Así que no hagáis que me crea que pueda ser emocionante para vos acariciar un vientre preñado por el rey.

—Es a vos a quien acaricio. Os amo, Isabel...

—Vaya... Me sorprendéis. Tenéis un verbo demasiado fácil.

—Isabel, la mayor verdad os digo. No hay otra como ésta: os amo.

Sin darle tiempo a que se negara, hizo presa su boca con un beso que le llegó a Isabel hasta lo más profundo.

—¿No habéis echado de menos mis rosas…?

—¿Qué creéis?

Siguió entregada a unos besos largamente esperados.

Aquella noche, por supuesto, al ir a dormir, la reina se encontró con que había una preciosa rosa roja sobre su lado de la cama. Esa vez sin nota. No hacía falta.

Listo como era, Ripperdá dijo ser portador de un mensaje claro del emperador austríaco don Carlos VI:

—Para asegurarse de que lo firmado en Viena es ratificado con hechos, el emperador cree que debería estar a la cabeza del gobierno de España alguien de su total y absoluta confianza.

El rey se recostó en su sillón distraído con una uña de más que dudosa higiene, intentando encajar la codicia de Ripperdá.

Se le veía cansado.

—¿Y a quién creéis que pueda estar refiriéndose el emperador?

—No soy yo quien debería decirlo. —A Ripperdá sólo le faltaba dejar resbalar la baba de satisfacción—. Pero… lo tenéis ante vos, majestad.

—Vaya… —El rey simulaba sorprenderse—. Eso es mucha aspiración para cualquiera.

—Pero no cualquiera consigue del emperador lo que he conseguido yo en Viena: que firme lo que parecía imposible.

—No os falta razón, barón. —El rey lo observó con detenimiento antes de seguir—. Nadie puede negar que sois un hombre ambicioso. Yo admiro a quienes tienen ambiciones. Será porque yo carezco de ellas. ¿Y sabéis por qué? Porque la ambición es una forma de esclavitud. De algún modo nos condena a tener que hacer todo aquello que sea necesario para alcanzarla, y nuestros actos quedan constreñidos a esa meta. Por esa razón es más una prisión que un sueño.

—Resulta una manera extraña de hablar, la vuestra, siendo soberano.

—Extraña no, realista. Es propio de la condición humana resistirse a reconocer aquello que no está bien visto. Pero sigamos... ¿Por dónde íbamos?

—Majestad, hablábamos del interés del emperador en...

—Ah, sí, sí... —Seguía distraído con la uña—. En que esté a la cabeza del gobierno una persona de su plena confianza. Y decidme, barón, ¿ha expresado él que debáis ser vos?

—Así es.

—¿Estaríais dispuesto a asumir tamaña responsabilidad?

—¡Sería motivo de orgullo!

Y colmaría sus aspiraciones, por las que había peleado desde que regresó a España.

—Bien, pues, a partir de ahora participaréis en los consejos...

Ripperdá se mantenía expectante.

—En calidad de secretario de Estado, lo que acabáis de ser nombrado en este instante. Y asumiréis las funciones de secretario de Despacho Universal; es decir, que gestionaréis los asuntos exteriores para los que habéis demostrado en Viena estar sobradamente capacitado, sobre todo con gran manejo y conocimiento de las cancillerías europeas.

Podría pensarse que era más de lo que esperaba. O, por el contrario, que no merecía ningún cargo que hubiera sido inferior al propuesto. Lo incuestionable era que el rey acababa de convertirlo en la máxima autoridad del gobierno, desplazando con ello injustamente a hombres clave de su política, como eran los casos de José Patiño y José de Grimaldo. Ministros de verdadero peso, que ahora, sin embargo, quedaban relegados a un segundo plano a las órdenes del nuevo hombre fuerte de Felipe V: Johan Willem de Ripperdá.

No sólo a sus órdenes sino incluso enviados fuera de la corte.

—¿Y qué sucederá con los actuales ministros?

—José Patiño partirá hacia Bruselas —dijo el rey tan indispensable en las tareas de gobierno hasta entonces—. Y Baltasar Patiño, marqués de Castelar, lo hará con destino a Venecia. Si eso es lo que os preocupa tenéis razón en que podrían ver heridas sus susceptibilidades políticas.

Quedaba claro que las humanas poco importaban.

Después de deshacerse en agradecimientos y elogios hacia la figura del monarca, Ripperdá, en su línea de ambición desmedida, cruzó la línea de la mesura. Cierto es que el rey se lo estaba poniendo fácil.

—No querría pareceros vanidoso, pero tal vez las secretarías de Marina, Guerra e Indias sería bueno que pasaran también a depender de mí. Sólo me mueve a pedíroslo el deseo de servicio a vos y a España.

Don Felipe sonrió, reconociendo para sus adentros que, aunque se la suponía, la avaricia de su nuevo secretario había superado con creces lo que sospechaba de él.

—Eso ya se verá. Pero no le encuentro inconveniente alguno.

El rey y el barón de Ripperdá fueron sorprendidos por la reina, que se incorporó a la reunión.

—Llegáis en el momento oportuno, amada esposa.

—Debe de serlo, a juzgar por la cara de complacencia del barón. Quién diría que hace sólo veinticuatro horas que regresasteis después de un largo viaje.

—Las emociones actúan de impulso fulminando el cansancio.

—¿Es así como os sentís, barón? ¿Emocionado?

Isabel, con su habitual juego de provocación, rememoraba la conversación clandestina mantenida mientras transcurría su fiesta de bienvenida.

—Ahora, más aún...

—¿A qué se debe tal aumento de vuestra emoción?

La reina avanzaba peligrosamente.

—No se me ocurre que nadie pueda hallarse en mejor situación que la mía: he servido a mi rey y al país que gobierna, y cuento con el beneplácito de mi reina. ¿Qué más se puede pedir?

—Pues veréis, Ripperdá… —Tomó la palabra el rey—. Creemos llegada la hora de que precisamente vuestra situación mejore. ¿Os parecería bien disponer de un ducado?

—Oh, majestad, os lo agradezco.

Se agachó en una reverencia.

—Bien. Entonces también a partir de hoy seréis el primer duque de Ripperdá. Es un título nobiliario que he creado para vos.

—Al que uniréis el de Grandeza de España —apostilló la reina.

—¿Es eso cierto, majestad? —Ripperdá le respondió mostrando una sincera sorpresa ante el exceso de confianza.

—Tan cierto como esto otro: he dado la orden de que dispongáis de habitaciones propias en palacio y un permiso especial que os permitirá el libre acceso a la cámara regia —le informaba la reina dejando abiertos muchos caminos que conducían a un mismo lugar.

—¿A la cámara de sus majestades?

—En efecto. Es un privilegio del que sólo gozan los elegidos. Y vos, pues, lo sois.

—Majestad, espero ser digno de tan altas y exclusivas distinciones.

—Diría yo que ya lo sois…

Al ir a besar la mano de la reina como despedida, Ripperdá la obsequió con una mirada cómplice que dio un abrazo en el aire a la lasciva espera.

En aquella corte de la superabundancia, de los excesos en todos los órdenes —y más aún en los desórdenes—; en aquel escenario de multicolores envidias desatadas alrededor del Versalles importado, un personaje como Ripperdá no podía sino generar furibundos recelos.

Hubo muchos cadáveres políticos a su paso. A todo aquel que el rey destituía el nuevo duque trataba con intolerable falta de respeto. Es así como se labran las enemistades, pero eso al holandés le importaba poco si el precio era conseguir el mayor poder que se hubiera dado nunca en la corte de Felipe V. El rey había perdido el sol, pero ponía en manos de Ripperdá el mundo. Un sinsentido de semejante calado podía explicarse por la capacidad de seducción del nuevo hombre fuerte, pero también por la debilidad mental y anímica de quien lo estaba encumbrando.

Uno de los más críticos con el omnipresente secretario de Estado era el confesor del rey, el padre Bermúdez. Recién producidos los nombramientos, los dos hombres coincidieron en una misa. Creyendo Ripperdá que Bermúdez iba a felicitarlo, se topó con algo muy distinto.

—Barón de Ripperdá, no deb...

—Duque, si no os importa, padre. Soy primer duque de Ripperdá —le cortó altivo.

—Iba a deciros que no deberíais tratar con el desprecio que os gastáis a quienes han sido personas de confianza del rey. —Bermúdez hizo oídos sordos a su consideración del título nobiliario—. Además, si me permitís un consejo, vigilad vuestra arrogancia porque no es tan bueno ni beneficioso lo que empieza a circular de vos por la corte. Bajad los humos por si acaso, no sea que os llevéis alguna sorpresa más que desagradable.

—¿Acaso os he pedido consejo, padre? A ver si soy lo suficientemente claro: limitaos a vuestras obligaciones, esto es, a dar a vuestro penitente, su majestad el rey, la absolución de los pecados que confiese y dejad de meter las narices donde no debéis.

—¿Es una amenaza?

—Es una advertencia.

Y como todas las advertencias procedentes de alguien intrigante y turbio, no debía caer en el saco roto de la ignorancia.

El nuevo duque no tardó en hacer uso de la prerrogativa de tener libre acceso a la cámara regia. Aquel mismo día, por la tarde, supo que el rey había salido a cazar solo y le faltó tiempo para ir en busca de la reina.

Al verlo, dio la sensación, implícita en su mirada, de que Isabel lo estaba esperando. Ordenó salir a sus damas. Tras la última, y nada más cerrarse la puerta, llegó el primer beso.

Sus bocas se fundieron apasionadamente. Las bocas hurtadas durante la ausencia.

Después ella intentó apartarse de él, pero ya era demasiado tarde: Ripperdá la tenía rodeada como si fuera una codiciada presa y no paraba de prodigarse en besos y caricias. Se encaminaban al temido y deseado abismo, el de la perdición. Pero en modo alguno Isabel estaba dispuesta a llamar de nuevo a sus damas para que la ayudaran a desvestirse sabiendo las jóvenes con quién estaba la reina. Así que el duque tuvo que conformarse con acariciarla por debajo de la falda, con las incómodas dificultades que eso suponía. Buceó entre las entretelas buscando el sexo de Isabel mientras le besaba los muslos.

Hasta que ella dijo basta.

—Os habéis envalentonado después de vuestros triunfos y recompensas, William, pero eso no es extensible a mi lecho…

Aunque al duque le sorprendió la reacción, no le importó dejarlo en ese punto en el que lo no consumado se convertía por derecho en una deuda pendiente.

En ese caso, iba a engrosar el saco de las deudas pendientes del deseo entre Ripperdá e Isabel de Farnesio.

En el poco tiempo que el duque llevaba en su puesto, la diplomacia española había ido haciendo un trabajo en la sombra para horadar su figura sin más intención que la de alertar acerca de la locura que había supuesto la firma de los acuerdos de Viena, ante la que don Felipe optó por ponerse una venda en los ojos. A pesar de ello, Ripperdá contaba con el mejor de los apoyos: el de la reina.

Pero ni siquiera el favor de Farnesio hizo de contención de lo que se avecinaba. El engaño, la treta perfectamente urdida por Ripperdá en sus negociaciones en Viena, difícilmente podían seguir manteniéndose.

A principios de 1726 fue recibido en Madrid el conde Lothar de Königsseeg, nuevo embajador imperial ante la corte de España. Llevaba encomendada una misión doble y muy concreta: sabiendo que la reina era quien movía los hilos de la política exterior, debía hacerse con su beneplácito. El fin último se cifraba en conseguir que empezaran a abonarse los subsidios a los que Ripperdá se había comprometido durante sus negociaciones.

—¿Subsidios…? —preguntó tan extrañado como alarmado el rey cuando Königsseeg le habló del espinoso asunto.

—¿Es que no conocéis los detalles del acuerdo firmado en Viena por el barón de Ripperdá en nombre de vuestra majestad? Tenéis que empezar a abonar parte de las importantes compensaciones que aceptasteis pagar al Imperio a cambio de lo que éste os concedió… Entiendo que es mucho dinero pero vos lo firmasteis, ¿no es así…?

Ante el mutismo del rey, el diplomático insistió:

—¿No es así, majestad?

40

Felipe se había levantado de su sillón y caminaba por la estancia preocupado y con las manos entrelazadas atrás, queriendo atrapar la verdad que revoloteaba ya sin remisión.

Volvió a tomar asiento. Carraspeó y siguió interrogando al conde de Königsseeg:

—¿Así que el duque de Ripperdá prometió en mi nombre un dinero como aportación al Imperio que representáis?

—¿Duque? Lo tenía por barón.

La pregunta incomodó al rey porque lo enfrentaba a su propia estupidez de haberle otorgado ese título, creando el ducado de Ripperdá para él. Aunque si hubiera sospechado la capacidad que tenía el holandés para engañar y falsear documentos y realidades habría tomado las pertinentes precauciones. Suficientes problemas tenía Felipe consigo mismo para recibir un golpe en los cimientos de su confianza.

—Lo nombré duque a su llegada de Viena. Pero eso ahora carece de importancia. ¿Es mucho el dinero del que me habláis?

—Mucho, majestad. Y el plazo de espera ha expirado. España tiene que empezar a pagar.

—Ni España tiene dinero en estos momentos, ni tiene tampoco por qué pagar nada al Imperio.

—Lamento deciros que está recogido en uno de los puntos del acuerdo. ¿Cómo, si no, habríamos aceptado a defender intereses españoles en la conquista de Italia? Pero eso, me temo, no es lo peor.

—¿De veras hay algo peor aún? ¿No es suficiente?

—Vuestro hombre fue por toda Viena atreviéndose a amenazar a Francia y a Inglaterra, y a proclamar públicamente que España está aliada con el Imperio austríaco en la causa de Jacobo Estuardo en su aspiración al trono inglés.

—¡Qué! Pero ¿qué disparate es ése? ¿Yo apoyando a Estuardo? ¡Esto me va a buscar la ruina con Inglaterra!

—Es posible que ya la tengáis. Ripperdá ha dado a entender que los ingleses os van a devolver Gibraltar y Menorca.

Era exactamente lo que intentaban hacerle ver, sin éxito, los diplomáticos españoles que habían analizado en Madrid los textos del acuerdo.

—¡Todo esto es un dislate! ¿Cómo ha podido engañarme ese rufián?

Eel rey estaba al borde del colapso.

—No creo que os sirva de mucho consuelo, pero sabed que ha engañado a todos. A vos diciendo que iba a firmar algo beneficioso para vuestros intereses, y al emperador haciéndole creer que de vuestras arcas saldría dinero para él. Está claro que se trata de un impostor.

Un impostor…

Poco imaginaba Königsseeg que el disgusto que acababa de causar al rey con la verdad iba más allá de un problema de Estado. No se trataba de las consecuencias que podían derivarse de la pérdida de confianza en Ripperdá, sino del quebranto de la suya propia. Volver a reinar, viéndose en la obligación de hacerlo por segunda vez, constituía una pésima jugada del destino, a la que se añadía ahora la evidencia de que era capaz de cometer un monumental error como había sido el de encomendar una delicada misión al hombre inadecuado. Un hombre por el que se había dejado engañar.

Ya no tenía remedio. Lo convocó a un encuentro breve y rotundo:

—Os informo de que sois relevado de la presidencia del Consejo de Hacienda.

—Pero, majestad, ¿a qué obedece vuestra decisión?

Un jarro de agua fría acababa de caer sobre los fundados temores de Ripperdá acerca de que se estaba sembrando desconfianza sobre su persona.

—Duque de Ripperdá, no es el rey quien debe dar explicaciones de sus determinaciones.

—Os presento mis disculpas.

Con la decisión que había tomado, Felipe se aseguraba de que Ripperdá no sacaría dinero del país ni podría meter mano en las arcas de la Hacienda pública para ningún fin espurio.

La reina, presente desde el inicio de la reunión, no quiso abrir la boca hasta ese momento, y lo hizo sólo para un breve comentario:

—No ha sido para su majestad una decisión fácil.

—Aunque... sí puedo deciros —prosiguió el rey— que de esa manera os alivio de la carga de obligaciones y tareas que soportáis. Es demasiada la responsabilidad que os había encomendado.

Ripperdá, que no era tonto, sabía que no soportaba ninguna carga y que, por tanto, no había nada que aliviar. Tampoco que replicar, porque el rey, para evitar que siguiera haciéndolo, dio por terminada la conversación.

Se alejaban. Las falsas ilusiones del hombre vanidoso se esfumaban diluidas en la desmesura de su ambición.

Al retirarse una vez acabada la audiencia con los monarcas, el duque se apostó frente a la puerta por la que minutos más tarde salieron primero el rey y después, la reina. Fue en pos de esta última hasta sus aposentos privados. Como la osadía de Ripperdá no conocía límites, se atrevió a entrar. Isabel, sorprendida, hizo salir de inmediato a sus damas en previsión de que él actuara de manera improcedente siguiendo sus ímpetus habituales.

—¿Hasta dónde pretendéis llegar, duque?

—Willem… Llamadme Willem. Me gusta que lo hagáis. En realidad me vuelve loco oír mi nombre salir de vuestra boca. Como tan loco, el deseo de entrar en vos.

—¡Basta! ¡No podéis permitiros esas confianzas con la reina!

—No son confianzas sino sentimientos, deseos… No sigáis negándoos a mí, os lo ruego… Isabel. No puedo vivir sin vuestra cercanía.

—Os conozco bien. Ahora me necesitáis más que nunca, duque, y eso os lleva a la adulación extrema y a pretender seducirme.

—¿En tan baja consideración me tenéis? Lo que siento es sincero. De todo cuanto podría perder si finalmente caigo en la desgracia que parece cernirse sobre mí en la corte… —Ripperdá ya se lo barruntaba, era consciente de ello—. Alejarme de vos, Isabel, es lo que más me dolería.

Alejarse de Isabel…

Lo que hizo fue acercarse más, sin tiento ni disimulo. Actuó rápido al colocarse detrás de ella. Pegó su pecho a la espalda de la reina y la abrazó por delante, pasándole los brazos por debajo del pecho. La sujetaba mientras le dejaba un reguero de besos en el cuello y en la nuca. Ella intentaba resistirse. Pero tan débil era su resistencia frente a la habilidad del duque que apenas se percibió al desaparecer. Y es que, por más que se obstinara en lo contrario y supiera, además, que lo que había entre ambos nada tenía que ver con el amor, a Isabel la atraía Ripperdá. La atrajo desde el primer día en el que vio salir de su sonrisa el mayor alarde seductor que pudiera imaginar. Desde entonces había transcurrido mucho tiempo. Y muchas ganas contenidas. Los deseos latieron por debajo siempre de lo que cada uno representaba y pocas veces fueron atrapados. Ahora era innegable para la reina que el aventurero que tanto la había entretenido, el hombre fuerte del gobierno, entraba en sus horas más bajas.

Pronto lo perdería. Qué más daba ya dejarse llevar por sus instintos... Por sus deseos verdaderos... De no hacerlo, era posible que estuviera renunciando a ellos para siempre. La vida otorga y quita a su antojo. Sólo podemos seguirle los pasos. Isabel decidió seguirlos aquella tarde.

Se dejó caer sobre un diván mientras Ripperdá continuaba besándole el cuello y la boca, y le acariciaba los pechos al conseguir liberarlos de las prendas íntimas. Los besó igualmente con la entrega desmedida y el saber hacer de un hombre de mundo. Iba con cuidado para sortear el volumen de la barriga de la reina, a la que le quedaba poco para parir.

Se arrodilló en el suelo y le levantó las enaguas y la falda. El sexo de Isabel quedó al alcance de su boca. Le separó las piernas y sus ágiles dedos se introdujeron por debajo de la ropa interior de Isabel mientras ya sentía su calor húmedo, más cerca e íntimo que nunca. Ella se rindió al deseo atesorado durante años de calentura que se desvanecía en el aire una vez y otra sin consumar. Las ganas se le abrieron desgranadas sin censura, ofreciéndole lo que ambos habían estado aguardando.

Abierto el camino, Willem le acabó de separar del todo las piernas y aproximó sus labios a los más ocultos de Isabel... En ellos se perdió. Mordisqueando. Besando.

Lamiendo...

El duque de Ripperdá, el aventurero que había puesto patas arriba la política exterior española, por primera y última vez comió y bebió todo cuanto pudo del sexo de la reina.

41

Cuando lo inevitable se precipita, las horas vuelan queriendo escapar del espantoso momento del infortunio. Por desgracia para el rey era una lección aprendida. Ahora lo iba a ser también para Ripperdá por razones bien distintas.

Las cancillerías de Francia y de Inglaterra no tardaron en elevar duras quejas ante España, que se unían a la férrea postura austríaca de que se debían cumplir los acuerdos firmados. Las acusaciones de Königsseeg contra Ripperdá iban en aumento y a cada aclaración que el embajador aportaba acerca de lo sucedido crecía en el rey la indignación. Supo que el holandés había sobornado con elevadas sumas de dinero a las personas del entorno más estrecho del emperador para que le aconsejasen que firmara el pacto con España. Aquello que tan imposible parecía de conseguir no lo fue tanto gracias a lo fácil que resulta corromper, sobre todo si se derrochan verbo fácil y modales exquisitos, como acostumbraba Ripperdá. Y dinero. Mucho dinero.

La tumba que empezó a cavarse en Viena acabó de llenarse de mala tierra en España. Porque para conseguir la elevada suma que tenía que empezar a pagarse a Austria, Ripperdá, como responsable máximo del gobierno de España, decretó la asfixia del pueblo exprimiéndolo a impuestos y a despidos, y recortando el gasto del Estado. Una burbuja que por fuerza tenía que acabar estallando y con violencia. El más que sospechoso plan de ahorro del holandés soliviantó al pueblo, convirtiéndose en otro grave problema que sumar a los que ya tenía el rey sobre sus espaldas, generados por quien había sido su hombre de confianza.

Isabel y Felipe discutían sobre el espinoso asunto, sin saber él lo que estaba a punto de firmar la reina.

—Jamás pude imaginar la falsedad que se escondía tras la amable y cautivadora fachada de ese hombre. —El rey lo decía con pesar y rabia al mismo tiempo, y ante el silencio de su esposa—. Tampoco pensaba que hubiera alguien capaz de superar la mala gestión del cardenal Alberoni, pero Ripperdá lo ha hecho, ¡y de qué manera! ¡Va a ser difícil sacar a España del atolladero en el que la ha metido ese inepto!

—Está bien. Si no queda otro remedio, doy mi aprobación para que el duque de Ripperdá sea destituido de todos sus cargos —acabó consintiendo la reina.

—¿Sólo de sus cargos? No. Merece mucho más, ¡merece ser degradado! —Al rey ya le invadía la ira de la indignación y la sed de castigo que toda traición provoca—. Quedan suspendidos el ducado y el título de la Grandeza de España que él ha mancillado en poco tiempo. ¡Y no me importa si estáis o no de acuerdo!

Lo último lo dijo al ver las pocas ganas que tenía Isabel de asumir el declive de Ripperdá.

—¡Y nada más tengo que añadir! —sentenció el rey, y abandonó la cámara.

A la reina, en cambio, sí le quedaba algo por decir. Más bien, por escribir. Estampó su firma en el documento por el que se otorgaba a Johan Willem de Ripperdá una pensión, tan generosa como causante de vergüenza, de tres mil doblones. Era lo último que podía hacer en beneficio de quien ya olía a cadáver político.

Dejó la pluma junto al papel que acababa de firmar. Se

recostó en el respaldo de la silla acariciando su pronunciado vientre, y suspiró.

Laura Piscatori, que estaba de pie a su lado, le puso la mano sobre el hombro. Un gesto cariñoso con el que quiso decirle que en la vida todo lo malo acaba pasando...

Madrid, 14 de mayo de 1726

Al despertar, Ripperdá tomó conciencia de su cuerpo sobre el lecho vacío; de su frágil existencia en la corte por la que a punto estuvo de apostarse la vida, que ahora estaba en peligro.

Amaneció temprano y solo. Era zorro viejo e intuía que la situación se había tornado verdaderamente fea para él y que cualquier cosa podía pasar en las horas venideras. Prefería que su esposa estuviera alejada de palacio y la envió a la que era la casa particular del matrimonio, en la que habían vivido hasta trasladarse al corazón de la corte.

Apenas desayunó. Esa tarde tenía despacho con el rey y, antes de acudir, quiso dedicar el día a pasear por las calles de Madrid. Por ese Madrid que tan bien le había acogido y en el que había progresado hasta alcanzar lo máximo a lo que cualquiera en la corte aspiraría: la jefatura del Gobierno.

Ese Madrid desde el que un rey con una mente de dudosa salud reinaba España y a cuyo amparo Ripperdá ascendió a las cumbres que despiertan envidias. Aunque, en verdad, quien lo había protegido era la reina, de una forma directa o manejando a su esposo. De cualquiera de las dos maneras le estuvo allanando el camino hacia el ascenso entre rosas rojas y palabras que iban acompañadas de celestial música para los oídos de una reina casada con un demente.

Hizo parada en varias tascas en las que sólo tomaba vinos porque, aunque lo intentó en varias de ellas, no tenía cuerpo para comida. No le entraba. Al valiente y atrevido Ripperdá se le desataron los nervios en el estómago y coparon el espacio reservado a los temores más fundados. A esas horas ya conocía que todos los miembros del Consejo de Castilla unánimemente reprobaban su gestión y pedían a gritos su destitución. El único tablón al que aferrarse en medio de la tempestad desatada en su contra era que le saliera bien el farol de haber puesto todos sus cargos a disposición del rey como protesta por haberle arrebatado Hacienda.

Llegada la hora, Ripperdá se personó ante el monarca. Lo encontró serio y con una actitud que delataba sus ganas de acabar pronto, antes incluso de empezar. En cuestión de minutos habían repasado los asuntos de Estado que debían despachar.

Cuando el rey lo estaba despidiendo el duque le dijo:

—Majestad, os recuerdo que presenté mi renuncia a todos mis cargos.

—Eh... sí, sí, lo sé —respondió Felipe con aire distraído—. Tengo buena memoria. Andad con Dios, barón, y tranquilo que eso que decís ya está resuelto.

Al escuchar al rey llamarle de nuevo por su título de barón, en lugar de por el de duque, Ripperdá sintió un pellizco en su estómago lleno de miedos.

Nada más salir le fue entregado en mano un decreto del monarca, al que veía alejarse por el pasillo, en el que fulminaba con tinta y papel su carrera política en España: era admitida su dimisión de todos los cargos que desempeñaba, y se le agradecían los servicios prestados a España. Esto último o era una formalidad o una ironía que se permitió Felipe en lo que suponía, en el fondo, su expulsión.

Ripperdá quiso correr tras el monarca, pero la guardia real, que esperaba una reacción como la que tuvo, lo hizo imposible impidiéndole que diera un solo paso. «¡No podéis hacer esto! ¡No podéis!», le gritó en la distancia, pero los gritos se perdieron en un camino que había dejado de existir para Ripperdá.

Fue a recoger sus cosas a las habitaciones que tenía asignadas y marchó a casa a reunirse con su esposa. Pero no se fiaba. Estaba convencido de que don Felipe no se conformaría con cesarlo, y no le faltaba razón. No pasó allí ni una noche. Emprendería un difícil periplo, una embajada tras otra, buscando refugio infructuosamente. La noche se cernía sobre su angustia. Apremiaba el tiempo, pero le dio para tener otra idea que encendió más la ira del rey. Acabó pidiendo asilo al enemigo. Se cobijó en la embajada británica, cuando Inglaterra se había revuelto en contra de España precisamente por su culpa. El titular de la diplomacia inglesa, William Stanhope, lo acogió, enfureciendo con su gesto a don Felipe, que ya era capaz de cualquier cosa con tal de acabar con el traidor.

La reina vivió aquellas horas de la caída de Ripperdá acompañada por su abnegada y siempre comprensiva Laura Piscatori.

—Por más veces que me preguntéis, mi señora, lo que se sabe de ese hombre sigue siendo lo mismo: prácticamente nada. Las novedades son escasas. Lo único que he podido averiguar es que en su huida hacia la embajada inglesa no le ha acompañado su esposa.

—Tenéis razón, Laura, no es buena mi impaciencia. Pero es que tampoco resulta fácil matar las horas de la incertidumbre. Y ni me atrevo a acudir junto a mi esposo. Lo imagino tan furioso que no quiero presenciar ninguno de sus arrebatos.

—De eso sí os puedo dar fe. Dicen que va tronando contra el holandés por los pasillos. A decir verdad, toda la corte anda muy revuelta con este asunto.

—No es para menos, Laura. ¿Y decís que Ripperdá está solo?

—Así es, señora.

—Solo… como la luna… Miradla, Laura, ahí la tenéis. Resplandeciente en esta aciaga noche.

Hizo mirar a Piscatori al cielo para presenciar la belleza lunar que iluminaba las malas conciencias y marcaba la senda de los caminos equivocados que llegaban a su fin.

—Esta noche Willem está solo…

La reina no lo lamentaba porque sabía que la soledad se convierte en el único amparo de la traición cuando es descubierta.

42

La noche, aunque primaveral, olía a distancia furtiva y despedida. El reflejo de la luna fue difuminándose, deshaciéndose de los tejados plateados, en los que se vislumbraba hasta que comenzó a ocultarse entre las nubes. Tal vez queriendo desentenderse de la desgracia de Ripperdá.

En un recodo de la calle apareció una mujer de ya cierta edad enfundada en una capa con la pretensión de un infructuoso disimulo. El exterior de la casa que albergaba la embajada británica estaba tomada por la guardia real. Eran más de trescientos hombres, y fue detenida al acercarse. Controlaban cualquier movimiento que se produjera en los alrededores.

Laura Piscatori explicó quién era y les recordó la necesidad de que fueran discretos ya que su sigilosa presencia obedecía a una orden de la reina. Fueron entonces los propios guardias quienes la escoltaron hasta la puerta de la embajada y llamaron para que le abrieran, exigiéndole que resolviera con rapidez lo que tuviera que hacer en el interior. La mujer entró, pero sólo hasta el zaguán, no fue más allá puesto que los ingleses no se fiaban, por más que dijera ir en nombre de Su Majestad la reina doña Isabel.

Le hicieron esperar allí y en un par de minutos apareció el barón de Ripperdá. El cansancio podía verse impreso en los albores de su imborrable sonrisa. Se alegró al verla. Sobre el apuesto aventurero holandés pesaban las horas sin dormir y, sobre todo, las consecuencias de sus locuras y de su presunción.

Las secuelas en el rostro se percibían en profundas ojeras así como en una inusual barba de varios días que le echaba años y arrepentimiento.

—No disponemos de mucho tiempo —dijo Piscatori precisamente para no perderlo.

—¿A qué se debe vuestra presencia? Me resulta grata en las circunstancias en las que me encuentro.

—No sé si el mensaje que os traigo os lo resultará también. Es de mi señora. Sólo quiere que sepáis que ha hecho cuanto estaba en su mano por vos. Pero mucho se teme que ya nada pueda hacer por salvaros. Que Dios os proteja...

Laura no dio opción alguna a que Ripperdá reaccionara. Abrió la puerta y desapareció confundiéndose con las sombras de la oscuridad, como una más.

En el exterior, el excesivo silencio, habiendo tantas personas arremolinadas entorno a la embajada, barruntaba lo que acabó sucediendo al poco de marcharse.

Una orden. Apenas un grito ahogado. La luna se esfumó por completo bañando de negro las calles. Y comenzó el asalto a la embajada inglesa para apresar a Johan Willem de Ripperdá. Sin su ducado y su Grandeza de España. Fue reducido como un vulgar ladronzuelo. El embajador Stanhope intentó evitar el atropello ayudado por parte de su personal. «¡Este hombre está acogido al asilo diplomático!», clamaba entre el alboroto. Pero fue inútil. El asalto se consumó con contundencia y suma rapidez, a pesar de la barbaridad que suponía tomar por la fuerza un espacio protegido por la inmunidad diplomática. Esa misma tarde el caso había sido sometido al dictamen del Consejo de Castilla, reunido con carácter de urgencia, que autorizó su detención.

Ripperdá, sudoroso y resistiéndose con vigor, fue con-

ducido a Segovia para ser encarcelado en su Alcázar como
reo de lesa majestad. Le aguardaba un encierro duro, sometido a un aislamiento extremo por orden de don Felipe
de Borbón. Era el final de una meteórica carrera. A partir de
ahora entre el barón y la reina cabría sólo la distancia, y
una suerte de deuda pendiente que jamás podría ser sal-
dada.

Nada más salir de la embajada las nubes se dispersaron
y abrieron paso a la luna, que resplandeció de nuevo ilumi-
nando la oscura senda por la que debía transitar a partir
de aquella noche de finales de mayo el ángel caído del holandés.

El mismo resplandor penetró por la ventana de la cámara
matrimonial de los reyes. Esa noche en la que Ripperdá iba
camino de Segovia estaba llamada extrañamente a ser inolvidable para Isabel de Farnesio. A pesar de su avanzado estado de gestación, Felipe le regaló un delirio de sexo desbor-
dante y desbocado. Hacía tiempo que no se comportaba de
esa manera. Parecía haber recuperado sus antiguas ansias
tras un paréntesis temporal. Derritió por dentro a su esposa
con dulzura al tiempo que daba rienda suelta al vigor con el
que quiso poseer lo que deseaba que fuera suyo, y de nadie
más. ¿Intuición, quizá, de que podría no estar siendo así?
Desde luego no lo dijo. Era el rey. También en el lecho. Y si
ese cuerpo y ese sexo que parecía a punto de reventar de
placer ciertamente no hubieran sido sólo suyos a partir de esa
noche iban a serlo. ¿No fue, entonces, casualidad que recuperara su fogosidad justo cuando Ripperdá se alejaba de sus
vidas para siempre?

Al terminar, Isabel necesitó un tiempo para recuperarse.
Pero antes de dormir pidió ayuda para levantarse y abrir
una ventana. Inspirando el olor a nocturna primavera sintió

el hondo silencio de un adiós no pronunciado: el de Johan Willem de Ripperdá.

A la mañana siguiente, al despertar, su esposo ya no estaba en la cama. Había madrugado. Pero ocurrió algo sorprendente: en su lugar yacía una esplendorosa rosa roja con el tallo más largo que jamás había visto.

Cuarta fachada: el sol

Los hombres olvidan siempre que la felicidad humana es una disposición de la mente y no una condición de las circunstancias.

JOHN LOCKE

43

Aquellos primeros años de segundo reinado estaban pesando como balas de plomo en el ánimo de Felipe. Y, por más que pudiera sonar extraño, los relojes y el sexo eran su único consuelo. A lo segundo se entregó con tanta frecuencia y ahínco que, como era de esperar, el fruto de tan intensa actividad también se multiplicaba. Con una diferencia de tan sólo trece meses nacieron dos hijos: la infanta María Teresa Rafaela, el 11 junio de 1726, a la que siguió el infante Luis Antonio Jaime en julio del siguiente año.

A la reina lo que le pesaba era la ausencia de Ripperdá. Al final, con su locuacidad y su arrogancia, había acabado por resultarle una compañía grata. Y aunque le costara reconocerlo, también un apoyo. Los problemas mentales de su esposo, la melancolía o lo que últimamente diagnosticaban los galenos como depresión, eran una letal compañera de viaje para un cónyuge, y a veces erosionaba los sentimientos más íntimos de Isabel como mujer. Poca más veneración mostraba Felipe por su esposa más allá del sexo, en lo que desde luego se empleaba bien a fondo.

La combinación del juego galante del holandés y la ambición política de ambos colmaron durante mucho tiempo las expectativas de Isabel, en su doble condición de mujer y reina. A pesar de que en todo momento tuvo claro que en dicha relación no había espacio para el amor, echaba de menos la presencia de Ripperdá.

Willem...

Tal vez desconocía, o se negaba a admitir, que eso también es una manera de amar.

Pero lo que sí sabía era que había constituido un buen lenitivo para la desesperación de convivir con un hombre enfermo en el que estaban puestos todos los ojos de Europa. Un hombre que seguía sintiéndose ajeno a la alegría familiar. Entrado el nuevo año de 1728 el rey se había visto incapaz de ilusionarse con la boda en ciernes de su amada hija Mariannina, María Ana Victoria, con José I, rey de Portugal. Su estado físico y mental se agravó, en la que se convirtió en la peor crisis de todas cuantas había padecido hasta entonces. Tan enfermo estuvo y tan calamitosos fueron su aspecto y circunstancia que se llegó a temer por su vida. Pasaba las horas, los días, tendido sobre el lecho sin moverse, sujetándose la cabeza con fuerza entre las manos y abierta la boca a la espera de un maná. Parecía estar en un mundo a las afueras de la vida.

Se profería mordiscos a sí mismo y, cuando por fin recobraba fuerzas para salir de la cama, le daba por emprender carreras por los largos pasillos de palacio gritando como un agonizante condenado a muerte.

Sufría tremendas alucinaciones. A veces afirmaba ser un sapo o una rana. Incluso había llegado al ridículo de croar para demostrarlo. Un anochecer fue encontrado en un rincón de los jardines del palacio de La Granja de rodillas y con la boca abierta. Fue un galeno quien le preguntó por lo que le pasaba y la respuesta del rey le causó una extraña mezcla de risa, tristeza y estupor: «Espero a cazar una mosca con la lengua».

De creerse un anfibio pasaba a considerarse un muerto en vida. Esto era algo recurrente. Afirmaba que, aunque los demás podían ver cómo se movía, no sabían que, en realidad, estaba más muerto que vivo.

Un día dio la orden de que se personara rápidamente su confesor para manifestarle con profundo pesar:

—Quisiera deshacerme de la piel de rey, me estorba, me aprisiona, y no puedo permitir que tamaño sufrimiento vaya en aumento...

Su esposa se propuso en esa ocasión reanimarlo con un procedimiento nada médico ni ortodoxo, pero sí infalible en su caso. Entró desnuda en la cámara y se acostó a su lado. El rey ni se inmutó. Entonces se colocó sobre él a horcajadas y fue desabotonándole la camisa larga que solía utilizar para dormir. Felipe empezó a reaccionar con lentitud al sentir sobre la piel del pecho los besos de Isabel enredándose en el vello.

Los besos fueron dejándose caer hacia el abdomen y resbalaron hasta las ingles. El cuerpo masculino se tensó, y eso animó a Isabel a seguir. Había reacción y emergía deseo en la predisposición incontrolable e involuntaria del rey.

Deshaciendo uno de los besos Isabel aprisionó el sexo de Felipe entre sus labios. Lo lamió deleitándose y acabó introduciéndolo en su boca hasta el fondo mientras él, respondiendo ya de lleno al requerimiento de su esposa, le metía los dedos en el lugar más esperado; por algo ella estaba ofreciendo su vagina al deseo del esposo, sabiendo que los efectos de la enfermedad quedaban difuminados por los efectos de la lasciva sensualidad, exprimiendo al máximo que así fuera.

Los dedos empapados buscaban la cara interna de los muslos de Isabel para pasear caricias antes de emprender el regreso al interior del sexo femenino, mientras la boca de ella avanzaba posiciones para culminar la felación.

Con Felipe entregado al juego amatorio que le daba la vida, Isabel no paró hasta conseguir que él, revoltoso, se vertiera en su boca, en lugar de hacerlo en el «vaso natural», como siempre prescribían las autoridades eclesiásticas. Era algo que quedaría entre ellos. Encerrados entre las paredes de su universo íntimo, lo que hacían se elevaba a las cumbres del placer humano. Más allá de la frontera del lecho conyugal, lo que acababan de vivir habría sido considerado una aberración indigna de reyes. Como si España no conociera, a esas alturas, el mandamiento libertino que regía las vidas de nobles y aristócratas en París, y que habían traído consigo los franceses.

El libertinaje de lo natural.

Las pasiones desatadas. El desenfreno de los deseos.

La concupiscencia de manos y caricias, y labios que orquestan los asaltos a las entrañas de los deseos más ocultos e inconfesables.

En definitiva, para Felipe, el hecho de vivir. Que venía a ser lo mismo que luchar contra la muerte.

44

Las alegrías mundanas y lujuriosas que tanto alegraban el cuerpo del monarca no alcanzaban, sin embargo, la meta de su mente, que continuaba sombría y rebosante de indeseables y oscuros pensamientos.

El más oscuro de todos volvía a ser el de la abdicación. Esa vez no dijo nada a Isabel. A sus espaldas firmó un nuevo testamento, con fecha de junio de 1728, en el que renunciaba a la corona en favor de su hijo Fernando, el menor de su primer matrimonio. El único testigo fue un gris burócrata del que nadie sospecharía y al que Felipe le hizo jurar sobre la biblia un pacto de silencio.

Al acabar le ordenó entregarlo al Consejo de Castilla y marchó después hacia la sala de los relojes, donde permaneció largas horas examinando el de Hildeyard. Le gustaba el contraste entre la volatilidad de la esfera de vidrio que coronaba las cuatro fachadas, en la que se encerraba el universo, y la pesadez de la estructura dorada del reloj.

El universo seguía incompleto con el hueco hiriente del sol. Como incompleta estaba su vida hasta ese momento de la nueva abdicación. Con ella intentaba devolverse a sí mismo lo que le faltaba: la serenidad de hacer lo que verdaderamente deseaba, de llevar las riendas de su existencia, en su nombre y no en nombre de una España que continuaba siéndole ajena.

Pero como en palacio hasta las paredes oían las palabras apenas pronunciadas e incluso descifraban las incógnitas del silencio, no tardó en llegar a oídos de la reina la nueva ocurrencia de su esposo.

Fue el marqués de Scotti quien le reveló la acción clandestina que acababa de cometer el rey. Su reacción no se salió de lo esperable en ella.

—¡Definitivamente, mi esposo ha perdido la cabeza! Si es verdad lo que acabáis de contarme, tenemos que detenerlo cuanto antes.

—No hay dudas acerca de lo que Su Majestad ha hecho. De no frenar los efectos de ese nuevo testamento, el príncipe Fernando podría convertirse, en breve, en el nuevo rey de España, majestad.

—¡Imposible! ¡Eso es imposible! ¡Imposibleee…! —Le salió el carácter parmesano—. Ahora mismo firmaré la orden que anula semejante disparate.

—Pero… ¿os atreveréis a anular una decisión del rey?

—¡Las decisiones del rey me las paso por el forro de estas enaguas francesas! —Y diciendo esa ordinariez se agarró con genio las faldas del vestido—. ¡Vamos! Traedme lo necesario para redactar la orden. Aunque, pensándolo bien, será mejor aún hacer que ese documento no haya existido nunca…

Así era Isabel de Farnesio. Además, con los años que llevaba reinando junto a su demente esposo, ya era capaz de atreverse a contradecir una orden suya, y a más, a mucho más…

Respondiendo a la perfección a lo que era una tradición borbónica, el sexo seguía siendo lo único que conseguía animar el espíritu del rey, aunque ya no como antes. Pasó, en aquel tiempo, por una fase de indiferencia impropia en él. Nada, tampoco el sexo, despertaba su apetencia o un mínimo de interés al menos. Ni siquiera le motivaban los preparativos de la boda de su hijo Fernando, el nuevo heredero, con Bárbara de Braganza.

Ordenó llamar a uno de sus ministros, al que le sorprendió con el siguiente anuncio:

—Llevo un tiempo pensando en que sería bueno una visita de la corte a Sevilla. Creo que el sur puede sentarnos bien a todos.

—Sin duda que el sur merece la pena ser visitado. Los aires cálidos pueden ir bien a vuestra persona, majestad. ¿Y habéis pensado para cuándo podría organizarse la visita? Dicen que la mejor época es la primavera.

—¡Marchamos ya!, mañana mismo si es posible. Y no será una visita, ministro, sino que nos quedaremos en Sevilla una larga temporada. ¡Eso es lo que haremos! —dijo extrañamente animado de repente.

Ni el ministro ni nadie era capaz de averiguar el alcance último de la expresión «larga temporada», pero no le cabía más que cumplir sus órdenes.

Horas después se producía una agria discusión entre la reina y su esposo, en la que a voz en grito le recriminaba que hubiera adoptado la decisión de trasladar la corte a Sevilla sin su consentimiento y de hacerlo, además, de inmediato. «¡No se traslada de lugar así como así toda una corte entera!», vociferaba Isabel. Los sirvientes oían los gritos desde los pasillos de palacio. Las ruidosas peleas entre la pareja eran temidas por damas y sirvientes, el temperamento italiano emergía en estado puro, sin importarles que todo el mundo pudiera escucharles y que los escandalosos ecos acabaran llegando, como en efecto ocurría, a cualquier rincón de la corte, incluyendo a los embajadores. Pero como los ánimos estaban muy exaltados en aquellos días, la discusión se extendió a un asunto que llevaba camino de convertirse en eterno.

A pesar de los años transcurridos, las pesquisas acerca del robo del sol del reloj de Hildeyard seguían latentes pero poco activas. Lo malo es que cuando una alteración de la realidad se prolonga demasiado en el tiempo, acaba normalizándose. Instalarse en la pena y la contrariedad conlleva ese riesgo, el de convertir en normal y cotidiano lo que no lo es. Le sucedía incluso al rey, el único afectado por la desaparición de la valiosa pieza. Aunque en su caso de vez en cuando se le sublevaba el ánimo resurgiendo la necesidad imperiosa de continuar con la búsqueda. Todo lo contrario de lo que le ocurría a su esposa.

—Deberíais desistir del empeño en seguir buscando ese maldito sol —le dijo Isabel, harta del asunto.

—Jamás lo entendisteis. Si ya es enorme la pesadumbre de gobernar, peor aún es tener que vivir sin luz en la vida —se lamentó Felipe—. Y todo por culpa del desalmado y mal nacido que robó ese sol. Había puesto muchas ilusiones al adquirir el reloj de Hildeyard porque intuía que era mucho más que un objeto que marcaba las horas. Está claro que lo era.

Las explicaciones de su esposo hicieron que creciera la rabia en Isabel. Su prudencia saltó por los aires. Por fin acabó diciéndole lo que en verdad sentía pero no se había atrevido jamás a echarle en cara. Hasta ese día.

—¡Oídme bien, esposo mío! ¿Sabéis qué creo? ¿Imagináis cuál es mi convencimiento desde el primer momento en que robaron ese maldito sol? Voy a decíroslo, aunque ya sé que no será de vuestro agrado. —Su enfado ya era extraordinario—. El robo de esa insignificante pieza…

—¡No digáis eso! ¡No es insignificante! —le interrumpió Felipe.

—¡Callaos! —Fue tal el grito que el rey dio un respingo hacia atrás en un acto reflejo—. El robo de ese puñetero sol os ha venido muy bien para no asumir la gran e íntima verdad que rige vuestra vida. ¿No adivináis cuál es?: vuestra manifiesta incapacidad para llevar dignamente la corona y asumir la responsabilidad que supone gobernar un inmenso y poderoso reino como el de España. ¡Sois un incapaz! Eso es lo que os pasa, ¡y no otra cosa! Incapaz hasta para asumir que lo sois.

Tras la tempestad de los gritos se impuso el silencio de la derrota, que no la calma. Felipe quedó abatido al oír de boca de su esposa, la misma boca que ávida devoraba lo mejor de su cuerpo en el lecho, la verdadera razón de su triste existencia. Incapaz de decir nada en su defensa, ni en su desolación, se derrumbó sobre su sillón.

Al final de aquella discusión el rey parecía un juguete en manos de su corajuda esposa. Se sentía incomprendido y afectado por su furibunda sublevación contra él. Lo único que pretendía era un cambio de aires, nada más; abandonar Madrid con la esperanza de que su ánimo remontara y su vida fuera distinta.

Y con ese espíritu, y a pesar de la reprimenda de Isabel, se fue a dormir pensando en que algo tenía que cambiar en su vida.

Una nueva etapa se abría ante ellos en Andalucía... O eso, al menos, podría creerse.

A Isabel aún le quedaba por hacer algo importante antes de irse a la cama. Tomó el testamento, que ya obraba en su poder, en el que el rey dejaba constancia de su renuncia al trono en favor de su hijo Fernando, y lo acercó a una vela cuya pequeña lengua de fuego lo devoró en escasos segundos.

45

Qué es eso que tenéis que contarme y que no puede esperar?

Laura Piscatori disponía de información confidencial para
la reina.

—El duque de Ripperdá se ha escapado de la cárcel de
Segovia y nada se sabe de él.

—Escapado... Willem se ha escapado... —lo dijo mirando al infinito, recreándose en el pensamiento de Ripperdá
acariciándola con sus inolvidables manos que ahora volvían
a la memoria—. ¿Cuánto hace de esto?

—Fue el pasado 30 de agosto, majestad.

—¿Qué más se sabe de su fuga?

—Poca cosa más. —Hizo una pausa—. Bueno... dicen
que...

—¡Oh, Laura, está libre! ¿Creéis que sería capaz de venir
a Madrid?

Una ola de súbita felicidad invadió a Isabel.

—No sé si su innegable osadía le llevaría a hacerlo. Capaz es...

—¿Qué ibais a añadir? Os he interrumpido...

La reina parecía haber recibido una buena noticia.

—Pues os iba a decir que le ayudó a escaparse una mujer.

—¿Una mujer? ¿Ha sido su esposa capaz de semejante
locura?

—No ha sido su esposa.

—¿Y quién, si no…? —se extrañó la reina.

Con dudas acerca de cómo iba a encajarlo su señora, Laura respondió con tiento pero sin ocultaciones:

—Ya sabéis que a los chismes no hay que concederles demasiada importancia…

La reina la miraba expectante.

—Dicen que ha sido una doncella de la alcaidesa de la prisión de Segovia, una joven llamada Josefa Ramos.

—¿Qué… qué estáis diciendo?

—Bueno, quizá no sea cierto…

Un jarro de agua fría para la reina. No obstante, se recompuso. Las emociones difícilmente la dominaban. Ripperdá había sido un sueño que acabó derivando en una pesadilla y ahora se había visto reducido a un simple recuerdo. Aunque un recuerdo muy presente.

—Hoy tenemos muchas cosas que hacer, Laura. Hay que ponerse en marcha —le dijo a su vieja dama haciendo ver que había circunstancias que podían superarse con el tiempo, aunque algunas, más que superadas, permanezcan para siempre dormidas en un invisible rincón de los recuerdos imborrables.

Badajoz, 19 de enero de 1729

Camino de Sevilla se celebró la boda del príncipe Fernando y la portuguesa Bárbara de Braganza en la catedral de Badajoz. Eran unos adolescentes. Quince años, él; diecisiete, ella.

Ni aun siendo el día del desposorio el novio pudo disimular lo poco que le agradaba la que se estaba convirtiendo en su esposa, a la que había conocido tan sólo dos días antes. En ese mismo viaje se había realizado el intercambio de dos novias casaderas, en un cruce de matrimonios que reforzaban las respectivas coronas de España y Portugal. En un magnífico y suntuoso acto celebrado sobre un puente que cruzaba el río Caya, frontera entre ambos países, y que separaba la española Extremadura del portugués Alentejo, tuvo lugar el canje entre las infantas. Portugal entregaba a Bárbara para casarse con el heredero español, Fernando, mientras que España hacía lo propio con María Ana Victoria, la pobre Mariannina devuelta en su día por Versalles, que iba a convertirse en esposa del heredero a la corona portuguesa, José.

La visión de la oronda Bárbara de Braganza no fue lo más propicio para que el príncipe Fernando cayera rendido y enamorado a primera vista. Además, la impresión que daba la joven portuguesa era la de ser atolondrada y caprichosa. Agradó poco a Fernando, pero menos aún a los reyes, en cuya memoria estaba demasiado reciente el recuerdo de la que, en apariencia, guardaba peligrosas similitudes con la princesa portuguesa, Luisa Isabel de Orléans, viuda de Luis I. Lo malo era que los asistentes a la ceremonia nupcial se dieron perfecta cuenta del escaso entusiasmo familiar por todo, la boda y la novia.

Por lo único por lo que se mostraba interesado el rey Felipe era por llegar lo antes posible a Sevilla. Durante el escueto banquete de bodas fue a buscar a los lacayos que custodiaban el reloj de *Las cuatro fachadas* para comprobar que permanecía en buenas condiciones y que no le estaba afectando el traslado. No cabía duda de que su obsesión viajaba con él a Sevilla, entre un numeroso séquito que sumaba más de seiscientas personas entre criados y ministros.

La reina necesitó también salir del templo a que le diera el aire. Entre la perspectiva de tener que soportar a su nueva nuera de un hijo que no era suyo, y la obcecación de su esposo en que no hubiera mundo más allá del reloj de Hildeyard, quiso que algo de aire puro entrara en sus pulmones y limpiara su mente de hastío y hartazgo.

Paseó, a pesar del frío, por los alrededores de la catedral en compañía de Laura Piscatori. Los ecos de los vítores de la celebración llegaban aplastados por la indiferencia.

—Ya veréis como tardan más de la cuenta en tener descendencia —comentó Piscatori sin venir a cuento.

—¿Cómo decís...?

A la reina le causó sorpresa el comentario.

Su sibilina y maquinadora dama de compañía, su nodriza de antaño y, al cabo de tantos años a su servicio, su amiga más que su sirvienta le contó algunos chismes que estaban en boca de todos:

—Se dice que el príncipe no ha tenido relaciones sexuales previas a la boda y que podría deberse al temor, heredado de su padre, al pecado que supone el sexo si no es en el seno del matrimonio.

—¡Ja, ja, ja! ¿De dónde habéis sacado semejante estupidez?

—Reíd cuanto queráis, señora, pero os aseguro yo que ese niño no ha catado lo que debería. Aunque... otras voces de las muchas que se oyen al cabo del día sugieren que la causa podría ser una infame ambigüedad sexual que atenaza al joven...

Isabel inspiró con agrado el aire y repitió: «Una infame ambigüedad sexual», queriendo retenerlo en su pensamiento.

El 3 de febrero la comitiva llegó a Sevilla. Con buen tiempo y mejor humor. Con olor a primavera y a Guadalquivir. En el recibimiento hubo de todo. Fiestas a mansalva, toros, los juegos de cañas que jamás podían faltar y vistosos fuegos artificiales en los que se notaba que los sevillanos habían derrochado sin importar lo que costara. Más de cuatrocientas calesas y setecientos cincuenta caballos encabezaban un interminable desfile con el que los reyes y su familia se sintieron plenamente agasajados.

El Alcázar acababa de ser remodelado a toda prisa para poder alojar a la familia real al completo. La capital hispalense se volcó para agradecer el privilegio de que la convirtieran durante un largo período en sede de la monarquía.

La primera noche en Sevilla, a la hora de la íntima soledad de los reyes, Isabel intentó transmitir a Felipe lo que podría suponer para ellos la alegría reinante en una ciudad plena de júbilo por su llegada. «En una ciudad alegre y luminosa», dijo contenta.

Se auguraba una etapa de luz en sus vidas, «una etapa nueva en una tierra alegre y campechana», insistía Isabel exultante. Sin embargo, cuando terminó de hablar se dio cuenta de que su esposo transitaba por otros mundos que no estaban en la cámara en la que ambos se encontraban. Mundos que se reducían a una sola cosa, un objeto: el reloj de *Las cuatro fachadas*.

—¿Cuál será el lugar más indicado para colocarlo cerca de mis aposentos? ¿Qué os parece? —preguntó, moviéndose en busca del hueco perfecto, como si no le importara nada de lo que estaba hablando su esposa.

A esa misma hora, mientras el personal que debía instalarse en palacio para el servicio a sus majestades iba acomodándose...

La pequeña pieza en forma de sol del reloj de *Las cuatro fachadas* cayó al suelo sin querer mientras el equipaje era ordenado en el cuarto. Una mano femenina lo cogió con cuidado.

La mujer, después de comprobar que no había sufrido daño alguno, lo guardó bien entre la ropa y cerró el cajón.

La llegada al nuevo destino en el que se instalaba la corte estaba resultando algo agitada. Había que adaptarse, combatir algunos desajustes, limar roces y asperezas propias de un largo viaje... En fin, desplazamientos de ese tipo nunca eran fáciles. A éste se le había sumado el transporte de la colección de relojes y la celebración de una boda en el camino, lo que suponía que se establecían en un sitio en el que todo era nuevo y al que llegaba también un pequeño séquito desconocido, el de Bárbara de Braganza. Nueva sede para la corte y un nuevo matrimonio que traía consigo a personas nuevas.

En el capítulo de «roces» se reprodujo uno ya habitual. Laura Piscatori y el marqués de Scotti volvían a tener problemas. Alcanzó tal dimensión el embrollo que acabaron delante de la reina.

—Una noche me ha bastado para comprobar que mi habitación no es apropiada para una mujer de mi edad que, ¡además!, está al servicio directo de la reina.

—Yo también estoy al servicio de su majestad.

—¡Pero no os podéis comparar conmigo! Queréis desplazarme del lugar que me corresponde, el de la más estrecha servidora de su majestad.

—¡Basta! —bramó Isabel. Ambos se callaron de golpe—. Disculpadme, no debí gritar, pero es que vuestra discusión, a mi juicio estéril, me causa dolor de cabeza. ¿Cuál es el problema?

Tomó la palabra Laura para responder, estaba muy enfadada con el marqués.

—Lamento veniros con un asunto como éste cuando tendréis cosas más importantes de las que ocuparos.

—Al grano, Laura...

—Veréis, majestad, en nuestra zona sólo hay un cuarto amplio que reúna condiciones para una mujer como yo.

—No hay razón por la que tenga que quedarse con la habitación elegida por mí —saltó Scotti.

—Marqués, ¿os he preguntado yo? —le recriminó la reina en un tono severo que no era el habitual al tratar con ellos.

—Disculpad, mi señora —rectificó el italiano.

Isabel les escuchaba todavía afectada por la reacción absurda y egoísta de su esposo la noche anterior.

—¿Ése es todo el problema? Parecéis niños. Laura, a vos os corresponde elegir habitación. Sois mujer y ya de una edad que algún privilegio merece. Asunto zanjado.

Piscatori miró por encima del hombro a su contrincante; un mal gesto del que la reina no se percató.

—Y si no estáis de acuerdo id a discutirlo a otra parte. En cualquier caso, se hará lo que yo he dispuesto.

A Scotti le pareció el colmo. Tenía la sensación de que los conflictos siempre se resolvían a favor de la que consideraba ya abiertamente su oponente.

Cuando reinó el silencio al marcharse Laura y Scotti volvieron a la mente de la reina infinidad de ideas acerca de la pusilanimidad de su marido y del temor a que en cualquier instante cometiera una locura. Otra más.

¿Podría Sevilla remediar una nueva insensatez del rey si estuviera a punto de producirse...?

Pensó también en qué habría sido de Ripperdá tras su fuga.

46

Os lo dije. —Piscatori cuchicheaba con la reina durante un paseo matinal por los alrededores de la esplendorosa catedral sevillana—. Ya se extiende por toda la ciudad que en la noche de bodas el príncipe no estuvo a la altura de lo que se espera de un hombre.

Farnesio empezaba a disfrutar con las maledicencias del heredero de su esposo.

—¿Qué queréis decir con eso de «lo que se espera de un hombre»?

Isabel puso cara de comicidad, burlándose de lo que la afirmación de Piscatori sugería veladamente, un verdadero escándalo.

—Yo no digo nada. Sólo me limito a reproducir lo que oigo.

—Y lo que oís es que Fernando tiene problemas… ¿digamos que con las mujeres?

—Cuentan que doña Bárbara no quedó muy satisfecha… —Ambas estallaron en sonoras carcajadas—. Ya os lo advertí, señora —insistió—, en esa pareja no es oro lo que reluce, como dicen por aquí.

Siguieron caminando en mitad de los saludos de muchos súbditos que aclamaban a Isabel de Farnesio al pasar, mientras ella les sonreía, pero no por agradecer los cumplidos sino porque seguían rondándole los chascarrillos sexuales de su hijastro. Lo interesante de esas posibles anomalías en el lecho era que dificultaban la descendencia de otro hijo de su esposo con la anterior reina. Y si no estaba garantizada dicha descendencia se reducían las posibilidades de que Fernando heredara el trono de su padre.

Precisamente Fernando, preocupado por las novedades que le llegaban del alarmante estado de su progenitor, fue a ver a Isabel de Farnesio para hablar de la posibilidad de una nueva abdicación. En ese caso debería hacerse cargo él de la corona. Como parte interesada quería conocer más sobre la situación real del estado de don Felipe.

—Creo que no se me está diciendo la verdad.

—¿Me acusáis de algo?

Farnesio siempre estaba a la defensiva con el muchacho.

—No. —Fernando fue tajante—. Sólo os pido que me digáis si mi padre está en condiciones de seguir reinando o si, por el contrario, como dicen por ahí, su deteriorado estado mental no lo permite. Con dieciséis años, que no tardaré en cumplir, yo podría asumir el trono.

—¡Ja! —A la reina la carcajada le salió del alma—. ¿Es eso lo que creéis que va a suceder? La corona no va a pasar a vuestras manos. No será necesario porque vuestro padre está muy capacitado para seguir en el lugar que le corresponde.

—Mi padre es un hombre enfermo que ha intentado varias veces eludir sus responsabilidades.

—¿Sabéis cuáles son las vuestras? Cumplir con vuestros deberes conyugales para asegurarle sucesión a ese padre al que tanto amáis… —El sarcasmo y la ironía en Isabel de Farnesio se convertían en un arsenal de letales armas—. Lo que aqueja al rey es una dolencia pasajera por la que no hay que alarmarse. Pronto se reincorporará a sus funciones de gobierno. ¡Así que ya podéis marcharos por donde habéis venido!

—Vuestro mal carácter no es buen consejero en una reina.

—¡Y vuestra desfachatez es irritante!

Fernando salió sonriendo y con la ligereza que su juventud permitía mientras la reina desahogaba su enojo con la leal Piscatori.

—Jamás permitiré, Laura, ¡jamás!, que vuelva a gobernar un hijo de mi esposo que no lleve mi misma sangre. Estoy cansada, os lo confieso. Cansada de que Felipe siga negándose a ser rey. Si ni siquiera los galenos saben cómo curarlo de la depresión, ¿cómo voy a saberlo yo? Pero lo que sí tengo claro es que, mientras yo viva, no volverá a abdicar. No permitiré que deje el trono español en manos de otro. Algo habrá que hacer para que reconduzca esa apatía demoledora que le asiste, esas absurdas alucinaciones, el invertir la noche y el día… Tanto desastre…

—Difícil es la solución, mi señora.

—¿Tendrá razón Hatton y será cosa de ese sol que le robaron de su reloj favorito? Ya no sé qué pensar. Ahora vuelvo a creer que deberíamos encontrarlo como sea.

—Pero ya lo habíais dado por perdido.

—Y tenéis razón, Laura, no lo niego. Pero hemos intentado todo lo que estaba en nuestra mano, y el rey sigue igual. Pensé que Andalucía, adonde tanto insistió en trasladar la corte, conseguiría borrarle del alma su tristeza, pero no parece que haya sido así.

Isabel era sincera en su angustia. El férreo carácter que definía su persona empezaba a agrietarse, pero porque resulta difícil mantener una fortaleza cuando es asediada a cada minuto. Las fuerzas se van reduciendo hasta que la flaqueza anticipa una posible rendición. Eso era lo que por nada del mundo se consentiría a sí misma. No habían educado a ningún Farnesio para rendirse.

—¡Buscaremos de nuevo ese sol! Vamos, salid a organizar lo necesario para reactivar su búsqueda. Y sabed, Laura, que ya no estoy dispuesta a admitir que sea imposible encontrarlo. Esa pieza estará en algún lugar y no hay sitio adonde no podamos llegar. Si la ha robado alguien del entorno de la corte tiene que hallarse aquí, en Sevilla.

—Está bien, así se hará.

—No perdemos nada por volver a intentarlo.

Sobre todo, no sólo no perdían, sino que, si lo encontraban, ganaban mucho al evitar, por ejemplo, entre otras muchas cosas, que los embajadores siguieran despachando con un pelele patético. En eso se había convertido Felipe V, el nieto del Rey Sol que había perdido el sol de su vida.

Fuera por el sol o por la belleza de Sevilla, el caso era que la ciudad hispalense había cautivado al rey. Y si bien su estado emocional no lo notaba demasiado, podría pensarse que al menos contribuía a proporcionarle cierto alivio reconfortante. Descubrió que disfrutaba caminando por las estrechas calles que conducían de un monumento a otro, y también navegando por el río. A los pocos días de llegar, como parte del recibimiento en el que se había volcado el pueblo sevillano, la familia real embarcó en una vistosa góndola pintada en tonos dorados que portaba en la popa una carroza de cristal y era tirada por veinte remeros vestidos de terciopelo carmesí con galones de oro. En los bonetes, también de terciopelo, lucían un león de oro. Era como deslizarse entre las nubes del cielo en un sueño. Navegaron durante casi tres horas, hasta el atardecer. La caída de la tarde hundiéndose en una mullida primavera hizo que el rey recobrara la tranquilidad por unas horas. La reina aguardó lo que sabía que venía después.

En efecto. Tras el excitante paseo en góndola que pareció despertar su libido, por la noche la imaginación de Felipe se desató en el lecho conyugal.

Extrajo el dildo del cofre secreto y comenzó a jugar con él introduciéndolo en el cuerpo de Isabel, en el «vaso natural», como era menester. Sin embargo, dinamitó la ortodoxia haciendo que, a la vez que él la excitaba con el artilugio, ella le atrapara el sexo con la boca, succionándolo hasta que ambos llegaron al clímax al mismo tiempo. La procaz postura, y el ahínco con el que se entregaron cada uno a su estimulante tarea, los dejó exhaustos y felizmente satisfechos.

Cayeron en el mejor letargo compartido que pueda existir.

La monumentalidad de esa pequeña ciudad le gustaba. Por eso Felipe no faltó ni una sola tarde a su paseo diario, tan agradable en medio de un clima cálido. El problema era que las tardes en las que lo hizo fueron muy pocas. Muy pronto, demasiado, empezó a pensar en la posibilidad de regresar a San Ildefonso. Allí estaba su lugar en el mundo. La Granja. El palacio de su retiro.

Una tarde, encontrándose a solas frente a uno de los estanques del Alcázar, se entretuvo deshojando una margarita y lanzando las hojas al agua. La caída del sol le sorprendió con lágrimas en los ojos.

Lágrimas nacidas del desasosiego que le producía no ser feliz con su vida.

Lágrimas de oscuridad en la que nadaban los deseos de escapar a todo y a todos. En primer lugar, escapar de sí mismo.

«¿Por qué, desdichado, has abandonado la claridad del sol para venir a visitar a los muertos en este lugar terrible? (…) Apártate del hoyo, retira la punta de tu espada para que pueda yo beber la sangre y decirte la verdad.» Leía a Homero de joven. La *Odisea*. Palabras que entrañaban verdad. Entonces no tenía nada de lo que huir.

Para evitar que su pensamiento alzara el vuelo por caminos indebidos, la reina decidió que emprendieran viaje por tierras andaluzas para conocer diferentes lugares que lo distrajeran. Visitaron Cádiz, Isla de León, Sanlúcar, Doñana, El

Puerto de Santa María, hasta que a finales de septiembre tuvieron que regresar a Sevilla debido al avanzado estado de gestación de la reina, que a mediados de noviembre parió a la infanta María Antonia Fernanda, séptima de los hijos de la pareja.

Ni siquiera la celebración de la buena nueva mejoró el ánimo de Felipe, cubierto por un manto de aflicción. Apenas participó de las celebraciones en las que se volcó el pueblo sevillano. Isabel presenció a solas desde una ventana el magnífico despliegue de fuegos artificiales. Recordaba al furtivo Ripperdá buscándola a hurtadillas mientras contemplaba los festejos con motivo de la coronación del malogrado Luis. Y la rosa, la inolvidable rosa roja con la que el holandés anunciaba su presencia ausente queriéndole decir que siempre, de un modo u otro, estaba con ella, sintiéndose a su lado. Hacía tiempo que el atractivo embaucador no lo estaba. ¿O sí...?

El rey volvió a sufrir gravísimos ataques melancólicos. Se confinó en la cama durante días y no hubo manera de sacarlo de ella, ni siquiera para el aseo. El cabello le creció hasta ser imposible su manejo y el peluquero optó entonces por plantarle una peluca sobre la grasienta y descuidada cabellera recogida, con grandes dificultades, en una mata de pelos desgreñados.

Ocurrió otro hecho, mucho más asqueroso aún, que producía vergüenza y enorme repulsión en quien tenía la penosa ocasión de presenciarlo. Como Felipe no permitía que le cortaran las uñas, las de los pies le crecieron tanto que se replegaron sobre sí mismas caracoleadas entorpeciéndole el caminar.

Otra vez la decadencia se adueñaba de su persona y lo apeaba de su regia condición.

De mudar la noche en día, invirtiendo el orden lógico

que se rige por la luz solar, pasó a dormir apenas una hora. A veces se sujetaba la cabeza con increíble fuerza como si quisiera arrancársela para terminar con los tremendos dolores que padecía; cuando conseguía salir de la cama, daba tumbos de un lado a otro del Alcázar con la boca abierta, la lengua fuera y desorbitados los ojos, y no iba al exterior en ningún momento. En Sevilla, el pueblo se extrañaba de no haber visto a su rey desde que había llegado, salvo en algunos aclamados paseos en góndola. Su inmovilidad era nefasta para la salud. Las manos y las piernas se le hincharon peligrosamente, iniciando así un círculo vicioso del que era difícil salir. Si no se movía se hinchaba, y al sentirse hinchado y molesto tenía menos ganas de moverse.

Los galenos se convencieron de que el fin podría hallarse cerca, de lo grave que lo encontraron. La situación de incertidumbre que generaba su estado acabó siendo insostenible.

Isabel se desesperó de nuevo. Otra vez lo mismo. No sabía qué remedios aliviarían los padecimientos de su esposo. Por intentar, la reina hasta pidió al relojero Hatton que le llevase al rey el reloj de *Las cuatro fachadas* a la cama. Pero de nada sirvió. Al entrar en la cámara regia lo halló con la mirada extraviada y dolorosamente ajeno al mundo. Felipe no hizo caso a nada, a pesar de lo cual Hatton decidió dejarle el reloj cerca.

Cuando estaba abandonando la estancia le sobresaltó un terrible grito del monarca: «¡Lleváoslo!». Resultó una reacción extraña, pero que por supuesto el relojero de cámara respetó. Volvió sobre sus pasos y recogió el reloj mientras oía al rey lamentarse entre sollozos: «El sol... El sol...».

El sol...

La reina entonces pidió a los médicos que lo observaran varias veces al día, hasta que el rey también los echó con cajas destempladas. Afirmaba de ellos: «¡Todos esos locos que no me tomaban en serio cuando les decía que estaba enfermo!». Ni siquiera quiso que Attueil permaneciera a su

301

lado observándolo de cerca mientras Isabel intentaba convencerlo de que se dejase explorar por él. El rey braceó y empujó al médico para evitar que se le acercara mientras daba tortazos al aire peleándose consigo mismo, hasta que uno de ellos alcanzó de refilón a la reina. No era la primera vez que recibía un golpe involuntario de su esposo. Pero ese día, quizá por la saturación que le producía la acumulación de circunstancias desastrosas, lo encajó peor.

De pronto empezó a faltarle el aire y los médicos se apresuraron a atenderla, el primero de ellos, Attueil. Pero no quiso ser asistida, se negó a que ningún galeno le pusiera una sola mano encima.

Pidió a Piscatori, su eterna compañía, que la condujera al exterior, a los jardines.

Una vez allí, y todavía con la respiración muy agitada, le dijo:

—No puedo más, Laura. ¡No puedo más! Esto es demasiado para cualquier mujer. —Se quedó pensativa, como si estuviera ida, durante unos segundos—. Hay que plantar rosas. Mirad, aquí, en este parterre, es perfecto.

—¿Rosas? —se extrañó Piscatori.

No entendía a qué venía esa petición.

—Sí, sí, sí… Rosas. ¡Rosas rojas! Muchas rosas rojas, como la sangre. —Una arcada le recordó la terrible escena de su esposo bebiendo sangre, y volvió a ella la misma repugnancia de entonces—. ¡Necesito rosas! ¡Multitud de rosas.

—¿Os encontráis bien, mi señora?

—¿Por qué no habría de encontrarme bien? —Lo cierto era que seguía muy alterada—. ¿Mi esposo necesita un sol…? ¡Pues yo necesito rosas!

Eso último fue como un penoso chillido. Después se dejó caer sobre un banco de piedra tragándose sus sueños, que quedaron sepultados bajo imaginarios mares de pétalos de rosas.

47

El estado del rey se agravó. Las horas se prolongaban sin que soltara de las manos su juguete. Siempre a solas. La única presencia que admitía era la del relojero Hatton. Y tan sólo a veces.

A la derecha de la principal, la cuarta fachada del reloj de Hildeyard mostraba un globo terráqueo que tenía grabados los veinticuatro meridianos con los que se demostraba la hora que era en cada uno de ellos. Doce meridianos hacia el este y doce hacia el oeste.

En el frontal superior de la fachada, los minutos y los segundos estaban representados en las sesenta partes en las que se dividían, respectivamente, dos círculos.

Embelesado, Felipe seguía con el dedo índice la filigrana del dibujo. Al cabo de un rato se fijó en la parte del reloj que más atraía su atención: la esfera cumbre, la del universo. La acarició suavemente con la misma mano mientras imaginaba la pequeña bola del sol ausente regresando a su lugar.

Regresando la luz a su vida.

Y apenas nada más… El rey no se concedía a sí mismo el privilegio de disfrutar de la vida. Con nada se satisfacía. Ninguna actividad atraía su atención, salvo los relojes.

Los artífices del tiempo…

Lo único que hacía en aquellas largas jornadas era comer y, como le ocurriera en fases anteriores de su enfermedad, empezó a hacerlo sin orden ni concierto. Comía hasta reventar. Y, lo más preocupante, ingería elevadas cantidades de un antídoto contra mortales venenos llamado…

—…Teriaca, mi señora —le contó Piscatori a la reina, que desconocía tal circunstancia.

—¿De dónde habéis sacado eso?

—Lo oí decir a los galenos en un despiste de ellos. Es un fuerte purgante que deja el estómago, y todo lo demás, vacío. Al parecer es un preparado de cien sustancias, entre ellas opio.

—Así que el rey vuelve a creer que alguien lo está envenenando…

—Eso parece. No tiene fundamento. Ya se vio la otra vez, cuando creyó que lo estaban haciendo a través de la ropa blanca.

—No me lo recordéis, Laura. Aquello fue terrible.

—Pues no más que lo de ahora. Si sigue abusando de la teriaca su salud se resentirá más de lo maltrecha que ya está. Vamos, que se le irá la vida por un lugar indecoroso de su cuerpo.

La reina, al oír la simplona conclusión de Piscatori, tomó de nuevo una determinación que hasta entonces había funcionado. Había que hacer que el rey se moviera, que cambiara de aires. En definitiva, que visitara otros lugares para que en el camino se fueran quedando las hojas secas del árbol caído para poder ponerlo en pie una vez más.

La corte se desplazó al Puerto de Santa María con intención de permanecer varias semanas. Aunque el pueblo costero le gustó, Felipe se negó a salir de su residencia. Su mayor distracción era caminar, apenas cuatro pasos, hasta el río. Podía pasarse más de una hora de pie simplemente contemplando el cauce. En la superficie del agua veía reflejado el recuerdo del retraído niño que fue, correteando por los interminables pasillos del palacio de Versalles o jugando entre las imponentes fuentes de los jardines mientras dejaba que el aire acariciara su rostro ofrecido al sol. Se dio cuenta de que había perdido la memoria de aquella sensación tan placentera de sentir el calor en la piel los días de otoño en que los árboles parecían llorar lágrimas amarillas al soltar las hojas.

Nunca habría querido marcharse de Francia. Nunca. Ahora que la distancia física era mayor al hallarse en el sur de España, le dolía Versalles en el corazón de la nostalgia. Y buscaba consuelo en algún lugar del universo, indeterminado e inhóspito, que no terminaba de encontrar.

Para matar esas interminables horas de hastío se propuso pescar. En el Alcázar de Sevilla se distraía por las noches echando el anzuelo para enganchar pequeños peces de colores que le animaban la vista. Buscó los estanques y le faltó poco para llorar como un niño al descubrir que allí, en el palacete en el que se alojaban en El Puerto de Santa María, no existían.

Los criados corrieron de un lado a otro organizándole un pasatiempo sustituto que se asemejara lo más posible. Aguantando la risa, porque el rey lo tomaba muy en serio, dispusieron un enorme cuenco de agua lleno de peces delante de un asiento bajo. Satisfecho, a la luz de la luna, el rey se sentó y se puso a pescar.

Una noche Isabel, intrigada por lo que hacía su esposo a esas horas en los jardines, fue a comprobar cuál era la dedicación que lo tenía tan absorbido. Al ver lo que era no quiso acercarse. La imagen patética de todo un rey, descalzo y en camisa de dormir, desaliñado, pescando pequeños peces de un ridículo cuenco con agua le pareció lo más triste que sus ojos habían visto en mucho tiempo.

El tiempo… Sí. Lo más terrible de la vida.

De regreso a su alcoba se detuvo ante la sala que habían habilitado para colocar una reducida colección de relojes del rey, que habían trasladado con la comitiva a Andalucía. La iluminación de los candelabros, rota por el tictac multiplicado de varios mecanismos sonando a la vez, le produjo un escalofrío.

El tiempo pasaba sin novedades que pudieran aliviar a su esposo. Pero es que los relojes, que tanto llenaban el espíritu del rey, no podían detener el tiempo sino tan sólo dar fe del mismo.

Amanecía, horas antes de partir de vuelta a Sevilla. El olor a mar de madrugada impregnaba el despertar perezoso de la corte en El Puerto de Santa María del que estaban despidiéndose.

Una sirvienta se presentó ante la reina. Estaba nerviosa y sostenía entre las manos un objeto envuelto en un pañuelo.

—¿Qué ocurre para que queráis verme tan temprano en mitad de los preparativos del viaje?

—Majestad… Tenéis que ver esto —balcuceó la mujer.

Desenvolvió el pañuelo con cuidado. Los ojos de la reina se abrieron como dos lunas llenas. ¡Era el sol robado del reloj de *Las cuatro fachadas*!

48

La reina no dejaba de mirar el sol de Hildeyard mientras daba gracias a Dios porque hubiera aparecido. Ordenó llamar a su vieja nodriza. Antes que pensar en la alegría que iba a suponer para su esposo, le embargó una súbita satisfacción al considerar que con ello se disipaba la posibilidad de que el matrimonio formado por los príncipes Fernando y Bárbara pudieran heredar la corona ante una posible abdicación del rey Felipe si éste seguía cayendo en la pendiente de deterioro en la que llevaba tiempo instalado.

Sin embargo, la alegría se diluyó tan pronto como había llegado.

—Lamento mucho que haya sido en ese lugar donde lo he encontrado —anticipó tímidamente la criada.

A Isabel se le torció el gesto al ver la expresión de contrariedad y congoja de la mujer.

—¿Cuál es vuestro nombre?

—María, señora.

Debía de tener alrededor de cincuenta años. Quizá menos. Era mayor, y la reina creyó que posiblemente estuviera confundida por la magnitud y la trascendencia de su hallazgo.

—Bien, María. Aclaraos ya. ¿Dónde lo habéis encontrado?

—En la habitación de una de vuestras damas, majestad.

Lo descubrí cuando estaba ordenando la ropa y algunos enseres para preparar los equipajes.

—¡Eso no es posible! Ninguna de mis damas ha podido ser.

—Lo siento —dijo la criada en un tono casi inaudible.

—Decidme… ¿De quién se trata?

María aguantó unos segundos resistiéndose a dar el nombre porque sabía la conmoción que iba a causar en la reina. Pero tenía que decirlo.

—Laura Piscatori, majestad.

La criada agachó la cabeza y le extendió el sol para que la reina lo tomara.

Isabel le dio un manotazo que hizo que la pequeña pieza dorada saltara por los aires estampándose después en el suelo.

—¡Mentís!

Justo en ese instante entraba Piscatori, ante cuya mirada atónita se sucedió la escena con suma rapidez.

—¿Me habéis llamado…?

Le había dado tiempo a oír su nombre de boca de una criada con la que apenas se había cruzado en un par de ocasiones y a ver cómo algo volaba antes de caer al suelo.

—¡Dádmelo! —pidió la reina a la sirvienta que le había traído la pieza robada, sin responderle todavía a Laura.

María se agachó para recogerlo y se lo entregó.

—Y ahora escuchadme bien: guardaréis silencio sobre este espinoso asunto. Si me entero de que trasciende algo relacionado con el hallazgo del sol, lo lamentaréis. Marchaos ya.

—Majestad… ¿Qué ha pasado? —Piscatori reparó en la pequeña pieza—. ¡Es el sol! ¿Eso que os ha dado es lo que robaron del reloj del rey?

Hablaba con entusiasmo y a la vez con incredulidad porque el sol hubiera aparecido después de tanto tiempo.

—Tal vez vos lo sepáis mejor que yo.

—¿Qué queréis decir?

La preocupación fulminó el entusiasmo de Laura.

—Esto que voy a deciros es sumamente delicado. Creo que es lo más grave que os ha afectado desde que me criasteis.

—¿Tan grave es lo que ha pasado? Isabel, me estáis alarmando, creo que empiezo a marearme.

Eran contadas las ocasiones en las que llamaba a la reina por su nombre. Sucedía cuando trataban a solas algún asunto relacionado con la estricta intimidad de la soberana.

—¡Por Dios! —imploró Laura—. Decidme ya qué ha pasado. ¿Qué es eso tan grave que tiene que ver conmigo? No aguanto más la incertidumbre.

—Vos habéis robado el sol. ¿Por qué lo habéis hecho?

El mundo, la corte, aquel palacio se tornaron espacios hostiles para Laura Piscatori, que se sintió desamparada de todos ellos. Buscó refugio en la mirada de la reina. El mismo cobijo que tantas veces le brindara ella cuando Isabel era sólo una niña.

—Vos no creeréis eso, ¿verdad? Es mentira, ¡mentira, mentira! ¿Quién quiere causarme este daño tan grande? ¿Quién me acusa de lo que no he hecho? ¿Y por qué? ¿Acaso me creéis capaz de cometer semejante barbaridad?

Hablaba atropelladamente y estalló en un llanto nervioso.

—Os lo suplico, decidme que no me creéis capaz de haberos robado.

Conmovida, Isabel aceptó el abrazo al que se entregó Laura en busca del calor de la comprensión. Ambas sabían que un gesto como ése era improcedente. Pero Isabel le tenía un sincero cariño y un sentimiento intenso basado en el vínculo que se establece entre dos personas cuando una cuida a la otra, criándola, en la edad de la inocencia. Eso nunca se olvida.

—Todo esto es muy raro —le dijo la reina al terminar el largo abrazo—. Os creo, Laura. No sé si hago bien o si yerro. Pero no puedo permitir que se quiebre mi confianza en alguien como vos porque significaría no poder confiar en nadie.

—Oh, gracias, gracias, majestad…

Ahora le besaba las manos.

—¿Conocíais a la criada que lo ha traído?

—No. Alguna vez la había visto, pero no… no sé quién es.

—Se llama María. Dice haber encontrado el sol entre vuestras cosas, en vuestro cuarto.

—¡No puede ser! ¡Es mentira!

—Calmaos, Laura, calmaos… —Le apretó las manos con cariño—. Está claro que el sol ha aparecido, pero el enigma de su desaparición no se ha esclarecido con ello.

—¡Quien haya sido os aseguro que es un mal nacido!

—O puede que algo peor… Hay que mantener la mente fría. Por lo pronto vamos a entregar el dichoso sol a mi esposo y de forma inmediata ordenaré que se investigue acerca de esa tal María. Es lo único que tenemos por ahora. Esa mujer es el único eslabón que nos puede conducir al verdadero ladrón.

—Si es que no ha sido ella… —sugirió Piscatori.

—No hay que descartarlo, aunque no lo creo. ¿Qué conseguiría con el robo una simple e insignificante criada? Hay que apuntar más alto. Liad la pieza en el pañuelo y vamos… Hace demasiado tiempo que el rey aguarda con anhelo la aparición de este sol. No le hagamos esperar ni un minuto más.

Cuando las manos de Isabel desliaron la tela ante la atenta mirada de Felipe un denso silencio se apoderó de los presentes. Él no intuía lo que estaba a punto de desvelarse.

Y sucedió. La mano abierta de su esposa se lo mostraba. La bola, pequeña, dorada y pulida, al fin volvía a brillar a su lado. El mundo se movió bajo sus pies. Su cuerpo tembló. Los ojos se le iluminaron.

«El sol…», pronunció, atrapando las sílabas entre los labios, pero también los momentos transitados por la melancolía y el pánico a la luz, que había ensombrecido sus días hasta entonces.

El rey, emocionado, tomó con delicadeza el pequeño sol y lo sostuvo amorosamente en sus manos observándolo con detenimiento. «¡El sol, mi sol!», gritaba ahora.

Por fin la luz regresaba a su vida…

Aquella noche, sin embargo, Felipe se durmió pensando que tal vez fuera demasiado tarde.

49

Isabel paseaba por la playa con Laura, dejándose acariciar por la cálida brisa. Era la última vez que contemplaría la inmensidad del océano antes de regresar a Sevilla.

—¿Sabéis qué dice mi esposo? Que somos como barcos que navegan a la deriva dejándose llevar por la corriente en un océano tan inmenso e inabarcable que asusta. Pero esto no es un barco a la deriva, sino un reino que podría hacer aguas si no se pone remedio, ya que quien ha de gobernarlo se resiste a hacerlo —comentó la reina.

—Es mucha vuestra tarea estando al lado del rey. A veces creo que es demasiada, por más fuerte que seáis.

—Como si no fuera bastante organizar el futuro de nuestra prole, buscándoles a todos un destino acorde con su condición de hijos de reyes, sino que encima tengo que lidiar con las rarezas de mi esposo, con su demencia. Hace demasiado tiempo que esa extraña enfermedad de su mente le dificulta, por no decir que le anula, el ejercicio de sus funciones de gobierno. —Calló unos segundos y miró al horizonte—. Qué insólito e insondable es el hecho de que la mente pueda estar enferma, ¿verdad?

—Yo ya no sé qué deciros, porque es que al rey no hay quien lo entienda. Comprendo bien cómo os sentís. Tenéis razón: es mucho el tiempo que lleváis a su lado sirviéndole de apoyo.

—¿Y a mí, Laura, a mí quién me apoya?

—¡Yo siempre permaneceré a vuestro lado!, sirviéndoos, como es mi obligación en la vida.

Isabel se enterneció.

—Eso no lo dudo. Pero me refiero a otra cosa.

—Claro… —Laura no podía rellenar los huecos del alma de la reina que acuciaban la soledad y la desesperación de tener que luchar a diario contra los fantasmas de lo desconocido.

—Pero no voy a darme por vencida. Si mi esposo no es capaz de reinar por sí solo, ya me encargaré yo de que lo haga. ¡Europa verá de lo que soy capaz!

Pero no había que esperar. Europa, y hasta el mundo entero, sabía a esas alturas de lo que era capaz la Parmesana, como la llamaban sus enemigos.

Paseaba con una rosa roja entre las manos. Se acercó a la orilla y la lanzó al agua.

—¿Veis como se aleja? Pues igual hacen mis sueños, todo aquello que anhelaba en este mundo parece llevárselo la marea. Pero no voy a permitir que se hundan. No soy mujer que se rinda ante los desastres de la vida.

Una leve ola también borró sus huellas de la orilla.

Encerrado en su cámara, Felipe lloraba mientras sostenía en sus manos la preciada pieza del reloj de *Las cuatro fachadas*. Si alguien le hubiera preguntado en ese momento el motivo de su llanto, no habría sabido qué responder. Eran demasiadas las razones que podrían llevarle a llorar, y posiblemente ninguna de ellas comprensibles para nadie.

Pero es que nadie tiene la potestad de juzgar los abismos que se ocultan detrás de lo que representamos en el escenario de la vida.

—Majestad, vos no creéis que yo haya robado el sol, ¿verdad? —preguntó Piscatori a punto de emprender el viaje.

—Por supuesto que no. No guardéis cuidado.

—¿No ha preguntado el rey quién ha sido?

—Pues no, y extraño es, sin duda. Es necesario encontrar al ladrón porque no puede seguir suelto por la corte alguien que desea nuestro mal. Es un peligro que no debemos permitirnos.

El reloj de *Las cuatro fachadas*, en el que ya ocupaba su lugar en la esfera del universo el sol que había sido robado, viajaba en la carroza real. Ahora que por fin había aparecido, Felipe quería mantenerse cerca del reloj en todo momento. Se pasó el trayecto mudo, observándolo, escudriñando cada detalle de la fachada principal, así como de la órbita que trazaba el sol en el interior de la esfera. En esa delicada bola de cristal se encerraba el mundo interior de Felipe y sus tenebrosos espíritus.

Al poco de regresar a Sevilla quiso la reina emplearse a fondo en llegar hasta el final en la cuestión del robo. Necesitaba averiguar quién o quiénes eran los ladrones. Así pues, convocó a María, la criada que había encontrado el pequeño sol, pero quiso que Piscatori estuviera presente durante el interrogatorio.

La mujer se mantuvo en su versión de que había hallado el sol entre las pertenencias de Laura Piscatori, evitando en todo momento mirarla mientras hablaba.

—Vos os encargáis de limpiar y ordenar las habitaciones de algunas de mis damas. ¿Jamás habíais visto entrar o salir del cuarto de doña Laura a nadie que no debiera?

—Jamás, majestad. Nunca.

La sirvienta intentaba aparentar rotundidad.

—Haced memoria. Tenemos todo el tiempo del mundo.

—Ya he pensado en ello desde que os entregué ese objeto, y no, nunca vi a nadie. Estoy segura.

—Vaya, sí que lo estáis. Aunque a veces la mente puede tener lagunas.

—La mía no.

—Me sorprende tal firmeza, y diría que incluso algo de arrogancia, en una sirvienta rasa como sois vos.

María se ruborizó y agachó la cabeza.

—¿Estáis segura, por tanto, de que esta mujer —preguntó en referencia a Piscatori— es la ladrona?

La reina empezaba a acorralarla. La interpelada seguía ignorando a la acusada, como si temiera enfrentarse a su mirada.

—Yo sólo sé que hallé el sol entre su ropa.

Se advertía en su gesto un incipiente nerviosismo.

Piscatori se aproximó a ella y se colocó de forma retadora delante, dejando escasamente que pasara el aire entre ambos rostros.

—Que os quede claro que yo no he robado nada —le dijo mirándola fijamente a los ojos mientras María volvía a dirigir los suyos hacia el suelo—. ¿No habréis sido, más bien, vos...?

—¡NO! —La negación le salió del alma y le hizo alzar la mirada, encontrándose con la de Laura—. Yo no he hecho nada.

Volvió a mirar al suelo.

—¿Quién ha sido, entonces? —insistió la reina, que la creía—. ¿Quién os ha obligado a poner el sol en el cuarto de mi dama?

Pero María callaba.

Llegados a ese punto la soberana tomó un camino distinto, más cruel, que consideró también más eficaz.

—Vos tenéis familia, ¿verdad?

La mujer asintió con la cabeza.

—¿De dónde sois?

—De un pueblo de Guadalajara, majestad, cerca de Jadraque.

Un recuerdo fugaz de su primera noche en el castillo de Jadraque recién llegada a España se le cruzó en la conversación como una espada. La espera para conocer a quien iba a ser su esposo; el frío de aquellos muros y, sobre todo, la lamentable discusión con la princesa de los Ursinos que había acabado con su expulsión al instante. Todo en una sola noche. Pero eso no le parecía de relevancia en aquel momento. Formaba parte de la memoria de lo vivido. Ahora lo que le preocupaba era asegurarse de que el futuro no se presentara incierto como parecía. Había que asentarlo. Tenía que hacer lo que estuviera en su mano para garantizar que su esposo seguiría reinando, aunque se negara a ello una y mil veces más.

Ése era su cometido en el presente.

—¿Tenéis hijos? —prosiguió la reina, centrándose en el robo.

—Sí, señora, siete.

—¿Cuántos están todavía a vuestro cargo?

—Tres.

—No es poca cosa. ¿Y qué es de vuestro marido?

—Soy viuda, majestad.

—Así que nadie os ayuda a cuidar de vuestros hijos...

—Por desgracia, así es.

—Imagino vuestros desvelos por ellos... Deben de ser lo que más os importe en este mundo, ¿no es así?

—Sí.

María se sentía descomponer por dentro ignorando adónde quería llegar la reina.

Isabel le hablaba pausadamente, dejándole tiempo y espacio para que cupiera la reflexión sobre lo que le iba diciendo.

—No querríais que nada malo les sucediera... Es lo lógico en una madre que se desvive por sus hijos...

—Sólo vivo para ellos.

—Y si vos perdierais vuestro trabajo, ¿cómo iban a mantenerse?

—¡No, por Dios, no me echéis! ¡Os lo suplico!

—Si no decís la verdad, os aseguro que no sólo perderéis

el trabajo sino también la posibilidad de encontrarlo en ningún rincón de suelo español. Yo misma me encargaré de que así sea.

María se derrumbó.

—Está bien... —Se puso a llorar—. Pero no me echéis, no puedo quedarme en la calle con tres hijos a los que mantener —imploró.

—Vuelvo, pues, a preguntaros: ¿es Laura Piscatori la ladrona del sol de *Las cuatro fachadas*?

La respuesta fue breve, tanto como lo es un simple «no».

Silencio, tras el cual la reina la obligó a confesar el nombre del verdadero ladrón. O ladrona.

El nombre que pronunció causó tal sorpresa y estupor que ni la reina ni su antigua nodriza fueron capaces de articular palabra al oírlo:

—El marqués de Scotti. Él me pagó para que colocara el sol en la habitación de ella... —confesó al fin señalando a Piscatori.

***

—¡Eso es una infamia! —se defendió ofendido el marqués cuando la reina le informó de lo ocurrido.

—Vos sabéis que lo no es. —Entre Scotti y su impenitentemente fiel Piscatori, la reina tenía claro a quién creer—. ¿Cómo, si no, calificar el que hayáis robado la pieza que fue sustraída del reloj del rey?

—Igual que sabéis vos, con todo mi respeto, majestad, que esa mujer me ha hecho la vida imposible desde que llegué a esta corte.

Se refería a Laura Piscatori, que ya no se hallaba presente al haberle pedido la reina que no asistiera a la conversación con Annibale Scotti.

—Hacéis bien en recordar cuando llegasteis a esta corte, marqués, porque estáis a punto de abandonarla...

—No podéis hacerme esto, os he servido lealmente desde el primer día.

—Cierto. Hasta que dejasteis de hacerlo ese otro día en que se os ocurrió robar el sol.

Entonces Scotti otorgó con su silencio.

—He de reconocer el aprecio que siento por vos, y os agradezco el buen servicio prestado durante los años en los que habéis estado a las órdenes de la familia real. Sin embargo, me resulta imposible perdonar la ofensa que supone el robo que durante tanto tiempo ha tenido alterado al rey. La gravedad del hecho me obliga a tomar esta determinación que mucho lamento. No os preocupéis, marcharéis en paz con mi esposo puesto que no pienso decirle que fuisteis vos quien robó el sol de su reloj favorito.

No lo hacía pensando en el marqués sino en lo poco que le importaba al rey conocer la identidad del ladrón. Seguía en su mundo, en el que lo sustancial no era quién hubiera robado lo que para él significaba tanto, sino el que durante tanto tiempo no lo hubiera tenido. La ausencia del sol era lo verdaderamente trascendente, y no saber la identidad del ladrón.

—No bien hayamos puesto un pie en Madrid emprenderéis regreso de inmediato a Italia.

Se zanjaba de esa manera, pagando un elevado precio por la traición, el robo del sol del reloj de Hildeyard. Y cubriendo de silencio su autoría ante el rey, que no necesitaba respuestas a lo que no las tenía.

Era 20 de enero de 1731 cuando falleció el gran duque de Parma, Antonio Farnesio, tío de la reina Isabel. Fue una buena noticia para las ambiciones de ésta. Los lazos de sangre ataban pocos sentimientos en esa familia en la que el triunfo y la victoria en sus aspiraciones políticas se imponían a cualquier consideración sobre la estirpe.

El duque no tenía descendencia, por lo que por fin el primogénito de Isabel y Felipe, el infante don Carlos, iba a poder ostentar un título importante al hacerse con el gobierno de los ducados de Parma y Piacenza. El gran sueño de la reina.

El sueño se había cumplido teniendo lejos a quien fue baluarte de sus aspiraciones internacionales pero había desaparecido de sus vidas, el barón de Ripperdá, quien inesperadamente regresó con el vuelo de una carta clandestina. La trajo Laura intentando aplacar su excitación, similar a la que experimentó la reina al tener conocimiento de la misma.

Entre expresivas declaraciones aduladoras hacia Isabel y disculpas por el daño causado, ella querría haber leído su intención de regresar a Madrid, aunque fuera furtivamente. Una visita secreta. Pero nada de eso decía la misiva.

Sabed que jamás quise hacer daño a la monarquía que con esmerada dignidad representáis.

No puedo desvelaros mi paradero. Tampoco enviaros rosas que se marchitarían en un viaje tan largo como la distancia que me separa de vos y que profundamente lamento. No dejo de pensar en mi reina y espero alcanzar el anhelo de volver a veros algún día antes de abandonar este mundo cuando Dios así lo quiera.

Isabel arrugó la carta con genio y mucha rabia, y después la lanzó a la chimenea para que el fuego devorara el último vestigio del barón de Ripperdá.

50

La princesa Bárbara de Braganza no se explicaba las difi-cultades que se daban en el lecho con su esposo Fernan-do. Invariablemente sucedía de la misma manera. Cuando el juego sexual se iniciaba, siempre igual por cierto, succio-nándole él los pezones, la joven no podía creer la rapidez con la que alcanzaba sus erecciones y, sobre todo, el tamaño de las mismas. El miembro del príncipe de Asturias adquiría una dimensión que parecía emergido de un volcán de irrea-lidad.

Bárbara levantó las piernas para facilitar la brutal y ur-gente embestida de Fernando, y con ellas atrapó su espalda, deseosa de que el gozo sentido en las entrañas que le ardían no se extinguiera nunca.

Sin embargo... aún estaba por llegar la primera vez en la que tales erecciones que asustaban a la joven Bárbara col-mándola de ansiadas expectativas alcanzaran una resolu-ción satisfactoria. Y, por lo que parecía, no iba a ser esa no-che la primera.

Fernando salió del cuerpo de su esposa con la hombría destrozada. Otra ocasión perdida. Ni príncipes ni reyes se distinguen del resto de los hombres en la desnudez del lecho.

Harta de la perpetua imposibilidad de su esposo para eyacular, Bárbara se dio media vuelta y saltó de la cama inun-dada en lágrimas de impotencia.

En otra cama se vivía la misma diferencia que existe entre la noche y el día. Las caras opuestas de la luna.

Isabel acariciaba las ingles de Felipe preparándolas para ser besadas y devoradas por su lengua. Los minutos del preámbulo los consumió sin descanso hasta que consiguió lo que tan feliz hacía a su esposo y que demolía las castas costumbres de la sociedad española, y no digamos la rígida moral de la Iglesia.

Logró que se vertiera en su boca... con facilidad. Con delirio.

Con falsa obscenidad.

Felipe, a pesar de haber quedado exhausto, movido por el deseo de recompensarle su entrega, tumbó a Isabel y le separó del todo las piernas, le sujetó los muslos fuertemente con las manos y descendió buscando con su boca el sexo abierto y ofrecido igual que el carnero en un sacrificio. Como en un ritual de sangre en el que se bebe con fruición la esencia de la ofrenda.

Empezó a jugar con él. Lo rozaba reiteradamente, a golpecitos, con la punta de la lengua consiguiendo que el cuerpo de Isabel se tensara cada vez que la sentía. Después, cuando ya hubo logrado que ella deseara que tras la punta pasara a mayores, fue restregándole la lengua entera con firmeza y parsimonia. Los salvajes espasmos hacían que las piernas de Isabel amagaran cerrarse, pero él lo impedía conteniéndolas con sus potentes manos para que la entrada a su «vaso natural» quedara expuesta hasta la impudicia. Lo lamió aumentando el ritmo. El cuerpo se arqueaba esperando esa flecha que habitualmente la atravesaba haciéndole sentir que el mundo empezaba y acababa en aquellos movimientos cercanos a la locura.

Cuando se hallaba a punto de perder el control en las alturas máximas del placer, Felipe recondujo con habilidosa rapidez, se incorporó y la penetró con furia para que acabara de alcanzar el cielo en un grito que rasgó el silencio de la alcoba.

Un abrazo fundió ambos resuellos y aflojó las fuerzas de súbito.

Felipe de Borbón no podía reprimir el deseo desmedido, exagerado, de poseer sexualmente a su esposa. La edad curaba otras cosas. Pero esa debilidad por alcanzar placer sin límites, ese disfrute del éxtasis de los cuerpos no conseguía mitigarlos.

Su afán incontrolable, próximo a la adicción, le impedía contemplar la vida sin sexo.

Sexo permanente. Sexo animal y primitivo. Sexo reiterado y oblicuo, en el que cabalgaban su locura y la depresiva melancolía que lograban ausentarse por un rato.

El sexo. La premeditada huida por delante de los pasos de la muerte.

51

Sevilla, 20 de octubre de 1731

Los ingleses no conseguirán que haga algo que no deseo hacer!

Así respondió el rey, obstinado, al requerimiento de su esposa de que se vistiera decentemente para recibir al importante almirante Charles Wager, quien había navegado desde Cádiz para llegar a la corte en Sevilla antes de proseguir camino hacia Barcelona, donde iba a despedir con todos los honores al infante Carlos en su partida hacia Parma. Había llegado el ansiado día en el que el primogénito de los reyes, a sus quince años, se hiciera cargo del ducado de Parma tras fallecer el tío de su madre.

Era una ocasión importante largamente esperada, y así quiso evidenciarlo Isabel de Farnesio vistiéndose con uno de sus trajes más caros confeccionado en París. Lo opuesto de lo que hizo su esposo, quien, como si no prestara mucha atención ni concediera relevancia al hecho, recibió al almirante con un aspecto lamentable que, por desgracia, la reina ya había presenciado más veces. Intentó disculparlo, pero Wager hizo como si tal cosa y prefirió ignorar la descarada descortesía del rey.

Incluso cuando el joven Carlos se despidió de sus padres, Felipe parecía tener la cabeza en otra parte; no se prodigó en muestras de cariño. Su hijo no se lo tuvo en cuenta, afectado como estaba por la separación. La madre, en cambio, no pudo contener las lágrimas. Tras un largo beso entre ambos, Isabel le tomó las manos, las mantuvo apretadas y después se las acercó a la cara para retener la cálida emoción de sentirlas.

Se iba. El adorado hijo que había llenado las aspiraciones de Isabel de Farnesio, algunas de las cuales se habían llevado por delante las vidas y milagros de quienes en algún momento fueron próceres de la corte, emprendía el vuelo hacia la añorada Italia.

Con Carlos se elevaron a lo más alto los buenos sueños de Isabel.

Semanas más tarde el rey experimentó una ligera mejoría que en realidad fue el preámbulo de otro gravísimo brote melancólico que lo llenó de angustias y temores. Aunque los galenos negaban que tuviera ninguna indisposición, permaneció en cama durante muchos días seguidos sin decir palabra. Él consideraba que estaba peligrosamente enfermo. No hablaba, no quería recibir visitas, evitaba la luz diurna en su cámara. Se negaba, en definitiva, a vivir, porque si vivía entonces tenía que reinar.

Rechazaba el más mínimo aseo, que le cortaran las uñas de manos y pies, el afeitado, que lo peinaran, ¡incluso que le cambiasen las sábanas! Si su presencia era penosa, peor aún resultaba su olor.

A veces, cuando Isabel se distraía unos segundos, el rey se introducía los dedos en la boca como si quisiera decir al mundo que su situación era de verdadero vómito. Ése era su terrible estado de ánimo.

La lamentable situación se prolongó durante más de un mes. Pero lo más grave no era su pésimo aspecto, sino la dejación de funciones. Parecía empeñado en proclamar a gritos sordos que quienes estaban a su alrededor no querían enterarse de su imposibilidad de gobernar.

«¿No aceptáis que me resista a seguir ocupando el trono español? ¿Os negáis a considerar una segunda abdicación? Pues sabed que, si me lo propongo, aun siendo rey puedo dejar de gobernar.» Era lo que parecía estar pensando. No gobernar. No mandar. No regir.

Ausentarse...

Fue necesario nombrar un Consejo gobernante formado por siete personas, en el que participaba su hijo Fernando, el príncipe de Asturias. Y apenas ni eso siquiera pudo ejecutar. Su esposa tuvo que sujetarle la mano guiándola para que firmara el decreto por el que se conformaba tal Consejo.

—Nos abocamos al fin y no podemos permitirlo —se desahogaba la reina con su fiel Piscatori—. El rey ya no gobierna, ¡y encima no hay quien se acerque a él de lo mal que huele!

El sol del reloj de Hildeyard volvía a acompañarle y, sin embargo, no parecía que su vida se hubiera iluminado.

En la primavera de 1732 Felipe de Borbón volvió, de nuevo, a no querer hablar con nadie. Sólo su esposa y su hijo Fernando eran merecedores de apenas algunas breves palabras que, sin un gran significado, al menos les recordaba que estaba vivo.

Fue precisamente Fernando quien durante una cena le preguntó los motivos de su flagelante silencio. Y esto le respondió:

—No hablo porque no puedo, al estar muerto.

—¡Muerto!

Al príncipe le pareció una respuesta de lo más extravagante.

—Ummm.

Su padre hizo un gesto apretando los labios para cerrar la boca y dejarla así durante días.

Pero como, en efecto, de no revestir la gravedad que entrañaba su comportamiento todo aquello podría considerarse estrafalario, el rey dio otra versión distinta a su esposa:

—No me atrevo a hablar debido a mi culpabilidad.

—¿De qué os sentís culpable?

—De haber asumido el trono por segunda vez. No tenía que volver a reinar.

—¡Eso es ser responsable, no culpable!

—Ummm...

Volvió a cerrar la boca como hiciera a Fernando.

—Es desesperante. ¿Cuándo acabará esto?

De repente, sin esperarlo, Felipe añadió:

—La manera más segura de no reinar es no hablar.

—¡Por Diosss! —clamó agotada la reina, clavando un cuchillo sobre la pieza de asado que tenía en el plato.

Todos, excepto Felipe, se miraron entre sí intentando soportar el lacerante silencio establecido alrededor de la mesa. Todos ellos, sin distinción, vivían en mundos distintos en los que se albergaban expectativas igualmente distintas. En mundos disgregados en el seno de una misma familia. La familia real.

La familia organizada en torno al cabeza de la misma. El rey, uno de los más poderoso de Europa. Un hombre, sin embargo, incapaz de ser soberano de su propia vida y de sus decisiones.

¿Qué futuro aguardaba a España con el desgobierno del primer rey Borbón de su historia?

La dinastía francesa se había estrenado en suelo español eligiendo a un hombre enfermo que luchaba consigo mismo.

«La manera más segura de no reinar es no hablar.» En realidad quien reinaba no era un Borbón sino los demonios de su mente.

52

Isabel contemplaba Sevilla desde el Alcázar. Por primera vez desde que había llegado a España, allí, en Andalucía, sentía verdadera nostalgia de su tierra italiana. De Parma. De su infancia. Añoranza de lo lejano y amado que se le había escapado como el agua entre los dedos para no volver jamás. La embargó la incómoda sensación de que el tiempo estaba pasando demasiado deprisa. Tal vez en eso su esposo tuviera razón.

De repente se sintió atrapada en una vida que no era la que había imaginado. Una vida que se había alejado poco a poco de las íntimas intenciones de una joven de veintidós años que habría de convertirse en reina.

Cuando, casi dos décadas atrás, embarcó rumbo al reino español jamás se le ocurrió pensar en la posibilidad de que el rey tuviera problemas mentales. Ni ella, ni posiblemente nadie, podría haber supuesto que no querría ser dueño y señor absoluto de uno de los tronos más codiciados del mundo y que desdeñaba los privilegios que otorgaba el poder.

La lamentable situación en la que vivía ahora no hacía más que empeorar. Y tuvo Isabel la certeza, en la quietud de la cálida tarde andaluza, de que sobre ella recaía la responsabilidad de llevar el rumbo de la corona española. La consolaba que al menos estuviera consiguiendo su deseo de colocar a sus hijos en buenos destinos.

Sus hijos… Tantísimos desvelos por sus vástagos, que no eran del todo desinteresados. A Isabel de Farnesio le preocupaba que disfrutaran de cargos relevantes, pero también que su propio futuro, el suyo, en la temida senectud, quedara garantizado con holgura económica. Pensaba que cuanto más poderosa fuera su descendencia mejor sería su vejez. Era un sentido práctico del que carecía su esposo.

Sintió el impulso de escribir a su hijo Carlos, estando tan reciente su marcha a Parma. Pidió papel y pluma y se sentó ante su buró, sobre el que reposaba una rosa roja que ella misma había colocado por la mañana.

No podemos acostumbrarnos a vivir sin vos, mi queridísimo hijo. Fue un milagro que no me desmayara cuando os fuisteis, pero Dios me ayudó y me acosté en la silla junto a la ventana, desde donde pude ver cómo vuestra carroza partía.

La misma ventana desde la que en ese momento lanzaba sus pensamientos al aire fragante del anochecer sevillano.

Cuando veo a vuestros hermanos sin vos se me rompe el corazón, y no puedo dejar de llorar…

Brotó el llanto, cayendo sobre sus mejillas en finos hilillos de húmeda melancolía.

Encima de una cómoda, un ramo de más rosas rojas iluminaba con destellos de sangre su aciago presente. En nada se parecían a las rosas del barón de Ripperdá, Willem, el nombre que afloró tibiamente a su boca. El nombre de aventura y de pasiones contenidas por la ambición. El eterno adulador de la conquista. A veces pensaba en él. El precio de la traición del holandés había trastocado su entereza, si bien sólo momentáneamente y tampoco hasta el extremo de perder los papeles. Isabel nunca los perdía. Pero era humana.

Y ese atisbo de humanidad que germinó en ella al quedarse bruscamente sin la compañía de Ripperdá se convertía, ahora que el barón era una mera sombra del recuerdo, en pura evocación. En nostalgia del ausente, aunque supiera que la devoción que Ripperdá le había estado demostrando durante el tiempo pasado en la corte formaba parte de su desparpajo y de su falsedad de convicciones, encaminados a un mismo fin: la ambición.

Una criada irrumpió alterada, quebrando los pensamientos de Isabel. La joven le rogó que acudiera urgentemente a las aposentos del rey, pero era tan desordenado su nerviosismo que no atinaba a explicarle la razón de tales urgencias.

La reina acudió solícita. Sus ojos, por más que se abrieran, no eran capaces de asimilar lo que estaban ya presenciando: el rey recibía en audiencia al conde de Rottembourg prácticamente desnudo, sin pantalones ni zapatos, ataviado sólo con una amplia camisola como si acabara de salir de la cama, y luciendo una abundante y asquerosa barba.

Otra vez. Un nuevo ridículo ante un miembro de la diplomacia europea. La reina se disculpó y dio por suspendida la audiencia. Acto seguido comenzó a regañar al rey a voz en grito para hacerlo reaccionar, pero no servía de nada, no obtenía de él respuesta alguna.

Lo empezaba a considerar una causa perdida. Era como discutir con un espíritu ausente del mundo.

Isabel apretó los puños con fuerza. Sentía fuego subiéndole hasta la garganta. Y las lágrimas, empujando, abortadas por orgullo.

Le costaba luchar contra la flaqueza.

Echó a correr arrastrando con las faldas las enseñanzas de los Farnesio para ser fuertes y crecer ante la adversidad. Pero jamás nadie le había explicado hasta dónde podría llegar el tamaño de las adversidades con las que posiblemente se encontrara en su condición de reina.

Iba en busca de los galenos. Los citó con la misma premura que si el mundo se acabara. Y cuando ellos llegaron vio en sus ojos el temor a lo que pudiera decirles. Sabía lo mucho que su presencia les imponía. No era para menos. Sus relaciones no debían de definirse precisamente como cordiales. Eternos desencuentros debidos a la dificultad para diagnosticar y hallar remedio a los males del rey se sucedían desde hacía ya unos años.

Años en los que el amor que Isabel sentía por Felipe no le había bastado para ser feliz. Años de furia y desconcierto por su enfermedad, pero también de sueños enmarañados y de pasión.

Años en los que había manejado a su antojo y beneficio la política de un reino poderoso.

Pero esa noche Isabel era una mujer al borde de la derrota contra la que se conjuraba ella misma.

Allí, de pie, rodeada por los hombres de ciencia de su corte, con los ojos vidriosos del llanto contenido, sólo pudo articular, con gran esfuerzo, las siguientes palabras:

—¿Cómo se cura la depresión?

Un último ruego desesperado con el que se rendía a la evidencia del aplastante cuerpo que había tomado la realidad.

Un ruego con el que su corazón se debatía entre el deseo y la vida.

53

La vida, cualquiera que ella sea, tiene dos partes: trabajo y reposo, guerra y paz. De los actos humanos, unos hacen relación a lo necesario, a lo útil; otros únicamente a lo bello. Una distinción semejante debe encontrarse necesariamente bajo estos diversos conceptos en las partes del alma y en sus actos.

El hombre de Estado debe arreglar sus leyes en vista de las partes del alma y de sus actos, pero, sobre todo, teniendo en cuenta el fin más elevado a que ambas puedan aspirar.

ARISTÓTELES,
La política

Palacio de La Granja, San Ildefonso, Segovia, febrero de 1733

Resulta extraño... pero cuando se ha deseado tanto alcanzar un sueño, cuando se ha aspirado a un elevado fin, y el tiempo de espera transcurrido es excesivo, puede suceder que ya no cause la satisfacción estimada en un principio.

Algo similar debió de ocurrirle al rey, porque cuando vio

de nuevo los impresionantes jardines de La Granja, hasta entonces bucólicos, majestuosos y alegres, le parecieron sombríos y tristes. La fuerza del añorado retorno se desvaneció entre la bruma del lugar.

Tampoco el hallazgo del sol robado despertó en él la alegría que cabría esperarse. Había aparecido lo que ansiaba, el objeto cuya falta lo tuvo convertido en un hombre profundamente infeliz, ensombreciendo los contornos de su trono y dificultándole el gobierno que ya de por sí se le antojaba dificultoso.

El sol del reloj de *Las cuatro fachadas* había aparecido, sí. Pero de qué iba a servirle si tenía que seguir reinando.

Seguir reinando… ¿Qué, sino un castigo de Dios, explicaría semejante jugada del destino? Y, de ser así, si se tratara de un castigo, ¿cuál podría ser el motivo que hubiera enfadado tanto a Dios? ¿Tal vez el abuso, obsesivo y a veces hasta decadente, del sexo? La escrupulosidad de su conciencia le estuvo llevando, la mayor parte de su vida, a repartirse el tiempo entre el lecho que compartía con su esposa y el confesionario, por el que pasaron varios sacerdotes de distintas nacionalidades y órdenes religiosas. No era un pecador fácil para ningún confesor debido a las alteraciones de su mente que hasta el sexo alcanzaban y que se remontaban a su juventud más tierna, cuando la represión moral le torturaba. Tenía gracia que fuera su abuelo, personaje libertino que había mantenido relaciones con varias amantes que le dieron una prolífica prole bastarda, quien le obligara con duros castigos a aplacar sus impulsos sexuales propios de la adolescencia. La culpa le persiguió desde una edad demasiado temprana. Aquella torturadora represión, que lo cargaba de sucios remordimientos cada vez que se entregaba a proporcionarse placer en solitario, se arrastró hasta el lecho de su primera esposa. En sus primeros encuentros sexuales con María Luisa de Saboya volcó toda la carga que acarreaba y que lo había convertido en un adulto temeroso al que la vida íntima con una mujer generaba una ansiedad fuera de lo común. Hubo gritos, llanto, brega desaforada y hasta golpes. Y sobre todo hubo mucha incertidumbre entre aquellas sábanas; dudas acerca de la esencia de la vida.

Sería posiblemente la estela de ese profundo sentimiento de culpa la que le condujera también a empezar a creer que el frenético deseo sexual que había determinado su vida quizá fuera una manera equivocada de luchar contra la muerte.

> Se diría que la muerte y la suerte se ponen de acuerdo para olvidar al desdichado.
>
> BALTASAR GRACIÁN,
> *El arte de la prudencia*

Muerte… Y suerte… La una acecha, la otra, escapa. A todos atañe, incluso a quien posea el mayor poder del mundo.

La obsesión por la muerte, y la mala suerte de tener que vivir una vida que no deseaba, persiguió sin descanso a Felipe. Hasta colocarle justo al borde de aceptar lo inevitable.

Era ése el momento en el que creía hallarse. Con gran dolor. Pero es que la vida a veces sobrepasa los destinos. Y el suyo estaba definido por el privilegio de los poderosos.

—Ya va mucho más allá de un mero chisme, majestad. De todos es sabido, y está comprobado, que el príncipe Fernando es incapaz de satisfacer sexualmente a la princesa.

Las palabras de Piscatori se convertían en un ruido agradable a oídos de la reina. Caminaban por el bosque escoltadas a una prudente distancia por sus damas y lacayos, disfrutando del agradable olor de la vegetación que en breve dejarían atrás para regresar a Madrid desde donde don Felipe llevaba más cómodamente los asuntos de Estado.

—¿Y dicen que la causa podría ser una malformación en sus partes?

La reina continuaba con la conversación, con una cadencia lenta y displicente, igual que los pasos que seguían en el camino.

—Las versiones no coinciden; unos hablan de que su miembro está mal conformado, pero otros... ¡de la falta de un testículo!

—¿Que al príncipe le falta un testículo? ¡Qué horror! Ja, ja...

Ambas mujeres estallaron en una risa que tuvieron que controlar tapándose la boca con recato.

Isabel fingía escandalizarse, cuando lo que en verdad le producían tales chascarrillos era satisfacción.

—Vaya... ¡Qué contrariedad! —dijo con ironía—. El único hijo vivo de mi esposo, el que podría sucederle en el trono, no parece apto para tener descendencia...

—Sí, la virilidad de los Borbones, por lo que me contáis, ha pasado de largo con este niño Fernando. ¡Ja, ja, ja!

La risa sardónica de la dama italiana retumbó en el saco de las maldades palaciegas.

—Buen pareado os quedó, mi querida Laura, con la verdad más grande.

Se asemejaba todo aquello al devenir natural de la corte. Los rumores, los encuentros libertinos, las confesiones en las que uno falsamente se arrepentía de transgredir la moral establecida, las conspiraciones... Escenas de una vida para la que Isabel de Farnesio parecía haber nacido.

El día amaneció borrascoso, pero las nubes se fueron despejando tímidamente conforme avanzaba la mañana. Sin haberse puesto de acuerdo, Isabel y Felipe querían estar en soledad, así que cada uno hizo una actividad distinta.

La reina se entretuvo entre los rosales jugando a adivinar el sentido de que hubiera ordenado plantar abundantes rosaledas allá donde la corte se había ido trasladando en los últimos años. Necesitaba retener en su memoria el rojo de aquellas rosas que le había ido regalando de manera impenitente el barón de Ripperdá. «Barón, nunca os he dicho que no hay en todo el reino rosas más bellas que las vuestras», recordó sus propias palabras dichas tras un beso al punto de escaparse de entre sus brazos durante la primera Nochevieja en ese palacio de La Granja. «Fue aquí mismo... o muy cerca, qué más da.» Aún podía oír, como si el tiempo no hubiera transcurrido, el repicar de las campanas que traían consigo la premonición de una fatídica renuncia y el cambio a otra vida. Porque catorce días más tarde se anunciaba la abdicación de su esposo.

El mundo de Isabel se había venido abajo entonces. Pero como era un mundo en el que difícilmente cabían las derrotas ni había espacio para el vencido continuó en la lucha contra los fantasmas que no dejaban a su esposo reinar en paz. Hoy era ya el día en el que esas sombras podían darse por desaparecidas. Nada les arrebataría el trono español.

Cortó una última rosa. El cesto estaba lleno. Extrajo los rojos pétalos y se los echó encima, por dentro del vestido, sintiendo en su piel las habilidosas e inolvidables manos del barón de Ripperdá.

El rey pasó largo rato en el espacio destinado al mausoleo familiar en La Granja. Iba a ser, junto con su esposa Isabel, el primer monarca desde los tiempos de Carlos V enterrado fuera del Panteón de los Reyes del monasterio del Escorial. Era curioso que, de una manera callada, quisiera haber sido tan omnipotente como Felipe II y que, a pesar de la grandiosidad de la gran obra arquitectónica del hijo del emperador don Carlos, jamás había podido sentirse a gusto en ella. No soportaba la idea de un Borbón enterrado en El Escorial, el lugar más lúgubre y tenebroso que era capaz de imaginar.

Criado en Versalles, muy pronto había sido víctima de las terribles contradicciones que hicieron de él y de sus hermanos unos niños retraídos y temerosos, poblados de sombras interiores y con la maza del pecado permanentemente sobre ellos, mientras les rodeaba un mundo esplendoroso en el que brillaba el exagerado culto a la belleza física y una entrega escandalosa a los placeres mundanos.

Conjurando su niñez, desarrollada entre tinieblas y esplendor, Felipe abandonó el mausoleo para caminar en soledad por los extensos jardines que emulaban el palacio versallesco en el que había nacido.

Acariciaba amorosamente el sol del reloj de *Las cuatro fachadas*, pequeño, suave, ligero, acomodado entre ambas manos, mientras empezaba a considerar seriamente que su esposa tenía razón al creer que el problema no había sido la ausencia del sol, sino él mismo.

El hombre atormentado...

El rey renegado de sí...

Él, que, sin embargo, rendido ante lo que consideraba una lucha desigual entre el deseo y la realidad, decidía dejarse llevar, en los años que le quedaran de vida, por el cauce elegido a través del río de la vida. Lo había intentado de muchos modos y maneras, con todas sus fuerzas, pero no le había resultado posible cambiar el rumbo de lo escrito en su destino. Y por fin, aunque con profundo dolor, lo asumía.

> Aunque el mío se conmueva ante estas fuertes inquietudes, la turbación de mi corazón nada puede sobre mi llanto...
>
> PIERRE CORNEILLE,
> *Horacio*

Temblorosos, los ojos se le humedecieron dejando atrás sus inquietudes.

Había hablado seriamente con su hijo Fernando. No podía permitirse abdicar por segunda vez y menos en un hijo al que no parecía que la naturaleza quisiera tratarlo bien al evitarle la posibilidad de tener descendencia.

Felipe, duque de Anjou y nieto del grandísimo Rey Sol, era el primer Borbón que regía España, un país que seguía resbalándole por su piel de extranjero. Volvió a pensar en la posibilidad de que algún día, quién sabía si próximo o lejano, un hombre de su misma dinastía llegara a reinar con el nombre de Felipe VI.

Caminó hacia la parte oeste. Se encontraba cansado. Eligió una de las veintiuna fuentes diseminadas por los exteriores del edificio central del palacio y se sentó sobre la fría piedra. Era la fuente de la Fama, cuna del bien y el mal, la ignorancia y la sabiduría, la verdad y la mentira... La estatua que representaba a la divinidad de la Fama se erigía en un peñasco en el centro del estanque, sentada sobre el caballo Pegaso, que pisoteaba a cuatro guerreros, vencidos y despeñados a partes iguales: la envidia, la ruindad, la maldad y la ignorancia, que siempre pretenden oscurecer la fama.

Pensó en ese hombre, en ese Borbón... Ese otro Felipe que, aunque distinto, siempre mantendría algo de su mismo carácter forjado en el manantial del que bebió su propia sangre. Y de la misma manera que conjuró el pasado, adjuró el futuro del posible Felipe VI, como si se responsabilizara de una maldición en la que el sexo y la abdicación pudieran caer sobre la conciencia de su sucesor en una España diferente a la que a él le había tocado gobernar. Si es que los españoles estaban dispuestos a que su destinos continuaran en manos de una estirpe dinástica francesa.

Caía la noche y más se oscurecía su pensamiento. Y también su alma.

Se sintió como la lava de un volcán en busca de un gélido mar en calma.

Jamás volvería a pasar la vergüenza de mostrar al mundo su debilidad. Era una promesa que hacía, a los pies de la fuente de la Fama, por el honor de su linaje borbónico.

Nada podría ya iluminar la oscuridad de su alma. Se llevó el sol a los labios y lo besó suavemente antes de lanzarlo al gigantesco estanque de la fuente, en cuyas aguas se apagó para siempre.

Tal vez sea bastante para un alma vulgar que del menor peligro hace un infortunio; pero un corazón animoso se avergüenza de esa debilidad, sin atreverse a esperarlo todo de un hecho dudoso.

Los dos campos están alineados al pie de nuestros muros, pero Roma ignora todavía lo que es perder una batalla.

PIERRE CORNEILLE,
Horacio

Felipe V no ignoraba lo que era perder la peor de las batallas: la que libró contra sí mismo.

Reinó trece años más, hasta su muerte, a los sesenta y dos años de edad, acontecida el 9 de julio de 1746, en el palacio del Buen Retiro, en Madrid.

El suyo fue, hasta entonces, el reinado más largo de la historia de España. Cuarenta seis años, menos el paréntesis de apenas ocho meses escasos en los que gobernó efímeramente su malogrado hijo Luis I.

Tuvo, pues, Felipe de Borbón una doble naturaleza: la de rey que reinó dos veces, pero con un solo corazón, invariablemente atormentado y melancólico.

Y la del hombre que vivió sin vivir en él, como escribió Santa Teresa de Jesús, a la que quizá nunca leyera.

¡Ay, qué larga es esta vida!
¡Qué duros estos destierros,
esta cárcel, estos hierros
en que el alma está metida!
Sólo esperar la salida
me causa un dolor tan fiero,
que muero porque no muero.

… quíteme Dios esta carga,
más pesada que el acero…

Y sólo cuando Dios le quitó la carga de la vida, ese Dios al que tanto le hicieron temer de niño, sólo entonces, Felipe pudo descansar en paz.

Nota de la autora

... Y el eterno descanso lo alcanzó en los brazos de su amada segunda esposa, Isabel de Farnesio. Abrigado por ellos falleció de manera súbita debido a un ataque fulminante de apoplejía, sin que hubiera dado tiempo a que le asistieran los médicos, ni tampoco su confesor.

Fue enterrado en el panteón de la iglesia de La Granja de San Ildefonso, en Segovia, según había dispuesto en sus últimas voluntades.

Quiero dejar constancia de que en ningún momento esta novela ha pretendido reflejar cómo se desarrolló el vasto reinado de Felipe V. Por esa decisión, expresa y deliberada, han quedado excluidos de esta ficción literaria muchos acontecimientos, e incluso algún que otro personaje, que, aun siendo innegable su relevancia en la realidad histórica, sin embargo no se ajustaban al verdadero objetivo que me planteé al emprender esta nueva aventura novelística: ahondar en el alma de un hombre torturado por terribles miedos y fantasmas. Un hombre que jamás se sintió cómodo en la piel de la que lo revistió su destino, que se entregó con exageración al sexo como manera de luchar contra el terror a la muerte, que no quiso reinar en un país extranjero.

Un hombre al que la enfermedad de su mente le enturbió la vida. Lo cual no fue impedimento para que en el balance de su reinado se cuenten importantes logros. A él se le debe, por ejemplo, la revitalización del ejército español, desordenado y lastrado por los problemas y antiguos usos de los tercios de Flandes.

También la cultura debe mucho al primer Borbón en España. Las luces de la sociedad de la que procedía, más abierta de lejos en aquel tiempo que la española, como era la francesa, alumbraron a Felipe para avanzar en las artes escénicas, especialmente el teatro y la ópera. Y a él se debe la creación de las más importantes reales academias: la Real Academia Española, la Real Academia de la Historia, la Real Academia de Bellas Artes o la Real Academia de Medicina, curiosamente surgidas todas ellas de tertulias o reuniones culturales, lo cual demuestra el interés de Felipe V por la cultura y su vinculación a las artes, las ciencias y las letras. Y, por supuesto, como parte de su gran legado, Madrid cuenta con la flamante Biblioteca Nacional.

En lo político, no es exagerado considerarlo el artífice de una nueva concepción de Estado. Muchos historiadores sitúan en su reinado el inicio en España de un verdadero Estado moderno.

La coprotagonista de esta novela y de la historia, la reina Isabel de Farnesio, permaneció en la corte madrileña durante unos años tras la muerte de Felipe; así lo permitió su hijastro, el rey Fernando VI. Hasta que las malas relaciones con la reina Bárbara de Braganza la obligaron a trasladarse a un lugar menos hostil en el que iba a tener por única compañía los recuerdos: el palacio de San Ildefonso, donde estaba enterrado su esposo Felipe.

En la ficción, el marqués de Scotti fue expulsado de la corte madrileña tras conocerse que era el culpable del robo del sol del reloj de *Las cuatro fachadas*. Sin embargo, en la realidad, el robo jamás se produjo, mientras que Scotti no regresó a

Italia; al contrario, se mantuvo lealmente junto a Isabel de Farnesio incluso en su retiro en San Ildefonso, siendo el encargado no sólo de gestionar la casa de la reina viuda sino también de las obras de construcción de un nuevo palacio cercano al de La Granja: el de Riofrío. Farnesio tomó esa decisión para asegurar una residencia propia a su hijo Luis al no fiarse de las futuras intenciones de Fernando VI el día en que ella faltara.

Antes de concluir las obras del nuevo palacio, el 13 de febrero de 1752 el marqués de Scotti falleció. Fue un duro golpe para la sexagenaria reina, que tiñó de tristeza aquel período de doce años en los que fue perdiendo la salud en La Granja, con múltiples achaques que le afectaron gravemente a las piernas y al riñón, hasta quedarse prácticamente ciega. Hay que decir que Isabel mantuvo su fortaleza y su entereza hasta el final de sus días.

Fue en San Ildefonso donde recibió la noticia más ansiada de toda su vida. Por fin, su adorado hijo Carlos se convertía en rey de España al haber fallecido sin descendencia su hermanastro Fernando. Lo haría como Carlos III. Todos los esfuerzos, las intrigas y más de una traición habían merecido la pena, e Isabel volvió de nuevo a la corte en Madrid como si protagonizara una resurrección.

Falleció en Aranjuez, donde pasaba el verano con su hijo Carlos, el rey, la mañana del 11 de julio de 1766, a los setenta y tres años de edad, rodeada de su familia. Tuvo tiempo de despedirse de sus nietos y de su hijo. Sus últimas palabras fueron para aconsejarle que velara siempre por el bien de la monarquía.

Había sobrevivido a Felipe V veinte años, convirtiéndose en una de las reinas más longevas de nuestra historia.

Por último, respecto de otro de los protagonistas de esta novela, el fascinante barón de Ripperdá, lo que le quedó de vida fue tan de novela como todo lo anterior. Desde Portugal, el país vecino al que se había fugado para escapar de la persecución a la que lo sometía el rey de España, huyó a Inglaterra y, después, a los Países Bajos, donde de nuevo ¡se hizo calvinista! Sin embargo ya carecía de las posibilidades para medrar que tuvo en otros tiempos, así que buscó aires nuevos para sus aventuras en Tánger. No se le ocurrió mejor idea que seducir a la madre del sultán de Marruecos; hazaña para la que tuvo que vivir un nuevo, y habitual en él, proceso de conversión. Sin ningún problema de conciencia dijo adiós al calvinismo para pasar a ser musulmán. Pero al fallecer la mujer, Ripperdá cayó en desgracia y vivió en la indigencia hasta su muerte el 5 de noviembre de 1737.

Las fechas que atañen a algunos hechos o personajes se han visto alteradas por exigencias de la narración.

Y así finaliza esta historia literaria de un hombre poderoso, descendiente de una dinastía francesa que llegó a España para reinar cuando quedaba poco para que fuera extinguida en su país de origen. Pero eso entonces nadie, mucho menos el propio Felipe, podía adivinarlo.

Ésta ha sido la historia de un rey, el primer Borbón en España, pero, por encima de todo, la de un hombre para quien no fue fácil asumir su posición en la vida, como tampoco en el mundo que le tocó vivir.

MARI PAU DOMÍNGUEZ
Madrid, diciembre de 2015

Bibliografía

Barrios, Manuel, *Los secretos de alcoba de los Borbones*, Ediciones Espuela de Plata, Valencina de la Concepción, Sevilla, 2010.

Burton, Robert, *Anatomía de la melancolía*, Asociación Española de Neuropsiquiatría, 3 vols., Madrid, 1997-2000.

Calvo Poyato, José, *Felipe V, el primer Borbón*, Editorial Planeta, Barcelona, 1992.

Camps, Victoria (prólogo), *Diccionario de mujeres célebres*, Espasa Calpe, Madrid, 1994.

Castro, Concepción de, *A la sombra de Felipe V. José de Grimaldo, ministro responsable (1703-1726)*, Marcial Pons, Ediciones de Historia, Madrid, 2004.

Clemente, Josep Carles, *Las alcobas clandestinas. Amantes y bastardos en la corte española: desde los Reyes Católicos a Juan Carlos I*, Styria de Ediciones y Publicaciones, Barcelona, 2008.

Díaz Fernández, José Antonio, «Aceca, de castillo a palacio», *Anales toledanos*, n.º 27, Toledo, 1990; pp. 81-96.

Duby, Georges, y Perrot, Michelle (dirs.), *Historia de las mujeres, vol. III, Del Renacimiento a la Edad Moderna*, Taurus, Madrid, 1993.

Fernández de Pinedo, Emiliano; Gil Novales, Alberto, y Dérozier, Albert, *Centralismo, Ilustración y agonía del Antiguo Régimen (1715-1833)*, en Manuel Tuñón de Lara, *Historia de España*, vol. VII, Editorial Labor, Barcelona, 1984.

González Cremona, Juan Manuel, *El trono amargo. Austrias y Borbones, dos dinastías desdichadas*, Editorial Planeta, Barcelona, 1992.

—, *La cara oculta de los grandes de la Historia*, Editorial Planeta, Barcelona, 1993.

González-Doria, Fernando, *Las reinas de España*, Trigo Ediciones, Madrid, 1978.

Granados, Juan A., *Breve historia de los Borbones españoles*, Ediciones Nowtilus, Madrid, 2010.

Junceda Avello, Enrique, *Ginecología y vida íntima de las reinas de España, tomo 2, La Casa de Borbón*, Ediciones Temas de Hoy, Madrid, 1992.

Kamen, Henry, *Felipe V. El Rey que reinó dos veces*, Ediciones Temas de Hoy, Historia, Madrid, 2010.

Laver, James, *Breve historia del traje y la moda*, Ediciones Cátedra, Madrid, 1995.

Manzano, Antonio, *Felipe V. El ejército que vuelve a ganar batallas*, Ciudadela Libros, Madrid, 2011.

Martínez Navas, Isabel, «Alberoni y el gobierno de la monarquía española»; *Revista Electrónica de Derecho Universidad de La Rioja* (Redur), n.º 8, diciembre de 2010; pp. 63-110.

Mornet, David, *El pensamiento francés en el siglo XVIII. El trasfondo intelectual de la Revolución Francesa*, Ediciones Encuentro, Madrid, 1988.

Peña Izquierdo, Antonio R., *De Austrias a Borbones. España entre los siglos XVII y XVIII*, Editorial Akrón, Astorga, León, 2008.

Pérez Samper, M.ª Ángeles, *Isabel de Farnesio*, Plaza & Janés, Random House Mondadori, Barcelona, 2003.

—, «Las reinas en la monarquía española de la Edad Moderna», Biblioteca Virtual Miguel de Cervantes, Alicante, 2006.

Racinet, Albert, *Historia del vestido* (obra clásica del siglo XIX reeditada y diseñada nuevamente con ilustraciones), Editorial Libsa, Madrid, 1990.

Ríos Mazcarelle, Manuel, *Reinas de España. Casa de Austria*, Aldebarán Ediciones, Madrid, 2002.

Rubio, María José, *Reinas de España. Siglos XVIII-XIX. De María Luisa Gabriela de Saboya a Letizia Ortiz*, La Esfera de los Libros, Madrid, 2009.

Saint-Simon, Louis de Rouvroy, duque de, *Memorias*, Editorial Bruguera, Barcelona, 1981.

Sánchez del Peral y López, Juan Ramón, «Acerca de algunos dibujos de Michel-Ange Houasse en el Legado Pedro Beroqui al Museo del Prado», *Boletín del Museo del Prado*, tomo 28, n.º 46, Madrid, 2010; p. 82.

Solé, José María, *Los pícaros Borbones. De Felipe V a Alfonso XIII*, La Esfera de los Libros, Madrid, 2003.

—, *Los reyes infieles. Amantes y bastardos: de los Reyes Católicos a Alfonso XIII*, La Esfera de los Libros, Madrid, 2005.

Vilar, Pierre, *Historia de España*, Grijalbo, Barcelona, 1995.

Villena, Luis Antonio de, «Libertinos franceses del siglo XVIII. La alegría de vivir», *Conocer la historia*, septiembre de 2012.

Zavala, José María, *Bastardos y Borbones. Los hijos secretos de la dinastía*, Plaza & Janés, Random House Mondadori, Barcelona, 2011.

—, *La maldición de los Borbones. De la locura de Felipe V a la encrucijada de Felipe VI*, Plaza & Janés, Barcelona, 2007.

El papel utilizado para la impresión de este libro
ha sido fabricado a partir de madera
procedente de bosques y plantaciones
gestionados con los más altos estándares ambientales,
lo que garantiza una explotación de los recursos
sostenible con el medio ambiente
y beneficiosa para las personas.
Por este motivo, Greenpeace acredita que
este libro cumple los requisitos ambientales y sociales
necesarios para ser considerado
un libro «amigo de los bosques».
El proyecto «Libros amigos de los bosques» promueve
la conservación y el uso sostenible de los bosques,
en especial de los Bosques Primarios,
los últimos bosques vírgenes del planeta.

Papel certificado por el Forest Stewardship Council®